Pour le sourire d'un bébé

*

Une nuit avec un médecin italien

DEANNE ANDERS

# Pour le sourire d'un bébé

*Traduction française de*
MARIE-JOSÉ LAMORLETTE

BLANCHE

HARLEQUIN

*Collection :* Blanche

*Ce roman a déjà été publié en 2021*

*Titre original :*
THE NEUROSURGEON'S UNEXPECTED FAMILY



**HARPERCOLLINS FRANCE**
83-85, boulevard Vincent-Auriol, 75646 PARIS CEDEX 13
Service Clients — https://www.harlequin.fr/contenu/contactez-nous
ISBN 978-2-2805-1806-2 — ISSN 0223-5056

Édité par HarperCollins France.
Composition et mise en pages Nord Compo.
Imprimé en avril 2025 par ScandBook UAB en Lituanie
en utilisant 100% d'électricité renouvelable.
Dépôt légal : juin 2025.

FSC
www.fsc.org
MIXTE
Papier | Pour une gestion forestière responsable
FSC® C021394

Pour limiter l'empreinte environnementale de ses livres, HarperCollins France s'engage à n'utiliser que du papier fabriqué à partir de bois provenant de forêts gérées durablement et de manière responsable.

# 1

Hannah Reeves repéra l'homme de ses rêveries à l'instant où elle sortit de la chambre de sa patiente. À moins de deux mètres d'elle, le Dr William Cooper appuyait sa haute silhouette contre le mur. Le « Prince des Glaces » du service de neurochirurgie travaillait ce jour-là, ce qui signifiait que Mme Nabors serait en d'excellentes mains.

Seulement elle ne voyait pas, là, le chirurgien dont le contrôle glacé avait fait une légende en salle d'opération. Ses yeux bleu clair étaient bordés de cernes sombres, et sa bouche crispée exprimait la fatigue – ce qui lui fit comprendre que quelque chose n'allait pas. Était-ce le scanner de Mme Nabors ? Elle s'était doutée que les nouvelles ne seraient pas bonnes, étant donné le regard que lui avait jeté le manipulateur lorsqu'ils avaient ramené la femme dans sa chambre.

— Shelley, excusez-moi, dit-il au téléphone. C'est une urgence.

Il passa une main dans ses épais cheveux bruns, les ébouriffant.

— Je sais... Je vais passer quelques coups de fil. Donnez-moi quelques minutes, d'accord ?

Hannah était sur le point de l'interrompre quand il termina son appel. Essayant de ne pas avoir l'air d'avoir écouté ce qu'il disait, elle s'approcha et fut plus inquiète encore lorsqu'elle remarqua sa chemise et sa blouse froissées. Et qu'est-ce que c'était que cette tache ? Quelque chose clochait, c'était certain, mais quoi que ce fût, cela devrait attendre que sa malade ait été prise en charge.

— Avez-vous eu le rapport de la radiologie sur le scanner de Mme Nabors ? demanda-t-elle, en espérant ramener l'esprit du médecin et le sien sur ce qui était vraiment important.

— J'ai parlé au radiologue avant de monter. Son attaque a évolué en hémorragie, comme vous le suspectiez. Il va falloir que je l'opère. Je vais parler à sa famille, maintenant. Pouvez-vous lui faire signer son consentement ?

— Bien sûr. Je reviens tout de suite.

Hannah se dirigea vers le bureau de coordination pour y prendre le formulaire voulu. Un quart d'heure plus tard, elle vit que l'on emmenait Mme Nabors en salle d'opération.

Elle pouvait désormais s'attaquer à ses notes de fin de service. Elle avait déjà terminé ses rondes, mais elle voulait vérifier une fois de plus les fiches des malades pour s'assurer qu'il n'y avait pas de nouveaux ordres à donner à l'équipe de nuit.

Pendant quelques minutes, elle s'autorisa à se détendre dans le fauteuil capitonné du bureau. Comme ses pieds imploraient miséricorde depuis une heure, elle ôta ses chaussures sous la table et remua ses orteils, étouffant un gémissement de plaisir. Satisfaite de ses vérifications, elle ferma ses dossiers. Encore une demi-heure et elle aurait fini.

Elle énuméra mentalement les choses qui l'attendaient ce soir-là. Il faudrait préparer le dîner, contrôler les devoirs de Lindsey et faire les siens – ces derniers temps, c'était à qui, entre elles deux, ramènerait le plus de travail à la maison. Et puis il y avait le mail de la veille, dans lequel son directeur d'études lui rappelait qu'elle n'avait pas encore désigné un maître de stage pour ce semestre.

Au moins, Lindsey avait terminé son projet d'histoire tant redouté. Le souvenir de sa fille portant ce matin sa maquette de Fort Alamo en papier mâché lui mit les larmes aux yeux. Elle avait été si près de la perdre... En silence, elle fit une prière pour la famille du donneur, grâce à qui Lindsey avait un cœur tout neuf, puis elle ajouta le rendez-vous avec le cardiologue à sa liste de choses à faire dans la semaine. Enfin, elle remit ses chaussures car l'infirmière de nuit allait arriver pour la remplacer.

— Oui, je comprends qu'il est tard, mais si vous pouviez trouver quelqu'un... Ce n'est qu'un bébé, elle ne posera pas de problèmes... Et si je vous paye le double ? Le triple ? Je vous préviens à la dernière minute, je sais. C'est ainsi que la chirurgie d'urgence fonctionne ; elle n'est pas programmée. Non, je ne cherche pas à être grossier. D'accord, je comprends. Pouvez-vous au moins me dire si, par chance, vous avez trouvé quelqu'un à temps plein pour le poste ? Bien sûr. Je rappellerai demain pendant les heures de bureau. Merci.

Hannah s'arrêta sur le seuil de la salle des médecins, où son neurochirurgien préféré était maintenant assis. L'avait-elle bien entendu ? Il parlait d'un bébé ?

Joignant cette information aux quelques indices fournis par la conversation qu'elle avait entendue plus tôt, elle eut alors une bonne idée de ce qui préoccupait le médecin. N'avait-elle pas paniqué maintes fois au sujet de la même chose, par le passé ? Seulement, le fait que le beau célibataire ait des problèmes de garde d'enfant ne tenait pas debout. Elle savait de façon sûre qu'il n'avait pas d'enfants. S'il en avait eu, il les aurait certainement mentionnés un jour ou l'autre.

Songeant à la pile de livres de cours qui l'attendait chez elle, elle devait prétendre qu'elle n'avait rien entendu et s'en aller, mais elle avait été elle-même trop souvent dans cette situation compliquée pour ne rien faire.

— Hé, docteur Cooper, vous nous avez manqué au pot de départ en retraite de Marjorie, hier soir, dit-elle en s'avançant dans la pièce – et en cherchant un moyen d'aborder le problème qu'elle avait surpris.

Elle ne voulait pas donner l'impression d'avoir écouté sa conversation, mais comment faire autrement ?

— C'était hier soir ? demanda-t-il.

— C'était affiché sur la porte de la salle de repos depuis quinze jours.

Marjorie ayant été l'une de ses infirmières favorites, tout le monde avait trouvé très surprenant qu'il ne vienne pas.

Il s'adossa à son fauteuil et secoua la tête. À le voir, on aurait dit un homme qui venait de se réveiller en sursaut et ne savait pas bien où il était. Il était évident qu'il avait besoin d'aide.

— Veuillez m'excuser, docteur Cooper, mais je n'ai pu éviter de vous entendre au téléphone, reprit Hannah. Puis-je faire quelque chose pour vous aider ?

— Vous avez rencontré ces problèmes de garde d'enfant avec votre fille, Lindsey, c'est ça ? Vous avez, vous aussi, essayé de trouver quelqu'un pour s'en occuper pendant que vous travailliez ?

— Certainement, tous les parents passent par là un jour ou l'autre. Y a-t-il un problème ?

— Oui, j'ai vraiment un gros problème. J'ai besoin de quelqu'un pour garder un bébé chez moi. Je pensais que la personne que j'avais engagée comprendrait qu'il me fallait quelqu'un aux horaires flexibles, ce qui n'est pas le cas. De toute façon, c'était une solution temporaire, mais c'est tout ce que j'ai pu trouver pour l'instant. À présent, Mme Nabors est prête à être opérée et je n'ai personne pour prendre soin de ce bébé. Connaissez-vous des agences de baby-sitting qui font des heures supplémentaires ?

Hannah ne put s'empêcher de compatir. Elle avait eu ses propres problèmes de garde alors qu'elle travaillait et allait à l'école d'infirmières – même si Lindsey avait semblé passer la moitié de sa vie à l'hôpital avant la transplantation. Hannah ne se rappelait que trop bien cette époque, surtout lorsqu'elles s'étaient installées à Houston.

Il lui était impossible de ne pas offrir son aide.

*Ne fais pas ça ! À se mêler de la vie des autres, on ne récolte que des ennuis,* dit une voix dans sa tête.

Comme toujours, Hannah ignora la mise en garde qui venait de sa mère, elle le savait – une voix intérieure à laquelle elle craignait de ne jamais échapper, malgré ses efforts pour s'en libérer.

— J'ai déjà été à votre place, dit-elle. Ce n'est pas drôle. Bien des fois, une amie m'a sauvée en me proposant de garder Lindsey. Ce sont souvent des mères seules, comme moi, et je peux leur rendre la faveur.

*C'est peut*-être une erreur, mais que puis-je faire d'autre ? Cet homme devait pratiquer une opération et il n'avait pas besoin d'avoir un problème à régler avant d'ouvrir le crâne de la pauvre Mme Nabors.

— Je serais heureuse de vous aider, ajouta-t-elle. C'est la fin de mon service et je dois aller chercher Lindsey à ses activités périscolaires, mais ce n'est qu'à cinq minutes d'ici.

— Vraiment, cela ne vous ennuie pas ? s'exclama-t-il, l'air stupéfait.

Son offre lui causait-elle un tel choc ? Bien sûr, étant un neurochirurgien de renommée mondiale, il n'avait sans doute jamais besoin de l'aide d'une autre personne.

— Comme je le disais, j'ai vécu ça. Quel est son nom ?

Alors qu'il la regardait sans comprendre, elle précisa :

— Le bébé ? Son nom ? Son âge ? L'adresse où je dois me rendre ?

Le visage de William Cooper se figea une seconde, puis son cerveau parut reprendre le dessus. À coup sûr, il était tracassé par davantage qu'un simple problème de garde d'enfant.

— Elle s'appelle Avery. Elle a onze mois, ou peut-être encore dix. Sincèrement, je n'en suis pas sûr. Je devrais le savoir, non ? ajouta-t-il comme s'il se parlait à lui-même.

— Je suppose qu'elle est chez vous ? poursuivit Hannah en détachant un post-it d'un bloc à côté d'elle et en le faisant glisser vers lui.

À ce moment-là, le téléphone du chirurgien sonna.

Tout en prenant l'appel, il griffonna une adresse. Se saisissant du post-it, elle reconnut l'un des quartiers les plus chics de Houston.

— J'arrive, dit-il à la personne qui l'appelait, avant de raccrocher. C'était la salle d'op. Ils m'attendent. Écoutez, Hannah, je ne sais pas comment vous dire combien j'apprécie votre geste.

— Pas de problème, docteur Cooper. Je me répète, mais je sais ce que c'est. Combien de temps durera l'opération, d'après vous ?

Elle devrait s'organiser pour le dîner s'il rentrait tard. Elle aurait également aimé lui demander ce que mangeait la petite fille, mais elle savait qu'il n'avait pas le temps de répondre à ses questions. Elle interrogerait la baby-sitter.

— J'espère qu'elle ne dépassera pas deux heures, mais je ne

le saurai que lorsque j'aurai vu l'importance de l'hémorragie, répondit-il en se levant pour partir.

Hannah vit l'hésitation dans ses yeux.

— Ne vous inquiétez pas pour Avery. Je m'occuperai bien d'elle. Et nous serons chez vous quand vous rentrerez quelle que soit l'heure, affirma-t-elle du ton calme qu'elle employait avec ses patients anxieux.

— Très bien. Je vous rejoindrai dès que possible.

Il sortit de la pièce et se dirigea vers l'ascenseur.

Hannah l'avait toujours trouvé mystérieux et, maintenant, elle était encore plus curieuse à son sujet. Il avait chez lui une petite fille de dix ou onze mois. Où était sa mère ? Était-il le père ? Ils avaient peut-être un différend à propos de la garde...

Elle entendit de nouveau « la voix » lui dire de se mêler de ses affaires, de se tenir à l'écart des problèmes des autres, et, cette fois, elle dut reconnaître que c'était un bon conseil. Mais elle vivait sa vie à sa manière depuis longtemps, maintenant. Elle prenait ses propres décisions et voulait aider un collègue en difficulté.

— Waouh ! s'exclama Lindsey tandis qu'elles s'arrêtaient devant la grande maison revêtue de pierre et de bois sombre.

Deux balcons en fer forgé ornaient le premier étage, donnant à la bâtisse l'allure d'un ancien château.

— Oui, waouh ! répéta Hannah en se garant dans l'allée principale.

Tandis que sa fille courait vers la porte d'entrée, elle sortit lentement de la voiture. Le grand terrain était entretenu à la perfection, nota-t-elle, avec des azalées étalant leurs fleurs roses et violettes et des buis taillés avec précision. C'était le complément idéal à ce manoir impressionnant.

Hannah projetait d'acheter leur propre maison, pour Lindsey et elle, dès qu'elle aurait terminé sa formation et se serait assuré un poste permanent auprès d'un des neurochirurgiens de la ville. Mais, même dans ses rêves les plus fous, elle savait qu'elle n'aurait jamais plus qu'une petite maison de banlieue sur un terrain grand comme un timbre-poste car l'immobilier était cher, à Houston.

Elle suivit sa fille jusqu'à la porte et passa une main apaisante sur ses cheveux. Lindsey, surexcitée, sautait d'un pied sur l'autre. À onze ans, après n'avoir pu, pendant si longtemps, faire ce que faisaient naturellement les enfants de son âge, elle fonçait tête baissée dans toutes les situations qui se présentaient – quelque chose que sa propre mère avait fait ce jour-là.

La lourde porte en bois et le candélabre en fer forgé suspendu au-dessus du porche indiquaient la richesse. Se sentant comme la souris des champs venue en ville, Hannah sonna et attendit.

— Qui êtes-vous ? demanda la jeune fille qui finit par ouvrir et les toisa de la tête aux pieds.

Était-ce là Shelley ? Elle ne devait pas avoir beaucoup plus de dix-huit ans.

— Je suis Hannah et voici ma fille, Lindsey. Le Dr Cooper m'envoie pour garder Avery jusqu'à ce qu'il ait fini d'opérer.

— Salut, je suis Shelley. Êtes-vous la petite amie du médecin, ou quelque chose comme ça ?

— Non, juste une amie et collègue.

Hannah désigna le badge de l'hôpital accroché au revers de sa veste d'uniforme.

— Eh bien, je suis contente que quelqu'un ait fini par arriver, dit Shelley. J'aurais dû partir... il y a une demi-heure, ajouta-t-elle en consultant son téléphone. Je vais être en retard à mon groupe d'études. J'ai essayé d'expliquer au Dr Cooper qu'il fallait absolument que j'y sois. À la fac, les examens approchent, vous savez ?

— Le Dr Cooper a dû opérer en urgence, sans quoi je suis sûre qu'il aurait été là à l'heure, affirma Hannah.

— Je commence mes études de médecine, alors je comprends. Et je pensais que je pourrais l'aider parce que c'était seulement temporaire en attendant qu'il trouve quelqu'un à plein temps. C'est un chic type, je voulais vraiment le dépanner.

Shelley se tenait toujours dans l'encadrement de la porte.

— Pouvons-nous entrer, s'il vous plaît ? demanda Hannah.

— Oh ! pardon...

L'étudiante s'écarta, puis referma derrière elles.

De l'air plus frais les accueillit, tranchant avec la chaleur du Texas. Au-dessus d'elles, de larges poutres striaient le plafond très haut de l'entrée où un escalier majestueux occupait tout un côté. En face, se trouvait un grand espace ouvert et Hannah aperçut une cuisine spacieuse et un coin salle à manger.

Les pleurnicheries d'un bébé l'amenèrent jusqu'à un parc d'enfant installé au milieu de la vaste pièce. Incapable de se retenir, elle souleva la petite fille dans ses bras. Elle écarta les boucles humides du visage du bébé qui la fixait de ses grands yeux bruns rougis par les larmes.

— Tout va bien, mon cœur, dit-elle en berçant l'enfant après lui avoir touché le front pour voir si elle avait de la fièvre. Depuis combien de temps pleure-t-elle ainsi ?

— Elle fait ses dents. J'ai essayé de lui donner cet anneau à mâcher, mais elle le jette. J'ai passé du baume sur ses gencives il y a une heure environ, expliqua Shelley.

— Pauvre petite...

Hannah vérifia la couche d'Avery.

— Oui, c'est très triste, déclara Shelley en prenant son sac de livres.

— Triste ? répéta Hannah en posant le bébé sur un canapé pour la changer.

Elle prit la couche propre que Lindsey lui tendait, des lingettes et un tube de crème pour peau irritée.

— Je veux dire, perdre ses deux parents de cette façon... Maman dit que ça a été un choc pour le Dr Cooper, aussi. Voir disparaître aussi brutalement son père et sa belle-mère, puis découvrir qu'ils l'avaient nommé tuteur de leur fille si quelque chose leur arrivait ! Un sacré changement de vie, n'est-ce pas ?

— Quoi ?

Hannah s'arrêta dans ce qu'elle faisait. Elle ignorait que le Dr Cooper avait récemment subi un deuil pareil. Certes, il s'était toujours montré très discret sur sa vie privée, mais il aurait dû savoir que ses collègues seraient là pour le soutenir !

Une fois encore, ce n'étaient pas ses affaires, se rappela-t-elle. S'il ne voulait pas qu'on sache qu'il avait perdu son père, elle devait respecter son intimité.

Elle souleva Avery et la serra contre elle, songeant que cette pauvre enfant avait perdu son papa et sa maman. Même si douze ans avaient passé, la douleur de sa brouille avec ses parents habitait encore Hannah. Sauf que ceux d'Avery ne lui avaient pas tourné le dos comme les siens l'avaient fait la première fois qu'elle s'était opposée à leurs souhaits. Heureusement pour la petite fille, elle avait un demi-frère qui était là pour elle.

— Oui, en l'espace de quelques jours, il est passé du rôle de demi-frère à celui de papa, ou presque, commenta Shelley qui regarda son téléphone et pesta. Il faut vraiment que j'y aille. Je vais être tellement en retard !

Elle se dirigea vers la porte puis s'arrêta et se retourna.

— J'apprécie vraiment que vous soyez là. Je me sentais très mal parce que je savais que le Dr Cooper n'avait personne d'autre pour garder Avery.

— Je suis sûre qu'il y a plein de gens au travail qui auraient été heureux d'aider s'ils avaient été au courant. Dans mon service, le personnel est toujours prêt à soutenir un collègue. Mais là, nous ne savions rien.

— Tant mieux, parce que je redoutais vraiment de lui dire que je ne pouvais plus venir. C'est quelqu'un de bien et ma mère adore travailler pour lui, mais je dois faire passer mes études avant tout. Je suis sûre qu'il comprendra. Je me sens tellement mieux, maintenant que je sais que vous serez là.

Hannah regarda Shelley qui s'empressait de sortir, essayant de comprendre ce qu'elle avait voulu dire. La jeune fille n'avait sûrement pas pensé qu'elle allait...

— Shelley, attendez ! cria-t-elle en entendant la porte claquer.

Elle remit Avery dans le parc et demanda à Lindsey de la surveiller.

— Shelley ! appela-t-elle en sortant à son tour.

Elle s'arrêta sous le porche en voyant la Mini Cooper rouge vif qui s'éloignait. La baby-sitter n'avait pas perdu de temps !

Tant de choses venaient de se passer qu'il fallut quelques minutes à Hannah pour faire le point. Le Dr Cooper avait récemment perdu son père et sa belle-mère, et il se retrouvait avec sa demi-sœur sur les bras, ce qui expliquait son comportement plus tôt dans la journée. Dernier point, et ce n'était pas le moins important, sa baby-sitter, la seule qu'il avait pu trouver, était persuadée qu'il n'aurait plus besoin d'elle.

Lorsqu'elle rentra dans la maison, les gazouillis du bébé et les rires de sa fille allégèrent son stress. Les choses allaient s'arranger. Dans une ville aussi grande que Houston, il y avait forcément quelqu'un que le Dr Cooper pourrait engager pour s'occuper de sa petite sœur.

En regardant autour d'elle, elle nota la vaisselle qui s'accumulait dans l'évier et la poubelle qui débordait de couches sales.

— Allez, les filles, explorons cette maison pour trouver la chambre de cette petite et la coucher, dit-elle. Nous avons beaucoup à faire avant le retour du Dr Cooper.

Et elle aurait pas mal d'explications à fournir si Shelley avait vraiment voulu dire qu'elle ne reviendrait pas.

# 2

Tandis que la porte du garage s'ouvrait lentement, William se passa une main dans les cheveux. La journée avait été longue. Elle avait commencé avant 5 heures du matin, quand Avery l'avait réveillé, s'était poursuivie par son travail à l'hôpital, rondes et consultations, et s'était terminée par une opération en urgence. Celle-ci lui avait démontré qu'il n'était clairement pas préparé à tous les changements que sa demi-sœur faisait surgir dans sa vie.

Il gara sa voiture et coupa le moteur. Appuyant la tête sur le volant, il s'accorda une minute pour se ressaisir. Les yeux fermés, il prit une grande inspiration et relâcha lentement son souffle en un soupir nourri par tous les défis de la journée et par le réconfort d'être rentré chez lui.

Alors qu'il tentait d'éclaircir son esprit, une trace de culpabilité s'insinua dans son subconscient. Il avait été énormément soulagé quand Hannah avait offert de venir à son secours. C'était grâce à elle qu'il avait pu sauver Mme Nabors de dommages neurologiques permanents. Il devait sortir de sa voiture, rentrer à la maison et la remercier, pour qu'elle puisse faire ce qu'elle avait prévu pour la soirée. Au lieu de quoi, il resta assis là, savourant le premier instant de paix de sa journée. Il avait besoin de ce petit moment avant de pouvoir affronter ce qui l'attendrait dans ce qui avait été autrefois son tranquille refuge.

Cela faisait seulement une semaine qu'il avait appris que son père et sa belle-mère avaient été tués dans un accident de voiture. Trois jours qu'il savait que les disparus l'avaient nommé tuteur de sa demi-sœur. Trois jours que son existence tout entière s'était changée en un cauchemar désorganisé. À quoi avait bien pu penser son père ? Peut-être s'était-il imaginé qu'il vivrait toujours ?

William n'avait aucune idée de ce qu'il était censé faire de la petite fille. Il n'avait pensé qu'à une chose : appeler sa gouvernante, qui avait six enfants et plusieurs petits-enfants. Par chance, une fille d'Angela avait été heureuse de l'aider quelques jours, pendant qu'il cherchait une solution permanente. Mais Shelley, une étudiante très occupée qui préparait médecine, lui faisait simplement une faveur, et ce n'était pas une nounou professionnelle. Dieu merci, Angela viendrait le lendemain pour faire le ménage et la lessive – et, il fallait l'espérer, pour l'aider à sortir du pétrin dans lequel l'avait mis l'arrivée soudaine d'Avery.

Il baissa les yeux sur la tache de banane écrasée qui maculait sa chemise. C'était Avery qui l'avait faite en se pressant contre lui, ce matin-là, lorsqu'il avait essayé de la donner à Shelley. Pour une raison mystérieuse, l'enfant s'était accrochée à lui dès l'instant où son ancienne nounou la lui avait mise dans les bras. C'était comme si, d'instinct, elle savait qu'ils étaient tous les deux dans le même bateau. Avancer ou sombrer, c'était tout ce qui leur restait à faire.

Et il avait plus sombré qu'avancé durant ces trois derniers jours. Ce soir-là, quand Shelley lui avait dit qu'elle ne pouvait pas rester alors qu'on l'attendait en salle d'opération, il avait presque coulé pour de bon. Il avait eu peur de s'effondrer dans la salle des médecins, quelque chose qui ne lui était jamais arrivé, mais Hannah l'avait sauvé en lui tendant une main secourable.

Qu'aurait-il fait si elle n'avait pas été là ? Il ne pouvait pas dépendre d'une aide de dernière minute. Il lui fallait un meilleur plan. Demain matin, il appellerait toutes les agences de baby-sitting pour avoir quelqu'un en urgence, en attendant de trouver une garde d'enfant à plein temps. Ou alors, peut-être devrait-il envisager d'engager une nounou qui vivrait chez lui, ce qui serait la meilleure solution. C'était ce que son propre père avait fait lorsqu'il s'était retrouvé seul avec un garçon de neuf ans.

*Et ça a plutôt bien tourné pour toi, non ?*

Il chassa de son esprit l'ironie que lui inspirait son enfance solitaire.

Il ne s'agissait pas de lui, mais de sa demi-sœur. Il devait faire ce qu'il fallait pour Avery, mais il hésitait pour chaque décision à prendre. Et l'appel qu'il avait reçu ce jour-là de son notaire concernant la requête de la grand-tante du bébé n'arrangeait pas les choses. Si, comme cette femme le revendiquait, la meilleure place pour Avery était d'être avec la tante de sa mère ? Comment était-il censé le savoir ?

Il fallait qu'il émerge du brouillard dans lequel il était plongé depuis l'enterrement de son père. L'événement remontait à une semaine et ne lui paraissait toujours pas réel. Même si Paul Cooper et lui n'avaient pas été proches, il lui était encore difficile de croire que l'homme qui avait dominé son enfance n'était plus là. Cela venait peut-être du fait que le décès de ce dernier avait été aussi soudain que celui de sa mère. Une chose qui ne semblait pas juste, mais il savait d'expérience que la vie ne l'était jamais.

Ce qu'il lui faudrait, en réalité, ce serait de se mettre en disponibilité quelque temps, mais, avec l'une de ses collègues partie en congé de maternité, ce n'était pas possible. À charge pour lui de venir à bout d'une autre nuit, puis de trouver la bonne personne pour s'occuper d'Avery. Il ne pouvait pas renoncer maintenant. Qu'il soit là pour faire face, c'était ce que son père et sa belle-mère avaient voulu. Il fallait qu'il réussisse.

Hannah se tenait dans la cuisine de ses rêves et faisait dorer la viande à ajouter à la sauce qui mijotait sur la cuisinière digne d'un chef étoilé. Elle essayait en même temps de consulter le manuel de pharmacie qu'elle avait posé à côté pour réviser les différentes classes d'antibiotiques. Avec un peu de chance, elle rentrerait chez elle à temps pour pouvoir étudier le sujet une bonne heure avant de se coucher. Mais, étant donné la journée qu'elle avait passée, elle s'endormirait probablement sur son livre, une fois de plus.

Après s'être occupée d'Avery, elle avait appelé tous les gens auxquels elle pouvait penser, susceptibles de résoudre le problème de garde du Dr Cooper. Personne n'était disponible pour le lendemain. Arrêtant ses recherches, elle s'était mise à préparer le dîner. Maintenant, alors que Lindsey faisait ses devoirs sur le long comptoir revêtu de marbre, elle s'inquiétait de ce que le médecin ferait si Shelley ne venait plus.

Peut-être que s'il appelait la mère de la jeune fille, il pourrait arranger les choses. La voix qui lui parlait dans sa tête avait eu raison, elle aurait dû rester à l'écart des problèmes de son collègue, ayant assez à faire sans se soucier des affaires des autres. Néanmoins, elle était passée par là et la seule chose qui lui avait évité de perdre son travail ou de manquer des cours, c'était que quelqu'un, toujours, avait pris sur son temps pour l'aider. Sans Sarah, l'infirmière en chef de l'étage, elle n'aurait peut-être même pas pu être avec sa fille pour sa greffe.

Le bruit de la porte du garage qui s'ouvrait ramena ses pensées sur le repas qu'elle préparait. En fait, elle ne pensait pas que ses pâtes en sauce aideraient lorsque le Dr Cooper apprendrait qu'il n'y aurait personne pour s'occuper d'Avery le lendemain matin.

Elle essaya de s'obliger à sourire avant qu'il entre dans la maison, mais en vain. Les choses ne pouvaient pas bien se passer, et elle s'estimerait heureuse s'il acceptait encore de lui parler après la bévue qu'elle avait commise.

Il pénétra dans la pièce, et tout le courage qu'elle avait réussi à rassembler s'évanouit. Il la dépassait d'une tête, et la cuisine qu'elle trouvait si spacieuse sembla rétrécir en sa présence. Elle n'avait jamais remarqué à quel point il était grand et large d'épaules. C'était une chose de le voir au travail, au milieu des autres membres du personnel, et une autre de se tenir dans *sa* cuisine.

— Excusez-moi, docteur Cooper. J'espère que cela ne vous ennuie pas que j'aie pris les devants et commencé à préparer à dîner. Je ne savais pas quand vous rentreriez, dit-elle en s'affairant à remuer la sauce, tout en ayant l'impression d'avoir usurpé sa place.

— Vous êtes pieds nus dans ma cuisine, en train de faire cuire quelque chose qui sent très bon, et vous m'avez sauvé la vie en venant vous occuper d'Avery, répliqua-t-il en se penchant par-dessus son épaule. Je pense que vous pouvez m'appeler William.

Sa proximité déclencha des signaux d'alarme en Hannah. Elle n'aurait su dire si c'était dû à la chaleur de la cuisinière ou à celle de son corps, mais la température avait brutalement grimpé dans la pièce.

— Je ne dirais pas que je vous ai sauvé la vie...

Lui, il sauvait des vies tous les jours grâce à ses talents de chirurgien. Elle n'avait fait qu'aider un collègue.

— Vous m'avez fait une grande faveur. Merci. Je vous dois la pareille.

— Vous ne me devez rien du tout. J'étais contente de le faire, répondit Hannah, même si elle aimait l'idée qu'un neurochirurgien lui devait une faveur.

Un élément intéressant.

Elle avait vraiment besoin de trouver un bon médecin avec qui faire son stage. Peut-être lui demanderait-elle plus tard, lorsqu'il aurait moins de soucis, de la prendre sous son aile.

— Où est Avery ? demanda-t-il.

— Elle a mangé, pris son bain, et elle est couchée pour la nuit. Comme elle a les fesses un peu rouges, je lui ai mis de la pommade.

Tout près de lui, elle le sentit se détendre. Il devait être difficile pour lui d'endosser tout seul tous ces changements dans son existence. Et maintenant elle allait aggraver les choses en lui apprenant que sa baby-sitter ne reviendrait probablement pas.

— Vous l'avez mise au lit ?

— Oui. Elle était épuisée, pauvre petit cœur. D'après Shelley, elle a été grincheuse toute la journée. J'ai passé du baume sur ses gencives et il a semblé faire effet.

— Je vous suis encore redevable. Moi, je n'ai pas réussi à l'endormir, jusqu'ici. Dès que je la pose dans son lit, ses yeux s'ouvrent tout grands et je dois la reprendre. Finalement, j'ai renoncé à essayer, et je me suis mis à dormir avec elle dans le fauteuil relax.

— Bonsoir, docteur Cooper. Alors vous vous appelez William ? demanda Lindsey, levant les yeux de son livre.

— Bonsoir, Lindsey. Oui, mon nom est William. Pourquoi ?

— On ne vous appelle jamais Bill ou Billy ?

Lindsey semblait très intéressée par le chirurgien, ce jour-là. Elle avait posé plein de questions sur lui pendant le bain d'Avery.

— Non, pourquoi ?

Il sortit une bouteille d'eau du réfrigérateur.

— Je trouve que Billy le Brillant Chirurgien sonne bien. Pas vous ?

— Combien pour ne pas ébruiter ce surnom à l'hôpital ? demanda-t-il, se tournant vers à Hannah avec l'ombre d'un sourire.

Il était vraiment bel homme, avec ses étonnants yeux bleu clair et ses cheveux bruns qui bouclaient dans son cou. Vêtu d'un short et d'un T-shirt, il ressemblerait à un surfer californien.

— Je pense que nous pouvons trouver un accord, répondit-elle. Il faut que je vous parle quand j'aurai fini de préparer le repas.

— Ma maman voulait être neurochirurgienne, elle aussi, reprit Lindsey sans lever le nez. Mais je suis née avec un cœur en mauvais état, et elle a dû arrêter ses études pour s'occuper de moi. Maintenant, elle est infirmière à la place.

— Je suis très fière d'être infirmière, Lindsey ! protesta Hannah, choquée que sa fille puisse la voir comme quelqu'un de frustré.

Lindsey haussa les épaules, et Hannah se promit d'avoir une conversation avec elle plus tard.

La naissance de Lindsey avait changé sa vie, certes, mais elle ne laisserait jamais son enfant porter ce fardeau. Toutefois, ce genre de remarque ressemblait bien à ce que ses parents pourraient dire à leur petite-fille. Elle devrait mettre les choses au point avec eux, aussi.

Elle leur avait finalement permis d'avoir des contacts avec sa fille après toutes ces années où ils les avaient ignorées. Quand Lindsey était née, leur insistance pour qu'Hannah continue ses études de médecine avait failli la séparer de son bébé. Maintenant, elle n'allait pas les laisser manipuler Lindsey ou la culpabiliser. Elle n'aurait aucun problème à les faire sortir de sa vie, comme ils n'en avaient pas eu à la faire sortir de la leur lorsqu'elle s'était retrouvée mère célibataire à dix-neuf ans.

— Je suis sûr que ta mère aurait fait une superbe neurochirurgienne, mais être infirmière est aussi important qu'être médecin. Cet après-midi encore, elle m'a aidée par ses observations à sauver une patiente qui s'en serait très mal sortie sinon.

— C'est formidable, maman ! dit Lindsey en lui souriant.

— Vous êtes encore assez jeune pour entreprendre des études de médecine, vous savez, Hannah, reprit William. Vous êtes assez intelligente pour ça et vous avez une bonne intuition.

Elle se sentit rougir sous les compliments et ne sut que dire. Devenir infirmière praticienne en neurochirurgie n'était peut-être pas le rêve de sa jeunesse, mais s'en approchait. Et, que ses parents approuvent ses choix ou non, elle préférait être infirmière et avoir sa fille qu'être un célèbre neurochirurgien sans son enfant.

— Un jour, peut-être, répondit-elle, évasive.

Elle ne voulait pas entrer dans toutes les raisons pour lesquelles elle ne pouvait suivre des cours à plein temps actuellement. Avec une montagne de factures d'hôpital à payer pour la transplantation cardiaque de Lindsey et le prêt étudiant qu'elle avait souscrit pour faire l'école d'infirmières, il lui faudrait des années pour se désendetter.

— Mais elle va passer son diplôme d'infirmière praticienne, reprit Lindsey. Grand-mère trouve que c'est moins bien, mais pas moi.

— Infirmière praticienne me paraît être un super métier pour ta maman, dit William en se tournant vers Hannah. Vous allez continuer en neurochirurgie, à l'hôpital ?

Pouvait-elle lui avouer que son plus grand rêve était d'assister le meilleur neurochirurgien de Houston ? Lui.

La bande sonore de *Star Wars* résonna soudain dans la cuisine, et William sortit son téléphone.

— Excusez-moi…, dit-il en se dirigeant vers l'escalier.

Trouvant de la vaisselle dans un placard, Hannah servit une assiette de pâtes à sa fille. Après l'avoir posée devant elle, elle se tourna et fut surprise de voir que William était revenu. Il s'était changé et portait un pantalon kaki avec une chemise bleu clair assortie à ses yeux.

— C'était ma gouvernante, Angela. Elle voulait s'assurer que je savais que Shelley ne viendrait pas demain matin. Sa fille lui a dit que j'avais trouvé une amie pour m'aider avec Avery, et que je n'avais plus besoin d'elle.

— Oui, à ce propos, docteur… Euh, je veux dire William…

Hannah posa son torchon. Elle était championne dans l'art de gâcher ses propres chances. Tout espoir de demander à cet homme de l'aider à faire les heures de pratique nécessaires à son diplôme s'évanouit.

— Peut-être devrions-nous passer dans une autre pièce, ajouta-t-elle en désignant Lindsey.

Haussant un sourcil, William lui fit signe de le suivre dans un couloir. Il ouvrit une porte et s'écarta pour la laisser entrer dans ce qui semblait être son bureau. Un grand fauteuil en cuir trônait derrière une vaste table en chêne devant laquelle étaient disposés deux autres fauteuils qui paraissaient très confortables pour quelqu'un qui était resté debout quinze heures d'affilée.

Hannah s'assit et attendit. Elle savait qu'il ne pouvait pas vraiment être fâché contre elle. La jeune fille était partie à la suite d'un simple malentendu. Cela pouvait s'arranger, non ?

William ferma la porte et s'y adossa pour regarder Hannah. D'après ce qu'Angela lui avait dit, il devinait qu'il s'était passé quelque chose qui avait fait penser à Shelley qu'il n'avait plus besoin d'elle. Il voulait savoir ce que c'était. Encore heureux que sa gouvernante ait appelé pour confirmer l'information ! Il n'aurait plus manqué qu'il se prépare à partir travailler, le lendemain matin, et découvre au dernier moment qu'il n'avait personne pour garder Avery…

— Détendez-vous, Hannah. J'ignore ce qui a conduit Shelley à conclure qu'elle n'avait pas à revenir, mais je suis sûr qu'il y a eu un malentendu, dit-il en essayant de contrôler le stress perceptible dans sa voix.

Il était épuisé. Entre les longues heures au travail et les heures encore plus longues à passer avec Avery, il commençait à être à plat. Trois jours, et sa vie entière avait été mise sens dessus dessous par un bébé qui n'avait pas un an. Qu'en serait-il des dix-sept années à venir ? Son rythme cardiaque s'accéléra.

— Eh bien…, commença Hannah qui se leva et s'approcha de son bureau.

Il pensa que sa priorité absolue, à présent, était d'avoir une nounou à domicile, mais l'idée d'héberger chez lui quelqu'un qu'il ne connaissait pas ne l'emballait pas. Ce n'était pas qu'il était sauvage. Simplement, il tenait à son intimité – une chose qu'il n'aurait plus jamais, pensa-t-il avec amertume.

Non, il ne pouvait pas dire cela. C'était injuste envers Avery. Il ne pouvait pas en vouloir à la petite fille d'avoir atterri chez lui après avoir perdu ses parents. Elle était trop jeune pour vivre une épreuve pareille ! Mais valait-il mieux pour elle qu'elle n'ait pas de souvenirs de ce qu'elle avait perdu ? Il savait ce qu'il en coûtait de se rappeler une personne proche qui vous avait été enlevée. Il ne voulait pas que sa demi-sœur souffre comme il avait souffert. Il ne voulait pas non plus qu'elle soit élevée par des belles-mères et des nounous. Mais quelle était l'alternative ?

Sans bouger de la porte, il ramena son attention sur la femme qui se tenait devant lui. Il avait toujours apprécié Hannah. Elle était connue dans le service pour être une infirmière expérimentée, mais aussi pleine de compassion. C'était une jolie femme intelligente et responsable, et également une excellente mère, s'il en jugeait par la vivacité de sa fille. Mais, ce jour-là, elle avait été plus que cela : elle avait été une amie qui avait mis sa vie entre parenthèses pour l'aider. À dater de ce soir-là, il aurait du mal à ne voir en elle qu'une collègue avec qui il travaillait. Et il souhaitait entendre ses explications à propos de ce qui s'était passé avec Shelley.

— Puis-je vous poser une question ? demanda-t-elle en le regardant.

— Bien sûr.

Il s'adossa plus confortablement à la porte et croisa les chevilles.

— Quand vous avez engagé Shelley, lui avez-vous fait passer un entretien ?

Appuyée contre le bureau, elle semblait moins nerveuse.

— Je crains de ne pas avoir été averti à temps pour avoir ce luxe. J'ai appelé la seule personne qui, à mon avis, pouvait m'aider.

— Vous ne lui avez pas parlé avant de la laisser avec Avery ? insista Hannah sans cacher sa réprobation.

— Comme je l'ai dit, je n'en ai pas eu le temps. J'ai fait confiance à Angela, qui est ma gouvernante depuis plus de deux ans, qui a des enfants et sait ce dont ils ont besoin, contrairement à moi.

Un certain malaise envahit William. Avait-il laissé la petite fille avec quelqu'un qui l'avait mise en danger ?

— Est-il arrivé quelque chose à Avery ?

— Non, bien sûr que non. Shelley est une jeune fille intelligente qui serait parfaite comme baby-sitter pour une soirée. Mais elle est trop occupée par ses cours qui sont sa priorité. Je suis certaine que s'occuper d'Avery ne l'intéressait pas, au fond.

— Entendu, Hannah. Je savais qu'elle ne ferait pas l'affaire à long terme. Ce que je ne comprends pas, c'est pourquoi elle a pensé que je n'avais plus besoin d'elle du jour au lendemain.

— Eh bien, c'est un peu ma faute... Quand elle m'a parlé du décès de vos parents...

— De mon père et de ma belle-mère, rectifia-t-il.

— Oui, et j'en suis terriblement désolée, William.

Les yeux de Hannah brillèrent d'une vraie sympathie qu'il n'avait vue que chez quelques personnes à l'enterrement de son père.

— Merci, dit-il, ressentant une vive douleur qu'il ne s'expliquait pas.

Il n'avait pas été proche de son père depuis des années. Pourquoi se sentait-il aussi à vif ?

— Et donc, je lui ai dit que nous n'étions pas au courant de ce deuil ni du fait que vous aviez un bébé à charge, dans le service, sans quoi nous aurions proposé de vous dépanner, poursuivit Hannah. Je suppose qu'elle en a déduit que son aide n'était plus nécessaire.

Elle s'arrêta un instant avant d'ajouter :

— Je n'avais vraiment pas l'intention de compliquer les choses pour vous et Avery.

— Je sais. Tout cela est si nouveau pour moi que je panique, parfois. Je crains de tout rater moi-même en me débattant dans mes incertitudes.

Dire ces mots à voix haute, avouer sa peur à quelqu'un sembla apaiser l'angoisse qui l'habitait sans cesse.

S'il pouvait simplement résoudre le problème de la garde d'Avery, il savait qu'il se sentirait mieux. Avoir quelqu'un qui saurait s'y prendre, qui aurait de l'expérience avec un bébé de l'âge de sa sœur, le réconforterait car il pourrait demander à cette personne comment faire pour prendre soin de la petite fille. Il ne voulait pas rater sa mission. Il ne voulait pas abîmer Avery comme son père l'avait abîmé, lui. La réponse de Paul Cooper avait été de trouver une autre épouse et une nounou et de le confier à leurs soins. Ce n'était pas ce qu'il souhaitait pour sa sœur. Il devait y avoir une autre solution.

— Dites-moi, qui prend soin de Lindsey quand vous travaillez ? demanda-t-il. Est-elle trop grande pour avoir une baby-sitter ?

— Elle le pense, mais j'attendrai encore un an avant de la laisser toute seule, répondit Hannah. Elle reste à l'école après la classe, et la plupart du temps cela concorde avec mes horaires. Il y a une autre maman qui la prend en charge quand je travaille tard. Il y a également un groupe de mères dont les enfants ont eu une greffe du cœur ou en attendent une, qui se serre les coudes. Nous gardons les enfants des unes ou des autres quand il le faut.

— Elle va bien, maintenant ?

Il éprouva une bouffée de culpabilité. Hannah avait pris soin d'une enfant malade et subi l'épreuve d'une greffe sans cesser de travailler et d'étudier, apparemment. Et il se plaignait de sa propre incompétence ? Il était temps qu'il se prenne en main.

— Oui. La différence que la chirurgie a faite est un miracle. Je n'aurais jamais rêvé qu'elle soit un jour en aussi bonne santé, dit Hannah en essuyant sa joue.

— Je suis content de l'entendre. Cela a certainement été dur pour vous deux...

Il aurait dû ajouter quelque chose, mais quoi ? Il n'était pas doué pour partager des émotions. Il s'éclaircit la gorge.

— Alors à quoi faites-vous attention quand vous engagez une baby-sitter ?

— D'abord, je cherche quelqu'un à qui je peux faire confiance du point de vue médical. Lindsey est assez grande pour savoir qu'elle doit prendre ses médicaments aux heures fixées, et on lui a expliqué les signes précurseurs d'un rejet, mais je veux quelqu'un qui sache quoi faire en cas d'urgence. Heureusement, maintenant, beaucoup de formations pour les baby-sitters enseignent la réanimation cardio-pulmonaire, ce qui est formidable.

Elle s'arrêta pour reprendre son souffle puis poursuivit :

— Ensuite, je vérifie les références. J'ai besoin de savoir que la personne est responsable et s'est déjà occupée d'une enfant de l'âge de Lindsey. Enfin, et c'est très important, je laisse ma fille rencontrer ses baby-sitters avant de les engager, pour être sûre qu'elles s'entendent bien. Évidemment, vos besoins sont différents. Il vous faut quelqu'un qui vous aide à apprendre à vous occuper d'Avery. Je... Je ne veux pas dire que vous faites les choses de travers, naturellement...

— Ne vous inquiétez pas. Je suis le premier à reconnaître mes manques.

Il avait tenté d'expliquer à l'ancienne nounou d'Avery qu'il ne connaissait rien aux bébés, mais elle avait refusé d'écouter. Elle lui avait planté la petite fille dans les bras et lui avait dit qu'étant neurochirurgien, il saurait certainement quoi faire puis elle avait regagné sa voiture.

Hannah, elle, comprenait la situation. Elle avait dit exactement ce qu'il avait pensé toute la journée.

Il avait besoin de quelqu'un pour le guider dans son apprentissage et, maintenant, il avait une bonne idée de la personne à engager. Il lui fallait un coach en puériculture, et Hannah avait toutes les qualifications voulues. Non seulement elle savait à quel point le travail à l'hôpital pouvait être prenant, mais elle mesurait les défis qu'il avait à affronter. En outre, il était à l'aise avec elle, ce qui était un bonus. Elle ne le faisait pas se sentir embarrassé. Et si Maria, la grand-tante d'Avery, décidait de contester son droit de garde, il devrait montrer aux tribunaux et aux services sociaux qu'il était apte à remplir son rôle. Hannah pouvait l'aider à s'y préparer. Il n'y avait personne de mieux qu'elle pour l'assister dans sa mission.

Mais comment lui demander de l'aider quand elle avait déjà tant de choses à faire, entre son travail, ses études et sa fille ? Pourrait-il trouver un moyen de lui rendre service, en échange ?

— Je connais la personne parfaite pour l'emploi, dit-il en s'écartant de la porte.

Il s'assurerait que les choses soient plus faciles pour elle si elle acceptait de l'aider.

— Ah oui ?

Cette femme qui n'avait passé que quelques heures avec Avery se souciait déjà du bien-être du bébé. Une preuve de plus qu'il prenait la bonne décision.

— Oui. Elle remplit toutes les qualifications. Nous fonctionnons bien ensemble, et elle serait d'un grand secours pour m'apprendre à m'occuper d'Avery.

— C'est merveilleux ! Je suis tellement soulagée. J'ai fait le tour de toutes les mamans que je connais et aucune n'a pu m'indiquer quelqu'un de disponible. Qui est-ce ? Pensez-vous qu'elle pourrait commencer demain ?

— Je connais une seule personne qui serait parfaite, dit William. Et cette personne, Hannah, c'est vous.

# 3

— Je peux voir tourner les rouages de votre cerveau, dit William en prenant une bouchée de pâtes.

— Et quelle partie du cerveau appelez-vous les rouages, Billy le Brillant Chirurgien ?

Hannah le vit froncer les sourcils tandis qu'il faisait glisser ses pâtes avec un verre de vin. Visiblement, il n'était pas habitué à ce que l'on plaisante à son sujet.

William avait montré à Lindsey où elle pouvait regarder sa sitcom préférée, et Hannah s'était assurée qu'Avery dormait toujours. Puis elle l'avait écouté pendant un quart d'heure développer son argumentaire ; à la fin, fatiguée de secouer la tête, elle avait décidé qu'il leur fallait manger tout en se disant qu'elle pourrait peut-être, à la faveur d'une pause, lui faire comprendre qu'elle ne convenait pas à l'emploi. Certes, elle avait bien été impressionnée par la somme qu'il lui avait indiquée. Si elle avait su que garder les enfants de gens riches était aussi bien rémunéré, elle aurait pu choisir cette voie au lieu de faire des petits boulots avant de devenir infirmière. Si elle s'était interrogée sur la fortune qu'il avait acquise ou dont il avait hérité, elle se demandait comment il pouvait lancer des chiffres pareils sans ciller…

Mais ce n'était pas ce qui la tracassait en ce moment. Il n'était pas le seul à pouvoir sortir de sa manche un super-plan, et son cerveau à elle en mettait rapidement un autre au point. Sa suggestion pourrait être un moyen pour elle d'obtenir ces heures d'expérience clinique dont elle avait besoin. Elle était si près de terminer son cursus et elle avait toujours rêvé de travailler en neurochirurgie… Il lui fallait juste ce stage, et ce serait un bonus pour elle d'avoir comme tuteur quelqu'un de sa réputation.

— Disons que j'accepte. Quelles seraient mes heures ? demanda-t-elle.

Il prit sa serviette en tissu et se tamponna la bouche. Hannah remarqua que ses lèvres esquissaient un léger sourire.

Elle était stupéfaite par la différence qu'elle voyait en lui. C'était comme s'il était quelqu'un d'autre ici, chez lui. Durant les quelques instants où ils avaient parlé seul à seul dans son bureau, quelque chose avait changé entre eux. Ils avaient eu de nombreuses conversations au travail, et même lors de sorties occasionnelles avec leurs collègues, mais elle n'avait jamais senti, entre lui et elle, de connexion vraiment personnelle. Or, maintenant, elle se rendait compte qu'ils s'entendraient bien pour collaborer.

Néanmoins, elle devait d'abord considérer chaque aspect du plan de William – un plan qui dépendait d'elle. Elle avait une certaine pression sur les épaules, sachant qu'Avery et lui avaient réellement besoin d'aide, mais elle devait prendre une décision qui serait bonne pour elle et pour sa fille. Lindsey serait toujours sa priorité.

— Il me faut quelqu'un pour s'occuper d'Avery pendant que je travaille, mais je ne vous demanderais évidemment pas de le faire. Ce dont j'ai vraiment besoin, c'est d'une personne qui pourrait être là le soir, en vivant ici, pour me familiariser avec les soins à donner à ma sœur. Si sa grand-tante cherche à faire valoir ses droits, je dois être préparé à me défendre.

— Vous voudriez que je vive ici ? Cela voudrait dire que je quitte mon appartement et que j'emmène Lindsey avec moi.

Comment demander à sa fille de déménager de nouveau ? Elles avaient déménagé quatre fois depuis leur arrivée à Houston, parfois pour du mieux, parfois pour du moins bien. Ce qu'il lui proposait serait à coup sûr pour du mieux, même si l'appartement qu'elles occupaient actuellement était le plus épatant qu'elles aient jamais eu. Mais vivre aux crochets de quelqu'un n'était pas le genre de chose qu'elle avait envie d'apprendre à Lindsey. Ayant bataillé dur pour son indépendance, Hannah n'était pas prête à y renoncer.

— Bien sûr, je payerais votre loyer en plus de votre temps, ajouta William.

Il se leva pour mettre son assiette dans le lave-vaisselle et revint chercher celle de Hannah.

— Je ne peux pas prendre une décision comme celle-ci sans en parler à ma fille, mais j'ai moi aussi une proposition à vous faire, dit-elle en se levant à son tour pour ranger les affaires dans les placards.

Était-elle folle de seulement songer à considérer son offre ? Celle-ci lui permettrait certainement de terminer plus facilement sa formation ce semestre. Elle devrait peut-être prendre un congé, mais elle avait assez d'économies pour couvrir ses dépenses, et ce serait formidable de travailler avec lui. Pouvoir dire qu'elle s'était formée avec le Dr William Cooper l'aiderait à entrer dans n'importe quel service de neurologie du Texas.

— Quelle qu'elle soit, je sais que nous pouvons trouver un terrain d'entente, dit-il en mouillant une éponge pour nettoyer le comptoir.

Au moins, il ne semblait pas être l'un de ces hommes qui attendent que l'on fasse tout pour eux.

— Je suis sur le point de terminer ma formation théorique d'infirmière praticienne, mais j'ai besoin de pas mal d'heures de formation clinique pour pouvoir obtenir mon diplôme. Que diriez-vous si je travaillais avec vous pour avoir ces heures ? En échange, je serais heureuse de vous apprendre à vous occuper tout seul d'Avery.

Elle retint son souffle, attendant sa réponse.

S'il acceptait, sa vie serait tellement plus facile ! Elle pourrait terminer son semestre en position de force, tout en continuant à payer ses factures et à passer du temps avec sa fille.

— Nous pourrions procéder à un échange de connaissances, poursuivit-elle. Disons que pendant un mois, vous m'enseigneriez tout ce que j'ai besoin de savoir pour exercer dans un service de neurochirurgie, et moi, le soir, je vous apprendrais tout ce que je sais sur la façon d'élever une petite fille.

— Cela me semble équitable. Bien sûr, la première chose que vous devrez m'apprendre, ce sera à choisir une crèche pour ma sœur.

— Alors, c'est par là que nous commencerons. Nous ferons ensemble une liste des crèches et choisirons la meilleure pour Avery. Mais je dois vous dire que la seule enfant dont j'ai l'expérience, c'est la mienne.

— Vous vous en êtes très bien sortie avec elle et vous êtes un parent isolé. C'est le genre d'aide qu'il me faut. J'ai besoin d'apprendre comment tout faire tout seul.

William s'appuya à l'îlot central de la cuisine. Il paraissait moins stressé.

— Pour votre gouverne, sachez que je ne suis pas Mary Poppins, ajouta Hannah. Ne vous attendez pas à ce que je chante ou danse la gigue.

Elle esquissa quelques pas de claquettes qu'elle avait appris enfant en cours privé.

Il se mit à rire, et elle fut frappée de nouveau par la différence entre l'homme qu'il était chez lui et celui qu'il était à l'hôpital.

— Je n'en suis pas si sûr. Je trouve que vous vous en tirez plutôt bien.

— C'est parce que vous ne m'avez pas entendue chanter, dit-elle.

Dieu merci, ses parents ne lui avaient pas fait prendre de leçons de chant.

— Vous voulez sceller notre accord ? demanda-t-il en lui tendant une main.

La voix de sa mère lui disant d'aller doucement et de s'assurer qu'on ne cherchait pas à profiter d'elle fit hésiter Hannah. William était prompt à conclure le marché, et elle avait l'impression de céder un peu trop facilement à ses souhaits. Le souvenir de la vie avec ses parents et de leurs constantes manipulations la faisait réfléchir. Avait-il quelque chose à gagner, en plus d'apprendre à s'occuper de sa sœur ?

Si c'était le cas, elle ne voyait pas ce que c'était. Elle s'était assurée qu'ils passent un accord leur profitant à tous les deux et elle croyait fermement que les intentions de William étaient pures. C'était un marché qui les plaçait à égalité. Et qui lui faisait plaisir. Il n'avait fallu qu'un instant à Avery pour serrer ses petits doigts autour de son cœur. Elle n'aurait pas pu s'en aller sans être sûre que la petite fille serait bien soignée.

— À moins que cela pose un problème à Lindsey, je pense que nous pouvons y arriver, dit-elle.

Elle tendit la main et sentit la chaleur de ses doigts l'envelopper. Leurs paumes scellèrent leur accord, mais la main de Hannah s'attarda un peu plus que nécessaire dans celle de William. Elle la retira, puis l'essuya sur son jean afin de dissiper les picotements troublants qu'elle éprouvait. Comment un simple geste d'acceptation avait-il pu se changer en un contact aussi intime ? Ce nouveau William, ce William détendu et facile à vivre, paraissait dangereux. Elle faillit lui dire qu'elle avait changé d'avis, que ce n'était peut-être pas une bonne idée, finalement, mais elle comprit qu'elle ne pourrait le faire sans admettre combien le toucher l'avait affectée.

— Le film est fini. On peut rentrer à la maison, maintenant ? demanda Lindsey en arrivant dans la cuisine.

— Pardon ? murmura Hannah, encore ébranlée par la réaction de son corps au contact de William.

— Lindsey, j'allais justement te chercher, dit William. Je pensais que ta maman et toi aimeriez peut-être voir ma salle de jeux vidéo.

Hannah vit les yeux de sa fille s'écarquiller et sut que tout était réglé. Jamais, maintenant, Lindsey ne refuserait de venir s'installer chez William. Il semblait bien que le mois à venir allait être une aventure pour eux tous.

Alors qu'elles entraient chez William, chacune portant un carton, Hannah nourrissait de sérieux doutes. Il avait été plus difficile qu'elle ne l'avait escompté de fermer leur appartement pour un mois. Même s'il n'était pas aussi grandiose que la maison de William, il était agréable à vivre et elle avait travaillé dur pour se le payer. Pour elle, il était la preuve qu'elle pouvait concrétiser ce en quoi elle croyait. Lindsey avait été un peu morose en partant, elle aussi, mais, le temps qu'elles arrivent à destination, elle avait retrouvé sa bonne humeur naturelle.

Avery couchée pour une sieste et Lindsey occupée à s'installer, Hannah se rendit dans la chambre qui lui avait été attribuée. Lorsqu'elle ouvrit la double porte, elle fut saisie par la taille de la pièce. Elle aurait pu contenir la moitié de son appartement ! Elle alla à la rangée de fenêtres et ouvrit les stores, découvrant une vue magnifique sur le grand lac qui avait donné son nom au quartier. Avec la magnifique pelouse qui se terminait sur le rivage par une petite jetée, le panorama était superbe. Elle imagina une table de pique-nique avec des sandwichs et des boissons, un jeu de croquet et une famille profitant de la belle journée de printemps.

— Maman, viens voir ce que j'ai fait dans ma chambre ! cria Lindsey depuis le couloir.

Hannah se tourna et découvrit William appuyé au chambranle de la porte.

— Ça ira ? s'enquit-il.

— C'est parfait, juste un peu trop grand peut-être. Mais j'adore la vue.

— Je sais. C'est pour le lac que j'ai acheté la maison.

Il traversa la pièce pour venir la rejoindre près des fenêtres.

— Elle n'est pas un peu grande pour vous tout seul ? demanda Hannah. Sinon, elle sera parfaite pour élever une famille.

Une ombre passa sur le visage de William tandis qu'il détournait les yeux, et son regard glacial fit frémir Hannah.

— Elle est peut-être un peu grande, mais elle me convient parfaitement. Elle offre tout ce que j'ai toujours voulu, y compris cette vue. Pour ce qui est de l'épouse et des deux enfants et demi qui sont la norme, ils ne font pas partie de mes plans. Une famille est la dernière chose que je souhaite, dit-il avant de la regarder de nouveau.

— Pourquoi ? N'est-ce pas ce que tout le monde désire ?

— Une femme et des enfants ?

Il soupira.

— Ce que les gens désirent n'est pas toujours ce qu'ils obtiennent. Mon père croyait si fort en ce rêve qu'il s'est marié quatre fois. Peut-être que la quatrième était la bonne, je l'espère. Mais ma première et ma deuxième belle-mère ont été un cauchemar que pour rien au monde je ne voudrais revivre.

— J'en suis désolée. Et j'espère moi aussi que la mère d'Avery était « la bonne ».

Hannah tourna les yeux vers le lac tandis qu'un frisson lui parcourait le dos. L'amertume de William quand il avait évoqué les épouses de son père l'avait surprise, mais elle avait remarqué qu'il n'avait pas mentionné sa propre mère. Quel rôle avait-elle joué dans sa décision de ne pas fonder de famille ?

En tout cas, elle l'avait senti sincère ; il croyait en ce qu'il disait. Mais le fait était qu'il avait une famille, à présent, qu'il l'accepte ou non. D'un point de vue pratique, il était le père d'Avery autant que son frère, et elle ne doutait pas qu'un jour il agrandirait cette famille. Simplement, il n'avait pas encore rencontré la personne sans laquelle il ne pouvait pas vivre. C'était la même chose pour elle, aussi le comprenait-elle très bien.

Tandis qu'il se détournait et quittait la pièce, elle continua à contempler le lac. Quoi que William en dise, elle était certaine qu'il devait se sentir un peu seul dans cette grande maison. Cette pensée l'attrista légèrement, puis elle se rappela que, désormais, il ne serait plus seul.

Il n'y avait rien de tel que le rire d'un enfant pour réchauffer une maison, se dit-elle avec un petit sourire, tandis qu'elle rejoignait la chambre de sa fille. Et la première chose qu'elle allait apprendre à William, c'était ce que cela signifiait de faire partie d'une famille.

William descendit quatre à quatre les marches qui menaient au sous-sol. Dès qu'il avait vu la surprise se peindre dans les yeux de Hannah, il avait compris qu'il lui en avait trop dit. Si elle savait à quel point sa vie de famille avait été chaotique, durant son enfance et son adolescence, elle comprendrait peut-être qu'il ne voulait surtout pas en fonder une à son tour. Certes, il avait maintenant une sœur dont il était responsable, mais cela ne voulait pas dire qu'il allait céder aux sirènes de la formule « ils vécurent heureux et eurent beaucoup d'enfants ».

Quand les gens voyaient en lui le futur père de famille idéal, il sentait ses démons se réveiller. Trop souvent, ils pensaient que s'il était célibataire, c'était parce qu'il n'avait pas encore rencontré la bonne personne. Des femmes qu'il connaissait à peine essayaient de le « caser » avec leurs filles ou leurs nièces. Des collègues laissaient entendre que d'autres collègues seraient heureuses d'avoir une histoire avec lui. Même ses patients semblaient trouver son célibat suspect, comme si son statut matrimonial avait quelque chose à voir avec son talent en salle d'opération.

Il avait reçu des conseils de plus d'un homme âgé marié depuis des décennies. Nul ne savait qu'il avait eu toute la vie de famille qu'il pouvait supporter, avec non pas une, mais trois belles-mères. Les tensions familiales, il en avait eu sa dose pour le reste de ses jours, et il n'avait pas l'intention de reproduire les erreurs de son père. Pour une raison inconnue, ce dernier n'avait jamais appris à vivre seul. Mais lui-même n'était pas son père et il n'avait pas besoin d'une femme dans sa vie pour être heureux. La seule raison pour laquelle Hannah était là, c'était justement pour qu'elle lui apprenne à devenir un parent indépendant.

Il alla dans la salle de bains où il gardait ses vêtements de sport. Quelques minutes plus tard, il s'exerçait dans son gymnase privé, soulevant des haltères chargés au maximum. Il sentit son irritation diminuer tandis qu'il poussait son corps jusqu'à ses limites, passant d'un appareil à l'autre. Son esprit s'apaisa un peu plus à chaque effort répété, et avec le calme vint le constat qu'il avait laissé de vieilles blessures l'amener à en dire plus qu'il n'aurait dû à Hannah.

Pourquoi les choses étaient-elles aussi exacerbées, en ce

moment ? Avec la mort de son père, des sentiments et des émotions qu'il avait tenus à distance pendant très longtemps refaisaient surface. L'arrivée d'Avery n'avait rien arrangé, non plus, en dérangeant la vie organisée dont son bien-être dépendait.

Pendant des années, il s'était accommodé de son existence rangée. À présent, tout était bouleversé et il avait toujours eu des problèmes avec les changements. Sa vie avait été tellement chamboulée d'une belle-mère à l'autre qu'il affectionnait le confort de ne rien bouger. Et maintenant il introduisait deux personnes de plus dans son univers : Hannah et Lindsey. Il savait que Hannah était curieuse à son égard, comme il était curieux vis-à-vis d'elle, mais s'attendre à ce qu'elle le comprenne était trop demander.

Hannah était excitée à l'idée de sa première journée avec William, à l'hôpital, et elle se leva tôt. Après s'être assurée que Lindsey se préparait pour l'école, elle aida William à remplir un sac pour Avery, vérifiant bien qu'il y avait tout ce qu'il fallait. Même si elle était un peu rouillée pour s'occuper d'un bébé, elle se rappela vite les éléments de base.

— Pourquoi comptez-vous les couches ? demanda-t-il tout en préparant un œuf brouillé pour le petit déjeuner de sa sœur.

Fidèle à sa parole, William l'avait accompagnée dans le choix d'une crèche ayant des places disponibles. Ils avaient pesé les pour et les contre de chaque structure, et il avait sélectionné celle qui offrait l'univers le plus accueillant et se trouvait dans un endroit pratique pour eux.

— Si vous savez combien vous en mettez dans le sac chaque matin, vous pouvez voir combien de fois on l'a changée dans la journée, répondit Hannah en mettant le bébé dans sa chaise haute.

— Est-ce qu'ils ne devraient pas le faire sans que je vérifie ?

— Je ne pense pas qu'il y ait de problème, mais cela ne fait pas de mal de les tenir un peu à l'œil. Il n'est pas mal non plus de se rendre à la crèche de temps à autre, de façon impromptue, quand ils ne vous attendent pas.

Hannah mit une serviette à Avery pendant que William coupait l'œuf en petits morceaux.

— Puisque tout va bien, je vais voir où en est Lindsey et finir de me préparer, dit-elle.

Après avoir déposé Lindsey à l'école, ils arrivèrent à la crèche avec quelques minutes d'avance, ni l'un ni l'autre ne semblant pressé d'entrer. Hannah ne pouvait s'empêcher de s'inquiéter pour la petite fille. Et si Avery pensait qu'ils l'abandonnaient, comme ses parents l'avaient abandonnée sans jamais revenir ? Elle n'avait aucun moyen de savoir que cela ne se reproduirait pas.

— Vous n'avez pas besoin d'entrer si vous n'en avez pas envie, dit William en ouvrant la porte.

— Je veux y aller aussi.

Elle savait qu'elle devait le laisser faire, mais elle voulait s'assurer par elle-même que tout irait bien pour Avery.

Ils entrèrent ensemble dans la crèche, et Hannah pensa qu'à les voir on aurait sans doute dit qu'ils allaient affronter un peloton d'exécution.

Elle serrait contre elle la petite fille qui se tortillait, aussi la confia-t-elle à William.

— Avery, je dois aller travailler avec William, maintenant, mais nous allons revenir très vite.

William alla trouver la responsable pour s'entretenir avec elle et lui donner un bout de papier puis il embrassa sa petite sœur avant de l'asseoir sur le tapis où les autres enfants jouaient. Tout de suite, Avery rampa jusqu'à un petit train qu'elle entreprit de faire rouler.

— Ça va aller pour vous deux, dit Hannah.

Elle avait déjà fait cela avec Lindsey, mais elle ne se rappelait pas que c'était une telle épreuve.

— Elle semble à l'aise, mais je n'aime pas la façon dont ce petit garçon la regarde, dit William.

— Ce n'est rien. C'est son premier jour, alors les autres ne sont pas habitués à elle. Je parie que d'ici une heure elle se sera fait des copains. Venez, grand frère, nous allons être en retard au travail.

Il hésita un instant avant de la suivre à l'extérieur.

— Cela fait drôle de la laisser seule ici.

— Je sais, mais tout ira bien. Qu'y avait-il sur le billet que vous avez donné à la responsable ?

— Le numéro de téléphone de la salle d'opération et des urgences s'ils ne parviennent pas à me joindre sur mon portable.

— Bonne idée. Nous leur avons donné mon numéro en cas de besoin, mais vous devrez le changer lorsque je retournerai chez moi.

Ils montèrent en voiture et prirent la direction de l'hôpital.

— Il me faudra quelqu'un pour les urgences qui seront hors des horaires de la crèche, et, bien sûr, pour les nuits où je serai de garde, dit William.

— Nous trouverons. J'ai encore des contacts avec des baby-sitters qui se sont occupées de Lindsey.

— Être un parent célibataire est bien plus compliqué que ce que je pensais.

— Oui, mais si j'y suis arrivée, vous pouvez y arriver aussi.

Peu après, ils se garaient sur le parking de l'hôpital, et Hannah ouvrit aussitôt sa portière.

— Maintenant, vous allez pouvoir m'enseigner tout ce que j'ai besoin de savoir pour devenir la meilleure infirmière praticienne que la neurochirurgie ait jamais connue.

L'excitation l'envahit de nouveau. C'était une étape de plus vers le but qu'elle s'était fixé, et elle était prête à franchir ce pas.

# 4

Hannah serait contente quand sa période d'orientation serait terminée. La veille au soir, au dîner, William et elle étaient tombés d'accord sur le fait que ce serait une bonne chose pour elle de se « mettre dans le bain » en se familiarisant avec le fonctionnement de son cabinet privé, avant de commencer à voir avec lui des patients hospitalisés.

Mais il ne l'avait pas avertie au sujet de l'infirmière Marion qui dirigeait les lieux et faisait régner en maîtresse femme l'ordre et l'efficacité. Dès que les patients s'inscrivaient au bureau d'accueil, on vérifiait leur poids et leurs constantes vitales. Tout changement depuis leur dernière visite était noté, comme les mises à jour de leur traitement. Toutefois, ce n'était pas une raison pour que Marion la traite comme si elle était une « bleue » !

Hannah, qui savait mener un entretien avec un patient, était plus que compétente dans les bilans de santé, et le fait qu'elle ait déjà été responsable de patients en neurologie ne semblait pas compter. L'infirmière Marion, comme elle aimait qu'on l'appelle, allait s'assurer que son insertion se fasse dans les règles.

Il était aisé de voir que ladite Marion considérait William comme un héros. Si elle avait eu vingt ans de moins, Hannah soupçonnait qu'elle aurait été amoureuse de son patron. En tout cas, quand celui-ci lui donnait un ordre, rien ne pouvait la dévier de sa mission.

Hannah, elle, commençait à se dire qu'elle allait s'arracher les cheveux avant même d'arriver à la pause du déjeuner.

— Marion, puis-je voir Hannah une minute ? demanda William, sur le seuil de son bureau.

— Certainement, docteur Cooper. Moi, je vais préparer le prochain patient.

Hannah la regarda partir vers la salle d'attente.

— Merci pour le sauvetage, dit-elle.

— Vous aviez l'air d'en avoir besoin. Marion a parfois la main un peu lourde, mais elle fait tourner ce cabinet à merveille.

William pénétra dans son bureau.

— Elle a une haute opinion de vous, commenta Hannah en le suivant.

— C'est la première employée que j'ai engagée quand j'ai ouvert le cabinet. Elle est très dévouée.

Il s'assit derrière son bureau.

— J'ai pris des nouvelles d'Avery, et d'après sa puéricultrice elle va bien.

— Je vous l'avais dit. J'appellerai un peu plus tard, moi, comme ça, vous ne donnerez pas l'impression de vous méfier d'eux.

— Parfait, et merci. Je l'accompagnerai tout seul, demain.

Il poussa un soupir.

— Rien de tout ça ne va être facile, n'est-ce pas ?

— Non, pas vraiment. C'est toujours plus dur qu'on ne le pense. Mais vous allez vous y faire. Que vous ai-je dit, concernant la première règle à appliquer par un parent ?

— Ne pas laisser voir son anxiété, mais je crains qu'il ne soit déjà trop tard pour moi, répliqua William en lui souriant. Savoir que vous êtes là pour m'empêcher de faire de grosses erreurs avec Avery signifie beaucoup, mais je sais que vous avez une enfant à vous et vos études. Si jamais la charge devient trop lourde, prévenez-moi. Angela est à la maison deux jours par semaine, et…

La porte du cabinet s'ouvrit en coup de vent.

— J'ai besoin de vous en salle d'attente ! dit Marion avant de tourner les talons.

William se rua derrière elle, suivi par Hannah qui reconnut tout de suite le jeune homme allongé par terre. Zach avait été victime d'un accident de voiture quelques mois auparavant, et elle avait été son infirmière en neurochirurgie. S'agenouillant près de lui, elle nota qu'il avait le regard fixe et que ses muscles étaient très tendus tandis que des convulsions secouaient son corps.

— Appelez le 911 pour une ambulance, Marion, dit William de cette voix calme que Hannah avait toujours admirée. Dites-leur qu'on a un cas d'épilepsie et qu'il faut transférer le patient aux urgences.

Elle sentit que le corps de Zach se relâchait sous sa main et elle fut soulagée de voir sa poitrine se soulever pour prendre une grande inspiration.

— Est-ce qu'il va aller bien ? demanda une voix de femme.

Tournant la tête, Hannah vit l'épouse de Zach, Sheri, qui se tenait derrière elle, les yeux pleins de larmes.

— Oui, ça va aller, répondit-elle en la rejoignant. Il a eu une crise d'épilepsie, mais il respire bien maintenant et il reprend des couleurs. C'est bon signe.

Elle prit les mains tremblantes de la jeune femme dans les siennes.

— Cela lui est-il déjà arrivé ?

— Non, pas comme ça. Pourtant, il prend bien ses médicaments.

Elle passa distraitement une main sur son ventre arrondi.

— Qu'est-ce que j'aurais fait si ça s'était produit à la maison ?

— Il aurait fallu faire comme nous, appeler le 911.

La porte de la salle d'attente s'ouvrit, et deux brancardiers entrèrent avec une civière.

— J'ai parlé au médecin des urgences qui va s'occuper de Zach, Sheri, annonça William. On va lui faire passer un scanner. Je serai là-bas pour vous voir dès qu'on aura les résultats.

Durant l'heure qui suivit, Hannah et Marion travaillèrent de concert pour que William puisse recevoir les derniers patients avant de partir à l'hôpital. Hannah ne put cacher son excitation quand il l'invita à l'accompagner.

— Au fait, l'éducatrice d'Avery dit qu'elle s'en sort très bien, déclara-t-elle en montant dans sa voiture. Apparemment, il y a eu une dispute avec un petit garçon pour un jouet, mais Avery a eu le dessus.

— Le dessus ? Ils se sont battus ?

William avait pris un air alarmé.

— Non, juste un peu disputés.

— Je devrais peut-être revenir à mon plan initial et prendre quelqu'un à plein temps à la maison.

— Essayons d'abord la crèche. Je pense vraiment qu'il est bon pour Avery d'être avec des enfants de son âge. Oh ! à propos... Est-ce que vous avez un pédiatre ici, à Houston ?

— Oui, Shelley a emmené Avery voir le Dr Anderson, à la clinique pédiatrique. Les avoués de mon père ont demandé à son pédiatre de Dallas de lui transférer son dossier, et oui, je sais que c'est moi qui aurais dû y aller.

Ils arrivaient à l'hôpital, et il se gara.

— Nous irons ensemble la prochaine fois, dit Hannah. Et il est normal que vous ayez besoin d'aide, parfois. Ce n'est pas parce que vous êtes un parent célibataire que vous ne devez pas compter sur vos amis.

En disant ces mots, elle sentit son cœur se serrer. Elle espérait être l'une de ces amis.

William fut content de trouver Zach réveillé lorsqu'ils entrèrent dans sa chambre. Les résultats du scanner étaient arrivés et ils ne montraient aucun dommage au cerveau à la suite de la chute du jeune homme dans la salle d'attente du cabinet.

— Bonjour, docteur, dit le malade. Hannah... Cela fait plaisir de vous voir. Vous travaillez aux urgences, aujourd'hui ?

— Non, j'ai pris un congé pour me concentrer sur mes études. Le Dr Cooper m'a acceptée en stage de neurochirurgie. J'étais au cabinet, tout à l'heure, quand vous avez eu votre crise.

— Vous avez meilleure mine, commenta William. Comment vous sentez-vous ?

— Un peu secoué et très fatigué, pour être honnête.

Il prit la main de sa femme.

— Nous le sommes tous les deux.

— J'ai essayé de le rattraper quand il est tombé, mais je n'y suis pas arrivée, déclara Sheri.

— Tu n'aurais rien pu faire, mon cœur. Et tu as à te soucier de quelqu'un d'autre que moi, maintenant.

Quand il embrassa les doigts de son épouse, William détourna les yeux du jeune couple, n'ayant jamais été adepte des démonstrations publiques d'affection. Il entendit soupirer et regarda Hannah qui avait les larmes aux yeux. Il se pencha vers elle.

— Vous voulez un mouchoir ? murmura-t-il, gentiment moqueur.

— Même vous, vous devez admettre qu'ils forment un joli couple, dit-elle. Ils feront des parents formidables.

William se redressa en s'éclaircissant la gorge.

— Il n'y a pas de changement par rapport à votre dernier scanner, mais je veux que vous restiez hospitalisé au moins une nuit. Je vais ajuster vos médicaments anti-épileptiques, et cela devrait régler le problème. Sinon, nous changerons le traitement. Pour l'instant, je veux que vous vous reposiez. Je... *Nous reviendrons* vous voir plus tard, conclut-il en jetant un coup d'œil à Hannah.

Ils laissèrent le couple se chamailler pour savoir si Sheri passerait la nuit à l'hôpital. William aida Hannah à rédiger une note pour le dossier de Zach puis il lui expliqua comment fonctionnaient les admissions.

Il ne fut pas surpris de la voir s'adapter tout de suite car elle était déjà familiarisée avec le système informatique de l'hôpital. Ce qui l'étonna, ce fut de voir le nombre d'infirmières urgentistes qui s'arrêtaient pour lui parler.

— Vous avez travaillé dans ce service ? demanda-t-il.

— Travaillé, non, mais j'y ai passé beaucoup de temps. Avant que Lindsey reçoive sa greffe, elle était sans arrêt à l'hôpital, et nous connaissions toutes les infirmières.

— Il a dû être difficile d'être un parent seul avec une enfant aussi malade, dit-il.

Il n'avait pas tenu trois jours avec un bébé qui ne marchait pas encore, et il avait été secondé par Shelley. Il ne pouvait imaginer ce que Hannah avait traversé seule.

Il avait eu envie plusieurs fois de la questionner sur le père de Lindsey, mais, n'aimant pas lui-même que l'on enquête sur sa vie privée, il avait jugé correct de s'abstenir. Toutefois, d'après ce qu'il avait compris, Hannah avait assumé seule tout ce que la vie avait mis sur leur chemin, à sa fille et à elle. Il espérait seulement pouvoir faire moitié aussi bien avec Avery.

# 5

Hannah se figea, subjuguée par le spectacle qui s'offrait à elle. Vite ! Il lui fallait un éventail, un verre d'eau – n'importe quoi pour rafraîchir son corps échauffé.

Debout au milieu de l'escalier qui descendait au sous-sol, elle avait une vue plongeante, et parfaite, sur des muscles en train de s'entraîner et un torse robuste dénudé dont n'importe quel homme aurait été fier. Comment avait-elle pu ignorer ce que William cachait sous sa blouse de médecin ?

Sa respiration s'arrêta tandis qu'elle le regardait soulever de lourds haltères au-dessus de sa tête, ce geste révélant des abdos humides de sueur et une fine ligne de poils bruns disparaissant sous un short de sport taille basse.

Elle savait qu'elle ne pouvait pas rester là, à reluquer cet homme, mais ses jambes refusaient de continuer à descendre. Ou de l'emmener ailleurs. Son pauvre corps négligé et affamé de sensualité l'en aurait empêchée. Il n'avait pas été aussi près d'un homme dévêtu – intimement, en tout cas – depuis plus de… était-ce quatre ou cinq ans ? Et elle n'avait jamais vu un athlète aussi superbe.

Un frisson la parcourut tandis qu'un besoin brûlant s'installait au creux de son ventre. Les parties de son corps qu'elle avait ignorées trop longtemps protestaient. Une femme pouvait-elle avoir un orgasme rien qu'en contemplant un homme ? Si c'était possible, songea-t-elle, c'était là le spécimen capable de provoquer une telle réaction.

Le bruit sourd de métal frappant le sol ramena Hannah à la réalité. Elle vit alors l'homme qu'elle convoitait ouvertement passer une serviette-éponge sur ses abdos bien dessinés, puis aller vers une machine pour faire travailler les jambes. S'allongeant sur le dos, il se mit à actionner de haut en bas ses cuisses musclées.

Hannah comprit qu'elle devait bouger. Tôt ou tard il lèverait les yeux et la verrait, et elle serait incapable de cacher son trouble. Elle avait deux solutions : remonter discrètement ou descendre et se confronter directement à la tentation.

Qui cherchait-elle à duper ? En aucun cas elle ne serait assez forte pour partir maintenant. Elle devait juste s'assurer que William ne remarquerait pas à quel point la vue de son beau corps en sueur l'affectait.

Elle tenta d'endiguer ses hormones longtemps réprimées qui bataillaient pour se libérer. Elle pouvait y arriver. Elle avait été sans homme pendant des années et elle avait survécu. Elle allait simplement ignorer William. Ce serait facile. Elle n'avait qu'à prétendre qu'il était nu et... Quoi ? Non ! Grands dieux non, c'était ce que l'on faisait lorsqu'on avait le trac de s'exprimer en public, pas quand on désirait quelqu'un ! C'était sans espoir. Il fallait qu'elle s'en aille.

— Descendez-vous, ou allez-vous partir en courant ? demanda William en venant vers elle.

Elle se serait probablement enfuie s'il n'avait pas eu l'air de la narguer. Et était-ce un sourire sensuel, sur ses lèvres ? Depuis le temps qu'elle travaillait avec lui, elle n'avait jamais vu sourire ainsi le Dr Cooper. Mais ce n'était pas là le Dr Cooper. C'était William, et elle sentait avec un certain malaise que cet homme était bien plus dangereux que le Prince des Glaces de la salle d'op.

— Je ne voulais pas vous déranger.

Elle força ces mots à franchir ses lèvres sèches et songea qu'elle avait vraiment besoin de ce verre d'eau fraîche. Puis elle se rappela le babyphone qu'elle tenait à la main.

— Et vous avez oublié ceci.

— Désolé. Je ne me suis pas encore habitué à avoir besoin

de cet appareil. Et vous ne me dérangez pas. Il y a ici largement de quoi faire pour deux, dit-il avant de passer lentement la serviette sur son torse.

Hannah ferma les yeux et se mordit la lèvre inférieure pour ne pas laisser échapper un gémissement. Il n'avait sûrement pas voulu dire... C'était sans doute son esprit obnubilé par le sexe qui voyait des sous-entendus partout. Il fallait qu'elle s'en aille avant de faire quelque chose qui les embarrasserait tous les deux.

Elle s'éclaircit la gorge.

— Je vais remonter chercher une bouteille d'eau à la cuisine, dit-elle avant de tourner les talons, combattant l'envie de courir.

— Il y en a plein dans le réfrigérateur qui se trouve dans le coin. Attendez, je vais vous en chercher une.

Rien à faire. Cet homme était déterminé à la tourmenter. Bon, très bien. Elle le méritait. Elle aurait dû s'enfuir dès qu'elle l'avait aperçu. Au lieu de quoi elle était restée plantée là, telle une ado en proie à ses hormones en folie.

Descendant les marches, elle se saisit de la bouteille d'eau qu'il lui tendait. Enlevant le bouchon, elle en but la moitié sans s'arrêter, puis elle la reboucha et, le dos raide, elle marcha jusqu'à un vélo d'appartement. Quelques kilomètres en selle devraient suffire à dompter ce maudit corps qui la trahissait.

Six kilomètres plus tard, elle se sentait beaucoup mieux. Le vélo était installé face à une porte en verre qui ouvrait sur le jardin, et elle s'était forcée à garder les yeux rivés sur les arbres. Dans son dos, elle entendait tinter des barres et des poids, mais elle se refusait à regarder l'homme qui les utilisait. Au huitième kilomètre, son embarras avait disparu. Pourquoi éprouver de la culpabilité ? D'accord, elle avait peut-être eu tort de reluquer innocemment son hôte, mais, si la situation avait été inversée, elle était certaine qu'il en aurait fait autant...

Et ne serait-il pas amusant de renverser les rôles, justement ? Elle attendit que la voix, dans sa tête, lui dise de n'en rien faire. Silence. Apparemment, sa mère était trop choquée pour s'exprimer, cette fois. Et c'était tant mieux, car Hannah n'avait aucune intention d'écouter la voix de la raison.

William ne pouvait détacher les yeux de la femme qui était apparue dans sa salle de sport. Vêtue d'un short et d'un T-shirt ajusté, assise sur le vélo devant lui, elle le torturait par chaque mouvement de ses jolies hanches tandis qu'elle pédalait avec ardeur – faisant naître dans son esprit des fantasmes qu'il n'avait pas à caresser.

Il l'avait introduite chez lui et dans son cabinet, mais il ne pouvait pas la laisser s'approcher davantage de sa sphère privée. Il avait des règles très précises concernant les femmes avec qui il passait du temps. La première, qu'elles comprenaient très bien, était qu'il n'y avait pas d'avenir possible avec lui, mais, sinon, il les gâtait de son mieux. Hannah, elle, n'était pas du genre à accepter des bijoux de prix ou des séjours exotiques à la place d'amour et de certitudes pour le lendemain. Or il ne pouvait lui donner ni l'un ni les autres.

Lâchant le poids qu'il tenait à la main, il prit une serviette alors que Hannah cessait de pédaler.

*Bon. Elle va peut*-être partir, maintenant.

Il n'aurait pas dû la taquiner, mais lorsqu'il l'avait vue debout dans l'escalier, avec, dans les yeux, une expression qui l'invitait à prendre tout ce qu'il voulait d'elle, il avait dû modifier d'urgence l'atmosphère. Il avait cherché à l'embarrasser et il s'était dit qu'elle allait partir en courant. Quand, à la place, elle était descendue pour enfourcher le vélo, il avait vite compris son erreur.

Un sourd gémissement résonna dans la salle, et il sentit son bas-ventre se crisper à ce bruit. Oh ! il s'était bel et bien trompé ! Elle semblait décidée à l'émoustiller. Levant les bras en l'air, elle arqua le dos, secouant ses longs cheveux aux boucles dorées. Il eut envie de plonger les mains dans la masse somptueuse et de lui dégager le cou pour y poser ses lèvres. Irrité, il se détourna pour prendre sa bouteille d'eau.

Il laissa le liquide frais couler dans sa gorge, puis s'en aspergea le visage. Lorsqu'il ouvrit les yeux, il vit que Hannah était allée à un autre appareil pour se muscler le buste. Il la regarda appuyer une jambe sur le siège et la frictionner avec une serviette de la cheville à la cuisse. Elle fit la même chose avec son autre jambe avant de tourner les yeux vers lui.

— Excusez-moi. Vous vouliez vous servir de cet appareil ?

Elle n'était pas fair-play et elle le savait. Il attendit qu'elle s'asseye et saisisse les poignées pour aller vers elle.

Hannah ne retint pas le sourire qu'elle dissimulait. Il faudrait être aveugle pour ne pas voir que William était aussi affecté par elle qu'elle l'était par lui. Elle décida de le laisser venir.

Elle sentit la chaleur de son souffle sur son cou avant d'entendre ses paroles.

— Vous jouez à un jeu très dangereux, Hannah. Vous devriez peut-être vous assurer d'en comprendre les règles avant d'aller plus loin.

Elle ferma les yeux tandis que les mots chuchotés faisaient courir un petit frisson dans son dos. Son souffle se bloqua dans sa gorge lorsqu'elle les rouvrit. Il était parti.

Elle attendit d'entendre le bruit de ses pas dans l'escalier pour se tourner. Son corps tremblait d'un besoin qu'elle n'avait encore jamais éprouvé, sa respiration était hachée. Qu'avait-il voulu dire ? Un jeu ? Des règles ? Elle avait seulement voulu retrouver un peu de sa fierté après avoir été surprise à le dévorer des yeux.

Non, ce n'était pas vrai. Elle avait voulu voir comment il réagirait face à elle. Et il avait raison : elle n'avait aucune idée des règles à suivre pour *jouer* avec un homme comme lui. Mais elle apprenait vite, quand quelque chose l'intéressait, et elle découvrait qu'elle était de plus en plus intéressée par ce nouveau Dr Cooper. En outre, pour l'instant, ils ne faisaient que flirter de manière innocente. Bien des gens le faisaient sans que les choses aillent plus loin. Mais si elles allaient plus loin ? Eh bien, elle s'en inquiéterait plus tard. Ce qu'il lui fallait pour l'instant, c'était une douche froide qui n'avait rien à voir avec ses exercices physiques.

William progressait laborieusement dans la longue liste de consultations prévues pour la journée. Incapable de dormir la nuit précédente, il avait arpenté les rives du lac jusqu'au petit matin. Il avait pensé effrayer Hannah et la détourner de lui en lui donnant cet avertissement, dans le gymnase. Il avait voulu qu'elle comprenne qu'elle prenait des risques qui la dépassaient. Mais dès qu'il l'avait aperçue, plantée dans cet escalier, avec ses beaux yeux d'un bleu profond fixés sur lui, il avait su que c'était lui qui avait un problème.

— La cabine 3 est prête, dit Hannah depuis le seuil de son bureau. C'est M. McGrew. Il est ici pour sa visite postopératoire. J'ai évalué ses capacités de mouvement, et comme la douleur est faible, il est enchanté des résultats.

Elle n'avait pas autant parlé depuis la veille au soir. Et elle ne le regardait pas dans les yeux. Était-elle embarrassée ? Lui devait-il des excuses ? Ils devraient probablement en parler. Les femmes aimaient mettre des mots sur les choses. Mais comment pouvaient-ils parler de « ça » alors qu'il ne savait même pas exactement de quoi il s'agissait ? Tout ce qu'il savait, c'était qu'il ne pouvait pas oublier l'allure aguicheuse que Hannah avait eue quand elle avait voulu qu'il la regarde. Il avait pris deux douches froides et était malgré tout resté excité la majeure partie de la nuit.

— Hannah, il faut que nous parlions.

Son téléphone fit entendre un signal. Il lut le message puis s'écarta de son bureau.

— Dites à Marion de s'occuper du cabinet, Hannah. Nous devons aller voir un trauma aux urgences, dit-il en prenant sa blouse d'hôpital.

Il sentait déjà son sang bouillir à la description des blessures de la patiente. Le médecin urgentiste, comme lui, soupçonnait son mari de les avoir causées.

Violences conjugales. Ce genre de chose le dépassait toujours… Pourquoi certains hommes maltraitaient-ils la femme qu'ils s'étaient engagés à protéger et à chérir jusqu'à ce que la mort les sépare ? Certes, son père lui avait prouvé par ses quatre mariages que ces vœux ne signifiaient pas grand-chose.

Il n'avait que neuf ans quand sa mère avait fait une chute dans l'escalier qui avait entraîné un traumatisme cérébral. À la suite de quoi, elle avait passé le reste de sa vie dans un établissement de soins. Son père avait divorcé d'elle – sa première épouse – alors que William avait dix ans, et il était un jeune adolescent quand la deuxième avait fait son apparition. Il ne pouvait s'empêcher de penser que si son père n'était pas mort, il ne se serait pas arrêté au numéro 4.

À la pensée de la petite fille qui lui avait été confiée, un élan de sympathie traversa l'épaisse armure dont il se blindait. Sa demi-sœur ne connaîtrait jamais ses parents. Il savait que sa mère manquerait à Avery, comme la sienne lui avait manqué.

Le trajet jusqu'à l'hôpital fut silencieux. Il avait donné son téléphone à Hannah pour qu'elle accède au fichier qui contenait le dossier de la patiente – et aussi pour l'occuper pendant qu'il affrontait ses propres démons. Ce genre de blessures réveillait toujours le pire en lui.

Ils s'arrêtèrent au bureau des urgences pour voir le scanner de la tête de la patiente. Elle avait une lésion au crâne et peut-être une commotion cérébrale. Elle se remettrait ce coup-ci, mais ils étaient inquiets pour la suite. Elle aurait peut-être moins de chance la prochaine fois.

— Laissez-moi y aller la première, dit Hannah. Ce sera sans doute plus facile pour elle de parler à une autre femme.

— D'accord, voyez ce que vous pouvez l'amener à révéler. Pour l'heure, elle prétend qu'elle a trébuché et qu'elle est tombée. Peut-être se détendra-t-elle avec vous.

Pendant que Hannah allait voir la patiente, William s'assit à son bureau et consulta son dossier. Il ne fut pas surpris de voir qu'elle était venue à plusieurs reprises aux urgences au cours des six derniers mois, avec des blessures qu'elle attribuait invariablement à un accident. Chaque fois, le personnel de l'hôpital avait essayé de lui faire admettre qu'elle avait été brutalisée, mais elle l'avait toujours nié, les empêchant d'agir. Encore un exemple d'amour mal placé.

Soudain, en entendant crier, il bondit. Il distinguait la voix de Hannah et celle d'un homme.

Il la trouva debout devant une cabine de soins, le corps raidi et la tête renversée en arrière pour regarder un homme costaud qui faisait plus d'un mètre quatre-vingt-dix. S'agissait-il du mari maltraitant ? L'individu haussa le ton.

— C'est ma femme, qui est là-dedans ! Vous n'avez pas le droit de m'empêcher de la voir, marmonna-t-il avec un regard mauvais à Hannah.

William vint s'interposer entre eux alors que l'homme essayait de forcer le passage.

— Hannah, entrez dans la pièce. Je suis sûr que ce monsieur comprend que notre patiente a besoin d'être seule pendant que nous l'examinons, dit-il d'un ton froid mais calme, même s'il avait envie de donner un coup de poing dans la figure de ce malotru.

Hannah posa une main sur le bras de l'homme pour l'attirer sur le côté tandis que deux agents de sécurité approchaient. Se plaçant devant lui, elle baissa le ton.

— Je comprends que vous soyez affecté, monsieur Jones, mais nous essayons juste de faire notre travail. Ces deux agents vont vous trouver une place en salle d'attente jusqu'à ce que l'on vous rappelle. Mais si vous continuez à protester, ils appelleront la police qui vous fera sortir de l'hôpital. À vous de voir…

L'homme se calma, et les agents l'escortèrent.

— Maintenant, docteur, si vous me le permettez, je vais vous présenter Jeannine Jones, dit Hannah en se tournant vers la cabine.

Son ton pincé ne lui disait rien qui vaille, et il la suivit à l'intérieur sans dire un mot.

Qu'avait-il fait de travers ? Il avait seulement voulu la protéger de cet homme qui, il en était sûr, avait violenté son épouse.

Une petite femme était perchée sur un brancard. Vêtue d'un pantalon habillé et d'un corsage en soie, avec l'un de ses bras dans une attelle, elle passait des doigts tremblants sur son collier de perles. Sa peau pâle faisait ressortir la longue rangée de points au-dessus de son œil. Des meurtrissures qui viraient au violet tachaient son front, contrastant avec le bleu terne des yeux qu'elle levait vers lui. De toute évidence, elle avait été agressée physiquement. Pour lui, celui qui l'avait maltraitée méritait d'être puni.

— Ravi de vous connaître, dit-il. Je suis le Dr Cooper, le neurochirurgien de service aujourd'hui. Pouvez-vous me dire ce qui s'est passé ?

— Je l'ai dit à tout le monde, c'est un accident. Je suis maladroite et j'ai trébuché, c'est tout.

Du regard, elle l'implorait de la croire. Que devait être sa vie domestique ? se demanda-t-il. Elle vivait sans doute dans la peur jour après jour.

— Je sais que ces questions répétées sont frustrantes, mais elles nous aident dans notre diagnostic neurologique, intervint Hannah. Avec votre blessure à la tête, nous avons besoin de nous assurer que votre état mental n'est pas altéré – ce qui pourrait être le signe d'un problème plus grave.

Elle prit la main de la femme d'un geste réconfortant, mais celle-ci la retira.

— Mais je me sens bien… Je ne sais pas pourquoi Tabitha a appelé cette ambulance. Ce n'était qu'une petite coupure.

— Est-ce une amie ? s'enquit William.

— C'est ma voisine. Elle vient prendre le thé parfois, quand Calvin est au travail. Il pense que c'est une fouineuse, mais c'est une très gentille fille.

Une gentille fille qui avait endossé le rôle d'ange gardien, semblait-il.

— Les blessures à la tête saignent beaucoup, dit Hannah. Elle a dû avoir peur et elle a bien fait car vous aviez besoin de points de suture. Peut-être pourrions-nous l'appeler afin que vous restiez chez elle le temps de vous sentir mieux ?

— Non, je veux rentrer à la maison. Mon mari a besoin que je sois là, répliqua Jeannine d'une voix paniquée.

William était bien décidé à ne pas la laisser rentrer chez elle aujourd'hui.

— En fait, d'après votre scanner, il y a une forte probabilité que vous ayez une commotion cérébrale. Je veux que vous passiez la nuit ici pour que nous nous assurions que vous allez bien. Je suis sûr que Tabitha le souhaiterait.

Il jeta un coup d'œil complice à Hannah.

— Elle se sentirait sûrement mieux en sachant que vous faites ce que le médecin demande, dit-elle, saisissant la perche qu'il lui tendait. Si je l'appelais pour lui dire que vous allez bien ? Elle est certainement inquiète.

Quand elle sortit son portable de sa poche, William quitta la salle d'examen pour la laisser agir à sa guise. Jeannine n'était pas prête à admettre qu'elle était maltraitée, et il fallait espérer que cette Tabitha trouverait un moyen de l'aider.

Au bout de quelques minutes, Hannah sortit de la pièce.

— A-t-elle accepté de rester ? lança-t-il.

— Oui, elle veut bien passer la nuit ici. Son infirmière va aller en informer son mari en prenant un garde avec elle au cas où il essayerait de causer des problèmes. Son amie n'était pas là, alors je lui ai donné mon numéro de portable en cas de besoin.

— Je ne comprends pas comment des gens se laissent enfermer dans ce genre de situation, commenta William. Ça ne tient pas debout. Comment quelqu'un qui dit vous aimer peut-il vous brutaliser ainsi ? Et comment peut-on aimer celui qui vous traite de la sorte ?

— J'aimerais avoir la réponse, dit Hannah. Je pense que l'amour signifie des choses différentes selon les personnes, mais ce que Calvin Jones éprouve pour sa femme ne peut pas être de l'amour, et Jeannine le sait.

— Alors pourquoi ne part-elle pas ?

En parlant, ils avaient traversé les urgences et William ouvrit la porte qui donnait sur le parking.

— Elle ne s'en sent sans doute pas le courage. Il est effrayant de se retrouver seul hors de chez soi, William. Ils n'ont pas d'enfants, et son mari l'a probablement coupée de sa famille et de ses amis. Quand nous serons au cabinet, j'appellerai l'assistante sociale du service de neurologie pour voir si elle peut faire quelque chose.

Hannah ouvrit la portière de la voiture.

— Peut-être que, cette fois, Jeannine acceptera de l'aide.

— Je l'espère, dit William en s'installant derrière le volant. Parce que j'ai le sentiment que la prochaine fois que son mari la battra, cela ira trop loin.

# 6

Debout à la fenêtre de la cuisine, Hannah observait William qui, armé d'une canne à pêche, lançait et relançait sa ligne toujours au même endroit. Il était là depuis plus d'une demi-heure, et elle ne l'avait pas vu attraper un seul poisson.

Elle était censée étudier pendant que William et les enfants étaient dehors, mais elle s'était arrêtée un instant pour voir ce qu'ils faisaient et maintenant elle était incapable de s'éloigner. La répétition du mouvement était hypnotique, tandis qu'il sortait la ligne de l'eau, la faisait tournoyer de nouveau au-dessus de sa tête puis la lançait. C'était un spectacle magnifique, mais elle n'était captivée que par l'élégance du geste, se dit-elle. Cela n'avait absolument rien à voir avec la façon dont le corps de William bougeait à chaque lancer, ses muscles se tendant et se relâchant alternativement. Non, cela n'avait rien à voir avec lui.

Ne voulant pas gâcher le temps précieux qui lui restait, Hannah retourna à la table pour se remettre au travail. Elle n'avait pas le temps de regarder par la fenêtre ; elle avait un devoir à rendre avant le week-end.

Seulement ne pas voir William ne lui ôta pas son image de l'esprit. Qu'il soit l'homme calme et contrôlé qui régentait la salle d'opération ou le pêcheur à la mouche seul sur la berge du lac, il la fascinait, et plus elle le voyait, plus elle se posait de questions. Ce n'était pas simplement l'attirance physique qu'elle ressentait pour lui qui le rendait constamment présent dans ses pensées. Il représentait un tel mystère qu'elle brûlait de découvrir ce qui l'avait fait ainsi. Comment pouvait-il passer si vite de la froideur à la chaleur ?

La tension sexuelle, entre eux, semblait augmenter chaque jour. À un moment donné, l'un d'eux franchirait le pas, elle en était certaine. Quand cela arriverait, risqueraient-ils leur nouvelle amitié pour quelque chose qui pourrait vite s'éteindre ? Cela en vaudrait-il la peine ? Elle se rappela l'air de William quelques instants plus tôt. Comment son sourire lui crispait le ventre et lui coupait le souffle. La veille au soir, tandis qu'ils donnaient son bain à Avery, le sourire espiègle qu'il lui avait décoché avait fait s'accélérer les battements de cœur. Aurait-elle la force de s'éloigner de cet homme ? Non, certainement pas.

— Maman, tu as vu mon casque vidéo ? demanda Lindsey en entrant en trombe par la porte de derrière. Comme j'ai fini mes devoirs, William dit qu'il jouera avec moi quand il aura couché Avery.

— Non, pas du tout. Es-tu sûre de l'avoir apporté ?

Hannah referma son manuel. Elle avait lu et relu le même paragraphe sans parvenir à le retenir.

— Il est peut-être dans les affaires que j'ai laissées dans cette boîte noire près de mon bureau, dit Lindsey. C'est moi qui choisirai le jeu pour avoir l'avantage.

Hannah secoua la tête tandis que sa fille courait vers leurs chambres. Tous les deux ou trois jours, elle devait retourner à leur appartement pour y prendre quelque chose que l'une ou l'autre avait oublié.

Décidant qu'elle pourrait aussi bien faire une pause, elle prépara quelques boissons et les apporta dans le jardin de derrière. Elle posa le plateau sur la table de pique-nique, puis se pencha vers le parc dans lequel Avery jouait. La petite fille tapa dans ses mains puis les noua autour du cou de Hannah.

La poitrine de cette dernière se contracta. L'enfant se frayait rapidement un chemin dans son cœur, ainsi que son frère. Si elle n'y prenait garde, elle aurait beaucoup de chagrin lorsqu'elle devrait partir. Elle n'était même pas sûre de pouvoir y survivre. Hélas, son cœur ne semblait pas comprendre le danger.

Le lac était calme, l'eau clapotait sur la berge en un rythme régulier qui avait toujours apaisé William. Seulement, ce jour-là, rien ne calmait la colère qu'il éprouvait envers un homme qu'il ne connaissait pas. En lui-même, il savait qu'il ne pouvait rien faire de plus pour le moment à propos de Jeannine, mais cela ne le faisait pas se sentir mieux.

Il ne pouvait s'ôter de l'esprit l'image de Mme Jones assise dans la cabine de traumatologie, meurtrie et brisée. Combien de fois, au sortir d'un épisode violent, s'était-elle demandé à quel moment sa vie était partie de travers ? Combien de fois avait-elle regretté d'avoir rencontré son mari ?

Il regarda vers la maison, soulagé de voir que Hannah n'était plus derrière la fenêtre. Il s'était rendu compte qu'elle l'observait, et il avait trouvé très agréable de la voir là ! Mais cela le faisait penser à ces choses qui ne pouvaient pas être. Pas pour un homme avec son histoire familiale pleine d'erreurs, celles que son père n'avait cessé de répéter et qu'il s'était juré de ne pas reproduire.

Oui, voir Hannah derrière cette fenêtre lui avait paru tellement juste... Elle n'était pas seulement l'infirmière, l'étudiante ou l'amie qui était là pour l'aider, même si elle était tout cela à la fois. Elle était la femme qu'il avait découverte dans la salle de sport, l'autre soir, celle à cause de qui il passait depuis des nuits agitées.

Mais que voyait-elle quand elle le regardait ? Le chirurgien renommé ou le riche célibataire ? Le demi-frère d'Avery ? Le médecin avec qui elle travaillait ? Ou voyait-elle l'homme qui avait failli céder au désir qu'elle lui inspirait ce fameux soir ? Un désir qui le tenaillait encore tandis qu'elle traversait la pelouse pour venir vers lui.

— J'ai pensé que vous aviez peut-être soif, dit-elle en lui tendant un verre de citronnade.

Il prit le verre et but lentement la boisson acidulée, puis il sourit à Avery que Hannah faisait passer d'un bras sur l'autre. Il profita de ce moment pour rassembler ses pensées et les éloigner du terrain dangereux où elles s'étaient aventurées.

— Merci. Je voulais m'excuser de la façon dont je me suis conduit aujourd'hui. J'aurais dû penser que vous étiez capable de vous débrouiller seule.

— Je sais prendre soin de moi, William. Je l'ai fait pendant des années. Calvin Jones n'est pas le premier proche en colère que j'ai eu à gérer et il ne sera pas le dernier. J'avais déjà envoyé un aide-soignant chercher les agents de sécurité.

— Oui. C'est juste que pendant quelques minutes j'ai paniqué, j'ai craint qu'il ne vous fasse du mal. J'aurais dû me douter que vous sauriez comment réagir. Et vous avez fait du bon travail avec Jeannine, aussi. J'ai appelé tout à l'heure, elle se repose.

— Je suis contente.

— Je veux vous parler d'autre chose, poursuivit William en posant son verre dans l'herbe. L'un des avoués de mon père m'a appelé. Apparemment, il y a dans son bureau un tas de papiers que je dois trier, alors je vais être obligé d'aller chez lui, à Dallas, ce week-end.

Il entreprit de démonter sa canne à pêche.

— Je ne m'attends pas à ce que vous veniez avec moi. Je sais que vous devez étudier.

— Vous voulez que je rate un voyage en voiture avec Avery et vous ? Jamais ! En outre, je pense que c'est une bonne idée de la ramener dans sa maison.

— Comment ça ?

— Eh bien, il y a sûrement des choses, là-bas, auxquelles elle est attachée, comme des jouets, par exemple. Et ce serait bien, aussi, de trouver des photos. Un jour, elle voudra voir des clichés d'elle bébé. Il faut aussi qu'elle ait des portraits de ses parents. Ce sont des témoignages qu'elle chérira, plus tard et qu'elle conservera toute sa vie.

William songea au petit carton qu'il avait caché dans le grenier de son père des années auparavant. Était-il toujours là ? Il ne contenait rien de valeur, seulement des souvenirs de son enfance. Et d'une mère qui lui avait été enlevée trop tôt, comme celle d'Avery. Sa petite sœur et lui avaient trop de drames en commun.

— J'ignore ce que vous allez faire de la maison de votre père, mais cela est trop important pour le laisser à de quelconques employés, reprit Hannah Ces gens ne sauront pas quoi garder.

Elle leva le menton comme si elle s'apprêtait à affronter un défi. Pensait-elle qu'il ne prendrait pas ses soucis au sérieux ? Il lui faisait confiance : elle saurait mieux que lui ce dont Avery avait besoin.

— Très bien, je vais m'organiser et voir si l'ancienne nounou d'Avery peut nous retrouver là-bas ce week-end. Je suis sûr qu'elle voudra nous aider, si elle le peut.

Il jeta un coup d'œil au lac, dont les eaux calmes lui avaient toujours apporté la paix dont il avait besoin. La seule idée de retourner dans sa maison d'enfance lui nouait l'estomac. Étant donné la façon dont sa vie changeait, il avait le sentiment que des années passeraient avant qu'elle redevienne paisible. Mais ce qui l'effrayait surtout, c'était que cette pensée ne l'inquiétait pas autant qu'avant. Avant qu'Avery, Hannah et Lindsey ne viennent s'installer chez lui…

Accompagner William dans ses rondes en soins intensifs était l'une des choses que Hannah préférait. Non seulement cela lui permettait de revoir ses amis et ses collègues, mais elle avait ainsi l'occasion de découvrir les patients sous une autre perspective.

— Pouvez-vous enregistrer les notes de la consultation ? demanda William tandis qu'ils quittaient la chambre d'un patient âgé.

Ce dernier souffrait d'un hématome sous-dural à la suite d'une chute, et il fallait le surveiller à cause des anticoagulants qu'il prenait.

— Bien sûr, répondit-elle, heureuse qu'il lui fasse assez confiance pour la charger de cette tâche.

Elle s'installa en souriant au bureau des infirmières.

— Alors, c'est comment de travailler avec le Dr Glacial ? demanda l'une de ses collègues en prenant place à côté d'elle.

— Chut, il va t'entendre..., dit Hannah en regardant William qui parlait avec un autre médecin. Et c'est super. Il est aussi bon pour enseigner que pour opérer. Je n'aurais pas pu souhaiter un meilleur maître de stage.

Elle n'en dit pas plus, prenant soin de ne pas mentionner leur arrangement. William protégeait sa vie privée, et elle respectait ce désir. Mais quelqu'un finirait bien par les voir ensemble en dehors du travail, et les rumeurs commenceraient à se répandre. Quand cela arriverait, elle aviserait. En attendant, elle ne parlerait à personne de William.

Une fois leurs rondes matinales terminées, Hannah et William prirent l'ascenseur pour se rendre au parking. Quand les portes se refermèrent, elle se détendit. Entre les rondes, les opérations et les consultations de suivi, il n'y avait pas assez d'heures dans la journée pour tout faire.

— Dr Glacial..., dit William en s'appuyant à la paroi de la cabine.

Sentant son visage s'empourprer, Hannah souhaita pouvoir passer à travers le plancher. Les mots de Kitty l'avaient-ils blessé ?

— Elle ne pensait pas à mal, dit-elle.

Comment réagirait-il si elle lui avouait qu'elle le voyait davantage comme Dr Brûlant que comme Dr Glacial depuis cette soirée dans le gymnase ? Ils avaient tous les deux choisi de faire comme si rien ne s'était passé ce soir-là, mais elle savait que ni l'un ni l'autre ne l'avait oublié.

Il esquissa un demi-sourire.

— Je suppose que c'est mieux que Billy.

— Je n'arrive pas à vous associer ce surnom. Même si, comme le dit Lindsey, Billy le Brillant Chirurgien sonne bien.

Elle sourit en voyant son air horrifié, et elle découvrait que taquiner ce médecin toujours si sérieux était très amusant. Quand Lindsey le taquinait, il réagissait avec bonne humeur, et cela le faisait paraître bien plus humain.

Ses pensées prirent soudain un tour qui n'avait rien de professionnel. Elle nota l'allure qu'il avait à ce moment-là, le corps détendu, toute son attention fixée sur elle – ce qui lui donnait toujours des frissons dans le dos. Heureusement, il ne pouvait pas le savoir.

— Avez-vous réussi à contacter Jeannine ? s'enquit-il en détournant les yeux.

Elle avait vu son expression affligée et n'avait pas de mal à la comprendre. Découvrir que la femme maltraitée était partie avec son mari avant leur ronde les avait contrariés tous les deux.

— J'ai essayé d'appeler, mais je tombe toujours sur son répondeur, dit Hannah.

Le portable de William sonna, et elle reconnut le signal qui annonçait une urgence. Il lut le message puis appuya sur le bouton du rez-de-chaussée.

— Accident de voiture, un homme de vingt-neuf ans avec blessure à la tête, annonça-t-il. Perte de conscience. Pas de ceinture de sécurité. Il passe un scanner, là.

Les portes s'ouvrirent et ils sortirent pour se rendre en radiologie, mais on leur apprit que le patient avait été envoyé aux urgences.

— Je veux parler au radiologue, dit William. Je vous retrouverai en salle de traumatologie.

— D'accord.

En salle de traumatologie, elle remarqua tout de suite une infirmière qui installait une pompe à transfusion, ce qui était mauvais signe. Le jeune homme faisait une hémorragie, ce qui rendrait une opération d'urgence encore plus compliquée.

Elle s'approcha du lit et, à l'aide de sa lampe, testa les yeux du blessé. Ils réagirent à la lumière, mais elle nota la forme ovale d'une des pupilles, ce qui indiquait un problème majeur. La pression intracrânienne augmentait.

— Quel est son indice de niveau comateux ? demanda-t-elle à l'infirmier qui notait les constantes vitales du patient.

Elle savait qu'entre 3 et 8 sur l'échelle de Glasgow, celui-ci était dans le coma.

— Il était à 12, mais il est retombé à 8, répondit son collègue. Il doit être opéré sans tarder. Reste à savoir qui le prendra le premier.

Hannah vit que William était entré dans la pièce avec le chirurgien traumatologue, le Dr Weeks. Il la rejoignit, et elle lui demanda ce que montrait le scanner.

— Il a un gros hématome sous-dural. Si le Dr Weeks peut arrêter l'hémorragie interne, nous opérerons pour le résorber.

— Est-il assez stable pour deux opérations ?

— Nous n'avons pas le choix. Il faut réduire la pression intracrânienne, sans quoi il ne pourra pas s'en sortir.

William s'éloigna du lit du blessé.

— Je vais parler à sa famille.

Pendant que le Dr Weeks prenait les choses en main, Hannah rejoignit William dans le couloir. La salle d'attente était pleine de gens visiblement anxieux car les patients qu'ils avaient accompagnés dans ce service étaient tous entre la vie et la mort.

— Je suis le Dr Cooper, dit William. Je suis le neurochirurgien qui s'occupe de Kyle. On m'a informé que sa femme était ici.

Une femme qui n'avait pas trente ans s'avança.

— C'est moi, et voici les parents de Kyle, fit-elle en désignant le couple d'un certain âge à côté d'elle. Est-ce qu'il est…

Sa voix se brisa.

— On le conduit en salle d'opération, en ce moment. Le Dr Weeks a dû vous le dire, son état est critique.

Hannah écouta William pendant qu'il expliquait à la famille en quoi allait consister l'opération neurologique : évacuer le sang qui comprimait le cerveau, pouvant causer des dommages permanents. Les proches de Kyle venaient de donner leur consentement à l'intervention quand le téléphone de William afficha un message.

— Le Dr Weeks a trouvé l'origine de l'hémorragie, déclara-t-il.

C'est la rate. Il va l'enlever. Moi, je vais me préparer. Je ne pense pas que l'opération dure très longtemps.

Hannah et lui sortirent.

— Prévenez-moi quand vous aurez fini, dit-elle lorsqu'ils arrivèrent à la porte qui menait à la salle d'opération. J'attendrai dans la salle du personnel.

— Je pensais que vous voudriez venir avec moi, répondit William en enregistrant son badge.

— Vraiment ? Vous allez me laisser entrer en salle d'op ?

— J'ai obtenu une permission spéciale du médecin chef pour que vous puissiez observer l'intervention. Venez, je vais vous montrer où vous changer.

Une fois que Hannah fut en place, avec une bonne vue du champ chirurgical, elle commença à se sentir assez mal. L'odeur de Bétadine et de sang qui planait dans l'air lui donnait mal au cœur, aussi se concentra-t-elle sur les gestes de l'assistant qui préparait la tête de Kyle. Allait-elle supporter de regarder l'opération ? Pratiquer la neurochirurgie était son rêve depuis des années, mais elle n'avait jamais assisté à une intervention.

Puis la voix apaisante de William l'enveloppa tandis qu'il expliquait chaque incision, sur un fond de douce musique classique. Bientôt, elle oublia ses craintes et fut totalement captivée par la procédure en cours.

L'anesthésiste prévint que la tension du patient chutait, mais les gestes de William restèrent fermes et efficaces. Il était facile de voir pourquoi on le surnommait le « Prince des Glaces » de la salle d'op. Quand il tenait un scalpel, il était capable de faire disparaître toute émotion.

Hannah se souvint de s'être demandé quelle facette de William était sa véritable personnalité. Il avait fallu qu'elle le voie opérer pour apprécier totalement sa faculté de s'abstraire de tout ce qui l'entourait afin de sauver des vies. Elle comprenait mieux son surnom, à présent. Mais le monde réel n'avait rien d'une salle stérile. Pour vivre vraiment, il devait s'ouvrir aux autres au lieu de les tenir à distance.

Et qui était-elle pour le critiquer ? Elle-même, après tout ce qu'elle avait traversé à cause du père de Lindsey et de ses parents, s'était coupée du monde. Sa peur de perdre sa fille avait pris le contrôle sur tous les aspects de sa vie. Oui, elle s'était liée avec d'autres mamans et des collègues, mais elle n'avait laissé entrer personne dans l'univers qu'elle partageait avec Lindsey. Tout comme William, jusqu'à présent, n'avait laissé entrer personne dans son monde.

*Peut*-être est-il temps pour moi d'opérer des changements dans ma vie, aussi.

Elle regarda les moniteurs et fut soulagée de voir que la tension du patient remontait.

Tandis que William se préparait à refermer l'incision, il expliqua qu'ils allaient mettre de côté la petite partie du crâne qui avait été enlevée jusqu'à ce qu'il puisse la remettre en place en toute sécurité – quand Kyle irait mieux, et avant qu'il ne soit envoyé dans un centre de rééducation.

— Merci à tous, dit-il à son équipe en s'écartant de la table d'opération.

Puis il se tourna vers Hannah.

— Alors, qu'est-ce que vous en dites ? Voulez-vous toujours vous spécialiser en neurochirurgie ?

— Oui, toujours.

Elle n'avait plus aucun doute, à présent. Elle était faite pour travailler dans un service de neurochirurgie.

— C'est vraiment ce que je veux faire.

# 7

William s'arrêta en bas des marches de la maison qui avait hanté son enfance. Contrairement à ses camarades de classe, il avait été heureux de partir de chez lui pour aller en pension. Les choses auraient-elles été différentes si son père avait vendu cet endroit après l'accident ? Lui-même aurait-il été différent, sans le rappel constant du malheur qui était arrivé à sa mère ?

— C'est ici que vous avez grandi ? demanda Lindsey, à côté de lui.

— Oui, répondit-il, sans préciser qu'il avait passé autant de temps que possible loin de la vaste villa.

La fille de Hannah avait grandi dans un foyer plein d'amour. Elle ne pourrait pas comprendre qu'il avait été élevé d'une manière très différente.

— Ça devait être un endroit super pour jouer à cache-cache, quand vous étiez petit. Vous deviez pouvoir vous cacher pendant des heures, ajouta Lindsey en montant l'escalier.

Il avait passé le plus clair de son temps à se cacher dans sa chambre ou au grenier, mais il ne se rappelait pas qu'on l'ait cherché. Pour ce qui était de ses belles-mères, tout allait bien quand il était hors de vue. Et lui était plus heureux de lire que de se montrer à leurs réceptions mondaines.

Le trajet jusqu'à Dallas n'avait pas été exempt de défis. Lindsey avait fait de son mieux pour distraire Avery, mais la petite fille avait refusé de se calmer. Finalement, elle s'était endormie de fatigue. Hannah avait bien fait d'insister pour qu'ils prennent des affaires afin de passer la nuit sur place. Elle savait qu'un aller-retour dans la journée aurait été une épreuve insurmontable.

William aurait préféré rentrer à Houston le soir même, mais il se rendait compte à présent qu'elle avait eu raison car un voyage de nuit aurait été insupportable pour tout le monde.

Tandis qu'ils se dirigeaient vers la porte d'entrée, il expliqua :

— Cette maison est une monstruosité que mon père a fait construire pour s'afficher comme le roi de l'immobilier à Dallas. « L'immobilier passe par la perception que l'on a de vous, avait-il coutume de dire. Personne ne veut engager un agent qui n'a manifestement pas réussi. »

— Ça va ? demanda Hannah en changeant Avery de bras pour pouvoir lui prendre la main.

Ce contact lui parut chaud et réconfortant. Se surprenant lui-même, il referma sa propre main sur la sienne. Un étrange calme l'envahit. Ce n'était pas le calme qu'il exigeait de lui-même en salle d'op, mais le sentiment paisible qu'il n'était pas seul. Que quelqu'un se souciait assez de lui pour l'accompagner dans cette démarche difficile. Était-ce de l'amitié, ou était-ce quelque chose de plus ? Il aurait dû lâcher la main de Hannah et s'écarter, mais, en cet instant, il ignorait s'il aurait la force de franchir la porte d'entrée sans elle.

Pour la première fois, il prit vraiment conscience que son père n'était plus là. Qu'il ne serait plus jamais là pour l'accueillir. Le poids de cette prise de conscience le frappa de manière inattendue tandis qu'il pénétrait, main dans la main avec Hannah, dans le vestibule où il avait vu son géniteur pour la dernière fois.

Il se rappela qu'il avait regardé son père avec attention, ce jour-là, qu'il avait noté leurs ressemblances en taille et couleur de cheveux, et remarqué que l'âge de Paul Cooper commençait à se voir malgré son combat pour se raccrocher à sa jeunesse.

Son père avait insisté pour qu'il vienne faire la connaissance de sa nouvelle femme. Elle s'était avérée être une version plus jeune de l'épouse numéro trois dont il avait divorcé quelques années plus tôt. William avait fait l'effort demandé, espérant comme toujours découvrir que son père avait changé, mais en vain. Sa nouvelle belle-mère s'était montrée étonnamment agréable, en revanche. Décoratrice d'intérieur avant son mariage, elle lui avait fait part des modifications qu'elle voulait apporter à la maison, mais le destin ne lui en avait pas laissé le temps.

— Oh ! vous voilà ! s'écria Mme Adams, l'ancienne nounou d'Avery, en se précipitant vers Hannah pour prendre le bébé dans ses bras. Cette petite m'a tellement manqué, mais c'est si bon de voir qu'elle se porte bien ! Et bien sûr, elle doit rester à Houston avec son grand frère. Elle a déjà dû changer deux ou trois choses dans votre vie, n'est-ce pas, docteur ?

— Voici Hannah, dit-il. Elle m'aide pour la transition avec Avery.

Il lâcha la main de Hannah, et aussitôt sa chaleur lui manqua.

— Elle aimerait jeter un coup d'œil aux affaires d'Avery et de sa mère, pour voir s'il y a quelque chose à garder. Pendant ce temps, je m'occuperai des papiers de mon père. Voudriez-vous lui faire visiter la maison, madame Adams ? Je vous rejoindrai dès que j'aurai fini.

Les avoués de son père avaient jugé nécessaire qu'il parcoure personnellement certains documents restés dans le bureau. Il n'avait aucune idée de ce qu'il allait trouver, mais il préférait se plonger dans ces paperasses plutôt que d'affronter des souvenirs qu'il n'était pas prêt à déterrer.

Hannah regarda William disparaître par une porte latérale.

Si son père avait voulu faire grande impression, pensa-t-elle, il y avait réussi, avec cette maison. Mais comment, grands dieux, la mère d'Avery s'était-elle débrouillée avec un bébé dans une bâtisse de cette taille ? Et, pour autant qu'elle puisse en juger, il n'y avait absolument rien qui soit fait pour un enfant.

Elle pénétra plus loin dans la vaste demeure, cherchant des indices qui la renseigneraient sur les gens qui avaient vécu là. Elle espérait trouver quelque chose qui expliquerait l'attitude de William vis-à-vis de cette maison. D'une manière quelconque, elle sentait que sa perception de la famille était liée à l'enfance qu'il avait passée ici.

Après avoir visité le salon à l'avant de la maison – Lindsey demandant à Mme Adams où ils cachaient la télévision –, elles se rendirent dans une salle de séjour et une salle à manger plutôt solennelles avec du marbre, du bois et du cristal partout. C'était impressionnant, certes, mais aussi froid et impersonnel. Hannah avait du mal à cerner l'âme de la famille qui avait habité les lieux pas si longtemps auparavant.

Ce fut seulement quand la nounou les emmena à l'étage, dans la chambre d'Avery, qu'elle put voir des petites touches qui rendaient un endroit vivant. Avant que Mme Adams puisse la poser par terre, la petite fille se mit à crier pour monter sur le petit train installé sur des rails qui faisaient le tour de la pièce.

Lindsey l'aida à s'asseoir sur le siège et la poussa en imitant les bruits d'un train, ce qui faisait rire Avery aux éclats. La façon dont ces deux enfants s'entendaient était étonnante. Lindsey n'avait jamais réclamé un frère ou une sœur, sachant sans doute que leur famille se résumerait toujours à sa mère et elle.

Une porte ouverte donnait sur une pièce décorée dans des tons pastel, vert et rose, avec une moquette d'un blanc immaculé.

— C'était la chambre des parents d'Avery ? demanda Hannah en y entrant.

Une brosse en argent était posée sur une coiffeuse, à côté de pots et de flacons aux étiquettes élégantes.

— C'était la chambre de Mme Cooper. Celle de M. Cooper est plus loin dans le couloir, répondit la nounou. Mme Cooper disait que son mari avait le sommeil léger et elle avait peur qu'un bébé le dérange. Elle a fait décorer cette pièce avant la naissance d'Avery.

S'il y avait quelque chose dans cette maison qui expliquait pourquoi William était si distant avec les autres, Hannah ne pensait pas le trouver dans cette chambre. Mais elle avait une question à poser à Mme Adams.

— Sauriez-vous par hasard où Mme Cooper a rangé des photos d'Avery bébé ? Quand elle sera plus grande, elle voudra sûrement les avoir. Et j'aimerais aussi savoir s'il existe quelque chose que nous devrions garder pour elle comme un jouet ou un livre préféré ? Un souvenir de sa mère qu'elle pourrait apprécier plus tard, également...

Elle passa les doigts sur la brosse en argent. La mère d'Avery s'en était-elle servie pour coiffer les boucles brunes de sa fille ?

— J'ai aidé le personnel des avoués à rassembler les bijoux de Mme Cooper, répondit la nounou. Ces gens m'ont assuré qu'ils seront gardés en sécurité jusqu'à ce qu'Avery ait l'âge de les avoir. Ils ont seulement demandé les choses auxquelles ils pouvaient attribuer une valeur en argent.

Elle soupira avant de poursuivre :

— Personne ne semblait vraiment se soucier de la petite fille restée orpheline de ses parents. J'ai été si heureuse, quand les avoués m'ont dit de la conduire chez son frère. Je savais qu'il était un homme bien, un médecin connu. Pour moi, elle avait besoin de quelqu'un qui ne pense pas qu'aux dollars. J'aurais voulu que vous voyiez le regard de M. William, quand je lui ai remis la petite Avery. Et je suis si contente qu'il ait trouvé quelqu'un pour l'aider avec sa sœur.

— Je suis juste une amie, une collègue de l'hôpital, dit Hannah.

Elle n'avait pas besoin d'entrer dans les détails de leur arrangement.

Un hurlement résonna dans la chambre voisine, et toutes deux se précipitèrent. Lindsey était en train d'embrasser le ventre d'Avery qui se tordait de rire.

— C'est si bien que vous soyez là pour eux, dit Mme Adams avec un grand sourire. Avery avait besoin d'un vrai foyer et apparemment elle en a trouvé un.

Hannah n'eut pas le courage de lui révéler que cette « famille » qu'elle imaginait pour la petite fille n'était que temporaire.

Elle avait de plus en plus de mal à croire que ce qu'elle éprouvait pour Avery et William n'était pas profond. Même Lindsey formait des liens étroits avec le frère et la sœur. Tous les quatre ne s'entendaient que trop bien, et elle devait se rappeler constamment qu'elle n'était là que pour moins d'un mois, maintenant.

Très bientôt, William n'aurait plus besoin d'elle et il serait temps pour elle et sa fille de passer à autre chose. Elles l'avaient fait par le passé et elles pouvaient le refaire.

Pourquoi n'avait-elle pas écouté William quand il lui avait dit qu'ils feraient mieux de rentrer à Houston ce soir-là, plutôt que de passer la nuit dans la maison de son père ? se demanda Hannah. Elle avait perçu quelque chose dans sa voix, certes, mais elle avait choisi de l'ignorer.

À la place, elle avait pensé que ce serait bien pour Avery de rester un peu dans son ancienne maison, et que cela lui donnerait le temps, à elle, de voir quels objets paraissaient les plus importants pour la petite fille. Voilà pourquoi, maintenant, elle essayait de trouver le sommeil dans le lit d'une morte – un endroit où elle n'était pas à sa place.

William n'avait pas semblé regretter d'être resté. Il l'avait même surprise quand il avait suggéré de commander des pizzas et de les manger dans la petite salle de jeux du premier étage. Là, il avait retrouvé une vieille console de jeux pour que Lindsey s'amuse avec lui.

Pendant deux bonnes heures, ils s'étaient détendus, Hannah jouant par terre avec Avery tandis que les deux autres disputaient bruyamment leur partie. C'était seulement après avoir dit bonsoir à William et accompagné Lindsey dans la chambre d'amis que l'étrange impression de ne pas être à sa place dans la chambre voisine de celle d'Avery avait commencé à la hanter.

Ce n'était pas seulement la pensée de la mère d'Avery passant sa dernière nuit dans cette pièce qui lui pesait. C'était toute la maison. Qu'avait vu la défunte Mme Cooper quand son mari l'avait amenée ici pour la première fois ? Avait-elle été impressionnée par la grandeur des lieux, ou les avait-elle trouvés froids et sans vie, comme Hannah ? Et qu'avait ressenti William, à grandir dans un endroit pareil ? Est-ce que la nature même de cette demeure expliquait en partie son côté réservé ?

Après avoir donné des coups de poing dans son oreiller, elle se tourna sur le côté. Elle n'avait pas à juger les gens qui avaient vécu ici, mais la maison de William était tellement plus chaleureuse, en comparaison ! Avec les bibelots qu'elle avait ajoutés, les quelques changements qu'elle avait faits dans l'agencement des meubles, elle était en train de devenir un vrai foyer pour eux quatre.

*Ce n'est que temporaire.*

Soudain, Hannah entendit un grincement métallique et se figea. C'était sûrement son imagination ? Il n'y avait qu'eux dans cette aile de la maison ; qui se promènerait à cette heure de la nuit ? Quand du bois craqua, elle se leva et courut au chevet d'Avery, mais la petite fille dormait profondément dans son berceau. Hannah alla à la porte qui donnait dans le couloir.

Lindsey s'était-elle réveillée, ne sachant plus où elle était ? Ou bien, et c'était plus probable, sa fille avait-elle décidé d'explorer la maison pendant que les adultes dormaient ?

Hannah rejoignit la chambre d'amis et entrebâilla la porte. Lindsey, étalée de tout son long dans son lit, dormait comme si elle n'avait pas un souci au monde. Cette vérification faite, Hannah se dirigea vers la chambre que William s'était choisie, puis elle s'arrêta. Elle ne pouvait pas faire irruption chez lui de cette manière ! Pourtant, elle voulait savoir s'il dormait paisiblement, lui aussi.

En s'approchant, elle vit que la porte était entrouverte et jeta un coup d'œil. Le lit était vide – ce qui fit bourdonner son corps d'excitation. Que faire, maintenant ? C'était sûrement lui à l'origine des bruits qu'elle avait entendus. Certes, il avait le droit de se déplacer dans la maison de son père, la nuit, s'il en avait envie. Mais elle ne pourrait pas dormir tranquille tant qu'elle ne saurait pas où il était.

Sa décision prise, Hannah marcha vers l'escalier. Lorsqu'elle l'aurait trouvé, elle le laisserait seul avec ses pensées, s'il le souhaitait. Même si son propre corps semblait désirer autre chose… Elle voulait juste vérifier qu'il n'avait besoin de rien.

La cuisine était vide, mais l'escalier du fond était éclairé. Elle ne savait pas très bien où il menait, mais elle était certaine que William serait en haut.

Ouvrant le réfrigérateur, elle prit une bouteille de lait et chercha du cacao dans les placards. Un bon chocolat chaud lui calmait les nerfs, ce dont elle avait besoin avant de continuer son exploration.

# 8

William se tenait debout au milieu des cartons et des vieux meubles relégués au grenier. Là, quelque part, se trouvait un carton contenant les affaires de sa mère. Des choses que son père avait fait enlever de leur chambre quand il avait su que sa femme ne reviendrait pas. Mais ce n'était pas ce qu'il cherchait.

Il avait souvent fouillé dans ce carton, enfant, alors que sa mère lui manquait. Puis il en avait sorti tout ce qui, à son avis, devait être conservé et l'avait mis dans une autre boîte qu'il avait gardée sous son lit. Plus tard, quand il était parti en pension, il avait caché cette boîte au grenier, et il n'y avait plus pensé jusqu'à ce qu'il programme cette visite à Dallas.

C'était Hannah qui avait eu l'idée de prendre quelques affaires ayant appartenu à la mère d'Avery, mais il aurait dû y penser lui-même. Les choses qu'il avait gardées de sa mère avaient été inestimables pour lui quand il avait grandi et que le temps avait commencé à effacer ses souvenirs. Il s'assurerait que sa sœur ait toujours accès, elle aussi, aux affaires de sa mère, et il avait pris dans le bureau la photo avec leur père tenant Avery bébé. Il comptait la mettre sur la cheminée, chez lui.

En épluchant les comptes de son père, ce jour-là, il avait décidé de vendre la maison et de placer la somme obtenue sur un fonds de garantie destiné à Avery. D'ici là, il ne voulait retrouver et emporter qu'une seule chose, et il fallait qu'il mette la main dessus avant son départ, car il ne reviendrait plus dans la demeure ostentatoire de son père.

— Ah, vous êtes là..., dit Hannah en apparaissant en haut de l'escalier.

Elle tenait deux tasses dans les mains. Il apprécia le spectacle de ses cheveux blonds ébouriffés et de la fine chemise de nuit qui moulait ses jolies courbes.

— Que faites-vous ici ? demanda-t-il en prenant une tasse avant de reculer d'un grand pas.

— J'ai entendu du bruit dans le couloir et j'ai vu que votre lit était vide, alors j'ai voulu m'assurer que vous alliez bien.

— Vous avez regardé dans ma chambre ? dit-il, amusé de voir ses joues rosir.

— La porte était ouverte, et j'avais vérifié d'abord qu'Avery et Lindsey dormaient.

Hannah parcourut des yeux le vaste espace.

— D'après les films d'horreur que j'ai pu voir avec ma fille, monter dans un grenier la nuit n'est pas une bonne idée.

— Et pourtant vous êtes venue..., commenta William en posant sa tasse.

— Mes parents m'ont toujours dit que ma curiosité m'attirerait des ennuis, un jour.

Elle lui sourit, puis se tourna pour soulever le drap qui recouvrait un vieux secrétaire.

Ne se rendait-elle pas compte qu'il représentait le danger contre lequel ses parents l'avaient mise en garde ? songea William.

— Est-ce que vous cherchez quelque chose de particulier ? lança-t-elle.

Il était monté au grenier pour être seul avec ses souvenirs, mais à présent il avait envie de partager ces souvenirs avec Hannah. Il voulait lui faire entrevoir le jeune garçon solitaire devenu l'homme qu'il était aujourd'hui. L'homme que ses collègues surnommaient « Dr Glacial ». Était-ce de la faiblesse de vouloir qu'elle le comprenne ? Et après ? Il découvrait qu'il souhaitait partager de plus en plus de choses avec elle, chaque jour. Il faisait confiance à Hannah, quelque chose qu'il aurait naguère cru impossible.

— Ce secrétaire appartenait à ma mère, dit-il en déplaçant

des cartons au fond du grenier, dans le coin où il avait caché ce qu'il avait de plus cher.

— Il est ravissant. Elle doit vous manquer...

Il bougea un gros carton marqué « Noël », puis il s'arrêta pour répondre.

— Oui. Mais ce n'est pas quelque chose dont je parle souvent.

Il désigna un banc installé sous les chevrons du grenier. Au-dessus, une fenêtre donnait sur le ciel noir.

— Asseyons-nous là, dit-il, en prenant une petite boîte noire sur laquelle les mots « Lettres privées » étaient écrits à la peinture rouge.

Il attendit que Hannah lui pose des questions, mais elles ne vinrent pas. Il s'assit à côté d'elle sur le banc et contempla le lieu qui contenait pour lui une vie de souvenirs.

— J'avais neuf ans quand Bennie, un employé de mon père, est venu me chercher à l'école alors que c'était ma mère d'habitude. Soudain, j'ai réalisé que Bennie ne m'emmenait pas à la maison, et il a essayé de m'expliquer qu'il y avait eu un accident. Ma mère était tombée, avait cogné sa tête et elle allait très mal. J'ai compris qu'elle était à l'hôpital.

Il n'oublierait jamais la première fois où il avait vu sa mère dans son lit d'hôpital, entourée de tubes et d'écrans. Il n'avait pas compris pourquoi elle ne se réveillait pas quand il l'appelait. Jour après jour, il était allé la voir, allongée dans ce lit, la tête couverte de bandages, et, jour après jour, il avait été de plus en plus en colère contre elle de ne pas se réveiller. De ne pas revenir vers lui.

— C'est plus tard, quand mon père m'a expliqué qu'elle allait aller dans un endroit où on pourrait mieux la soigner, que j'ai pris conscience qu'elle ne rentrerait jamais à la maison.

Il inspira profondément.

— Je suis désolée. Cela a dû être terrible, dit Hannah, compatissante.

— Oui. Elle avait subi un traumatisme crânien, et malgré tous les spécialistes que mon père a fait venir, il n'y a jamais eu aucun espoir de guérison.

Il marqua une pause puis ajouta :

— Elle est morte il y a cinq ans.

— C'est pourquoi vous avez choisi la neurochirurgie.

— Je lui disais chaque fois que j'allais la voir qu'un jour je serais médecin et que je la guérirais. Si j'avais su alors ce que je sais maintenant, j'aurais obligé mon père à la laisser partir lorsqu'on l'a mise sous respirateur artificiel.

— Merci de partager cela avec moi. Je sais qu'il ne peut pas être facile pour vous de revenir ici avec les souvenirs de votre mère, et maintenant de votre père.

— Mon père et moi n'étions pas très proches. Je pense que nous nous ressemblions peut-être trop, en fait. Nous étions toujours en train de nous heurter – la plupart du temps pour des broutilles. Quelque chose s'est passé quand nous avons perdu ma mère et nous n'avons jamais pu régler les choses entre nous. Je ne veux pas qu'il en soit ainsi pour Avery et moi. Je ne laisserai pas cette histoire se répéter, affirma William en ouvrant la boîte noire et en en sortant une carte.

— Qu'est-ce que c'est ? demanda Hannah en se penchant. Oh ! une carte de la fête des Mères… J'en ai plein que Lindsey a faites pour moi.

— C'est la dernière que j'ai faite pour ma mère, dit-il en mettant la carte de côté.

Hannah n'avait pas besoin de savoir à quel point son père s'était mis en colère lorsqu'il avait insisté pour apporter cette carte à sa mère. Ce jour-là, les dents serrées, Paul Cooper lui avait dit que sa mère ne pourrait jamais la lire. Ne pourrait jamais rentrer à la maison.

Il laissa Hannah examiner la collection hétéroclite qui subsistait de son enfance. Elle sortit une balle de base-ball dédicacée, une vieille photo de danse, une pierre qu'il avait ramassée dans les montagnes du Tennessee lors d'un voyage avec ses grands-parents. Puis elle respira un flacon de parfum vide dont la fragrance s'était évaporée. Comme son espoir de voir revenir sa mère s'était évaporé quand les semaines et les mois s'étaient étirés en années.

— J'avais oublié ces choses-là, jusqu'à ce que vous parliez de prendre des affaires pour Avery, dit-il. Vous aviez raison, Hannah. Il y a des souvenirs de sa mère qui seront précieux pour elle quand elle grandira. Vous semblez toujours savoir quelle est la bonne chose à faire.

— Moi ? J'aimerais bien...

Il attendit et la regarda se mordiller la lèvre inférieure. Une onde de chaleur se répandit en lui, constituée en partie de désir et en partie d'autre chose... Quelque chose qu'il se refusait à reconnaître.

— J'ai commis beaucoup d'erreurs, reprit-elle. Fait ce qu'il ne fallait pas. Dit ce qu'il ne fallait pas. J'en ai tiré de dures leçons.

— Le père de Lindsey a-t-il été l'une de ces erreurs ? demanda William, sa curiosité prenant le dessus.

— La meilleure erreur que j'aie jamais faite, dit Hannah dans un souffle. Elle m'a donné Lindsey, qui est une bénédiction. C'est ma relation avec son père qui a été une erreur.

— Je présume qu'il n'a pas de contacts avec elle ?

Cet homme savait-il ce qu'il manquait ? Il aurait dû être fier d'être le père d'une telle enfant.

— Non. Il avait pour sa vie des plans qui n'incluaient ni moi, ni un bébé. Je n'ai été qu'un bouche-trou. Dès qu'il a rompu avec moi, il a renoué avec sa petite amie du lycée.

— C'est bien dommage pour lui, commenta William en remettant ses précieux souvenirs dans le carton. Et je ne parle pas que de Lindsey.

— Merci. Je sais que la vie aurait été plus facile si j'avais eu de l'aide, mais il ne devait pas en être ainsi. Lindsey et moi étions destinées à être seules.

— Vos parents ne pouvaient-ils pas vous aider ?

Il avait compris à certaines conversations entre la mère et la fille que les relations avec leur famille étaient tendues.

— Je vous raconterai ça une autre fois. Un long trajet en voiture nous attend demain, pour rentrer à Houston. Nous ferions mieux d'aller dormir.

William referma le carton, le mit sous son bras et tendit la main à Hannah pour l'aider à se lever. L'espace d'une seconde, ils se tinrent l'un près de l'autre, les mains jointes, leurs corps se touchant presque, leurs souffles se mêlant.

William se sentait plus excité sexuellement qu'il ne l'avait jamais été de sa vie, mais il s'écarta d'un pas. Ce à quoi il pensait ne pouvait pas se produire. Pas ici, dans cette maison. Pas maintenant. Mais il avait beau avoir mis Hannah en garde contre lui, il savait au fond de lui qu'un jour ou l'autre, bientôt, il ne pourrait résister à la faim qu'il lisait dans ses yeux. Quel que soit le risque.

— Je ne suis pas l'homme pour qui vous me prenez, Hannah.

Lorsqu'elle se rapprocha de lui, il se crispa, combattant son désir.

Elle posa les mains sur son torse et leva la tête, ses lèvres venant caresser doucement les siennes.

— Vous n'êtes pas non plus l'homme pour qui vous vous prenez, dit-elle avant de tourner les talons, le laissant se demander si elle pouvait voir tous les bagages dont il était encombré.

# 9

En quittant la salle d'opération, Hannah dansait presque. Elle avait réussi le test requis par l'hôpital pour qu'elle puisse assister William lors de ses interventions et elle brûlait d'impatience de le lui annoncer. Son portable vibra dans la poche arrière de son pantalon d'uniforme. C'était un texto de William qui demandait des nouvelles. Elle lui répondit aussitôt.

Fait et bien fait !

Tout de suite après, son téléphone sonna.

— Retrouvez-moi en salle d'urgences, dit William d'un ton sec et froid.

Elle connaissait ce ton : un patient en état critique n'allait pas bien.

— J'arrive, répondit-elle, tandis qu'un peu de son adrénaline refluait et que son excitation retombait.

Certes, elle comprenait pourquoi William intériorisait ses sentiments pendant qu'il opérait et quand il s'occupait d'un patient qui avait besoin de soins urgents. Mais elle se demandait à quel point c'était bon pour lui de tout garder à l'intérieur. Il semblait que sous ce contrôle fermement exercé se trouvait l'origine de son intuition qu'il devait traverser la vie seul.

Elle s'était rendu compte, récemment, que même ses passe-temps étaient solitaires. Avait-il passé tant de temps seul dans la maison de son père qu'il ne savait pas comment vivre autrement ? Quoi qu'il en soit, son existence changeait maintenant, avec Avery. Qu'il soit ou non dans sa zone de confort, il allait rejoindre le reste du monde.

Elle aperçut sa haute silhouette et ses cheveux bruns au-dessus d'un groupe qui se tenait devant une des cabines de traumatologie, et elle les rejoignit. Elle aperçut aussi deux policiers, ce qui la fit frissonner. Leur présence signifiait que le patient était soit la victime d'un crime, soit un suspect.

— Excusez-moi, dit-elle en passant près d'un manipulateur radio qui quittait les lieux.

C'est alors qu'elle la vit.

Son bras était toujours dans une attelle, comme la dernière fois, mais il y avait maintenant une vilaine plaie au-dessus de l'un de ses yeux. La teinte verdâtre d'anciennes meurtrissures ressortait dans son visage pâle.

Jeannine Jones avait été intubée, et un assistant installait en hâte le respirateur artificiel. Hannah prit une paire de gants au distributeur avant d'aller au chevet de Jeannine. Elle écarta avec soin les cheveux de la blessée pour examiner son œil enflé et injecté de sang.

— Une fracture orbitale ? s'enquit-elle tandis que William la rejoignait.

— Non, Dieu merci. Le coup l'a fait tomber à la renverse et sa tête a heurté une cheminée. Le scanner montre une fracture crânienne avec hématome sous-dural que je devrai réduire en salle d'op une fois qu'elle sera stabilisée.

Il ne montrait aucune émotion, mais Hannah le connaissait, maintenant. Il n'avait pas besoin de changer de ton pour qu'elle voie à quel point il était furieux qu'ils n'aient pas pu sauver cette femme.

— Où est son mari ? demanda-t-elle à l'officier qui interrogeait le médecin urgentiste.

— En garde à vue. Leur voisine nous a appelés quand elle l'a entendu crier après sa femme. Nous avons trouvé Mme Jones par terre, et lui ivre mort à côté d'elle.

Le moniteur émit un bip tandis que le rythme cardiaque de Jeannine augmentait.

— Ça va aller, si vous m'assistez, Hannah ? questionna William.

Elle sentit qu'il ne la condamnerait pas si elle refusait. Qu'il ne porterait pas de jugement de valeur. Contrairement à ce qu'elle venait de faire en le jugeant d'après ses réactions émotionnelles.

Cet homme était capable d'émotion. Il n'était pas le « Prince des Glaces » que tout le monde voyait en salle d'op. La veille encore, elle l'avait entendu rire tandis qu'il jouait par terre avec sa sœur. L'amour qu'il portait à Avery était manifeste, et il se donnait du mal pour être le parent qu'il devait être pour elle.

Hannah regarda Jeannine. Assister William était ce qu'elle avait toujours rêvé de faire. Même si son rôle consistait seulement à suivre ses instructions, cette perspective l'emballait. Un peu nerveuse, elle essuya ses paumes gantées sur son pantalon. Elle devait franchir ce pas pour faire ses preuves. Pas seulement vis-à-vis de William, mais vis-à-vis d'elle-même.

— Si vous l'emmenez en chirurgie, je vais avec vous, répondit-elle. Aurions-nous pu faire autre chose pour l'aider ?

— Je l'ignore. J'ai parlé à l'assistante sociale qui l'a vue la dernière fois où elle est venue ici. Le personnel a essayé de la dissuader de partir avec son mari, mais elle n'a rien voulu entendre. Nous avions les mains liées, mais je ne m'en sens pas mieux pour autant. Je vous ferai prévenir si nous allons en salle d'op, ajouta William en sortant.

Hannah décida d'aller faire un tour à la cafétéria car elle ne voulait pas flancher en salle d'opération.

— Hannah ? l'interpella une voix douce.

Elle se tourna et vit une belle femme brune qui se tenait derrière elle – le ventre rond.

— Sarah, vous êtes enceinte !

— Oui. Et merci de ne pas avoir ajouté *encore.*

— Vous êtes magnifique. Je ne peux pas croire que je ne l'aie pas su plus tôt.

Avec Lindsey faisant du covoiturage pour se rendre à ses leçons d'équitation dans le manège thérapeutique que dirigeait Sarah, Hannah n'avait pas vu cette dernière depuis des semaines, et elle lui avait manqué. Aussi se promit-elle de prendre du temps pour voir ses amis, quand ses études seraient finies. L'infirmière praticienne qui avait joué un si grand rôle dans sa vie et celle de Lindsey en plaidant pour la transplantation était aussi belle intérieurement qu'extérieurement. Car, même après l'opération de Lindsey, elle avait été là pour conseiller Hannah dans ses études d'infirmière.

— Lindsey m'a dit que vous avez presque terminé votre spécialisation, dit Sarah en suivant Hannah à la caisse.

Après avoir payé, elles trouvèrent une table pour discuter et rattraper le temps perdu.

— Je suis si près de la fin, maintenant. Je fais mon stage pratique avec le Dr Cooper et j'apprends tellement.

— D'après Lindsey, il n'y a pas que ça entre William Cooper et vous. Il paraît que vous avez emménagé ensemble.

Oh ! non ! Qu'est-ce que Lindsey avait raconté aux gens ?

— Ce n'est pas ce qu'il semble. Je veux dire… Oui, Lindsey et moi vivons chez lui, mais ce n'est qu'un arrangement temporaire. Il avait besoin… d'aide, et c'est plus facile ainsi. Il s'agit surtout d'un échange d'informations.

— Je dois dire que je suis un peu déçue, commenta Sarah quand elle se tut.

— Je ne comprends pas.

Pour rien au monde Hannah ne voulait décevoir cette femme pour qui elle avait tant d'admiration.

— J'espérais qu'enfin vous aviez pris un peu de temps pour vous, expliqua Sarah. Du temps pour une histoire romantique, Hannah… Et je ne peux imaginer personne de plus parfait pour vous que William.

— Vous savez très bien que ce n'est pas ce que je souhaite… Ma plus grande responsabilité est envers Lindsey, pour le moment, et la dernière chose dont j'ai besoin est d'un homme dans ma vie.

— Vous avez remarqué que William est un homme, n'est-ce pas ? Et il est dans votre vie, non ? D'après Lindsey, vous vous entendez tous formidablement bien.

Hannah détestait admettre que Sarah avait raison. Il ne faisait aucun doute que William était un homme – elle en était plus consciente qu'elle ne devrait l'être. Et sa fille disait vrai, aussi. Leur vie à quatre fonctionnait bien.

Cela l'étonnait, maintenant qu'elle y réfléchissait. Au départ, ils étaient deux personnes célibataires vivant seules – exception faite de Lindsey, bien sûr – et qui étaient satisfaites de leur style de vie. Si on lui avait demandé il y a peu si elle était d'accord pour vivre avec quelqu'un, elle aurait répondu non. Elle était trop habituée à son indépendance pour supporter un tiers dans son espace vital et elle était persuadée que William ressentait la même chose.

Pourtant, tous deux avaient surmonté les problèmes inhérents au partage d'une maison, et, finalement, tout se passait bien. Chacun avait fait des concessions, et leur arrangement leur convenait.

Non, admit-elle en elle-même. Cela ne faisait pas que lui « convenir ». Elle était plus qu'heureuse de ce qu'ils partageaient actuellement. Mais qu'en était-il de William ? N'était-elle pour lui qu'un moyen pour arriver à une fin ?

Il avait été très clair : sa vie d'avant l'arrivée d'Avery lui plaisait. Mais il avait fait tant de changements, depuis ! Et il se donnait vraiment du mal pour être le meilleur parent de substitution possible pour sa sœur. Toutefois, ces changements ne concernaient pas qu'Avery.

Les heures que William et elle passaient ensemble le soir, quand les enfants étaient couchées, étaient devenues l'un des moments favoris de Hannah. Ils partageaient leurs expériences, ne parlant pas seulement de leur métier et des enfants, mais aussi d'eux-mêmes. William lui racontait des choses qu'il avait vues et qui pouvaient l'intéresser. Elle lui parlait de ses lectures, qu'il pouvait également trouver intéressantes. Les choses avaient commencé à changer entre eux. Ils étaient devenus amis... et peut-être même plus.

— Hannah ? dit Sarah.

Hannah se rendit compte que son amie la fixait comme si elle avait perdu l'esprit. Elle s'avisa aussi qu'il était fort possible qu'elle ait perdu non seulement l'esprit, mais également son cœur.

— Ainsi, j'avais raison. Il y a plus que ce que vous me dites, reprit Sarah en couvrant la main gauche de Hannah de la sienne. Écoutez, je connais William depuis un bon bout de temps, maintenant, et c'est un homme bien.

Pour quelqu'un qui disait vouloir qu'on le laisse tranquille, il semblait connaître beaucoup de monde, pensa Hannah.

— Ah oui ?

— Oui. Il est un grand donateur pour notre programme thérapeutique, au ranch. Il couvre les frais de tout l'équipement de sécurité que nous utilisons, y compris les casques. J'ai aussi entendu dire qu'il donne beaucoup d'argent au service de d'oncologie pédiatrique. Et tout le monde sait quel formidable chirurgien il est, à quel point il est bon médecin avec ses patients.

Sarah marqua une pause avant d'ajouter :

— Il ne cherche pas à attirer l'attention sur ce qu'il fait… Ce n'est pas pour cela qu'il le fait. Il se soucie d'autrui, et je ne pense pas que beaucoup de gens se soient souciés de lui, dans sa vie. Ce qui nous ramène à vous… Hannah, je vous connais très bien, aussi. Vous ne pouvez pas vous empêcher de vous impliquer avec les autres – vos patients, vos collègues, vos camarades de cours –, vous vous souciez de tout le monde. Quelquefois, cela peut tourner à votre désavantage. Je ne veux pas vous voir blessée.

— Je sais que William est trop bien pour moi, dit Hannah en renonçant à avaler sa soupe et en écartant son plateau.

— Non. D'après ce que vous m'avez dit, c'est vous qui êtes trop bien pour lui. J'ai vu les femmes avec lesquelles il est sorti et qui ressemblent toutes aux poupées que nous avions quand nous étions petites – très belles à regarder, mais vides à l'intérieur. Pas l'une d'entre elles n'aurait fait ce que vous avez fait pour lui. Je suis sûre qu'il s'en rend compte, même si les émotions ne sont pas son fort.

Sarah voyait une romance là où il n'y avait qu'une bonne entente, pensa Hannah. Et c'était tout ce qu'il y aurait jamais.

Son portable annonça un message. William l'informait qu'ils entraient en salle d'opération, alors elle étreignit Sarah qu'elle remercia, puis elle partit se préparer, chassant de son esprit ce que son amie lui avait dit.

La main de William ne tremblait pas tandis qu'il faisait la première incision, et que son esprit combattait les doutes qu'il avait sur l'issue de l'opération. Toutefois, si Jeannine Jones avait une chance de conserver une vie d'une certaine qualité, il savait qu'il devait faire tout ce qu'il pouvait pour cela.

Il suivait la procédure pas à pas, avec précision. Hannah, à côté de lui, anticipait ses besoins quand il fallait irriguer ou aspirer. Le temps qu'il ait soulevé l'os crânien et remarqué que le flux sanguin augmentait, ils avaient adopté naturellement un rythme complémentaire.

— Sa tension diminue et son rythme cardiaque augmente, signala l'anesthésiste. Reste-t-il encore du sang lié au trauma ?

— Cautère, dit William en tendant la main à un assistant. Hannah, pouvez-vous ajuster la lampe ?

Il s'occupa des vaisseaux qui saignaient, se concentrant sur chaque détail tout en ignorant ceux qui travaillaient autour de lui.

— Où en est-elle ? demanda-t-il à l'anesthésiste.

— Elle est hypotendue, mais elle commence à se stabiliser, répondit-elle.

Il évacua un gros caillot et cautérisa une autre section avant de se préparer à refermer.

— La tension recommence à baisser, indiqua l'anesthésiste.

— C'est presque fini, déclara William en reconstituant l'os. Il ne me faut plus que quelques minutes.

Il entendit Hannah qui murmurait :

— Tenez bon, Jeannine. Tenez bon.

# 10

William fixait sans le voir l'écran d'ordinateur devant lui. Lorsqu'il avait renvoyé Hannah à la maison, depuis des heures maintenant, il avait prétexté vouloir mettre à jour des dossiers. Depuis, il s'était souvent rendu en salle de réveil pour vérifier la tension de Jeannine Jones et avait reçu deux patients en consultation.

De retour dans l'unité neurologique des soins intensifs, avec les yeux dans le vague, il n'avait pas besoin d'un psychiatre pour lui dire qu'il avait un problème. En fait, il aurait pu écrire un livre sur ses failles émotionnelles. Séquelles dues à sa mère. Dues à son père. Il pouvait toutes les voir en lui.

Jusqu'à présent, ses limitations ne l'avaient jamais ennuyé. Il en était venu à penser que ses défaillances l'avaient aidé à devenir le médecin qu'il était aujourd'hui. Le fait qu'il puisse s'isoler de tout ce qui l'entourait pendant qu'il opérait lui permettait de concentrer tout son talent sur son patient.

Mais cela n'expliquait pas pourquoi il veillait une patiente qu'il n'avait rencontrée qu'une fois. Sauf, peut-être, ces séquelles maternelles. Il craignait qu'en sauvant la vie de Jeannine, il ne la condamne au destin de sa propre mère. Si elle passait ses dernières années dans le coma, il aurait échoué vis-à-vis d'elle. Elle avait été prisonnière de son mari, chez elle, et il ne supportait pas de l'imaginer prisonnière de son propre corps le reste de sa vie.

— Hé, docteur Cooper, comment ça se passe ? demanda un infirmier très expérimenté du service.

— Bonsoir, Tom. Vous vous occupez de Mme Jones, cette nuit ?

William détacha les yeux de l'écran. Il avait passé en revue toutes les notes concernant les visites de Jeannine à l'hôpital et n'avait rien trouvé qui aurait pu changer l'issue finale. Il y avait une longue liste de faits détaillant l'escalade de la violence de son mari, mais elle avait toujours nié, les empêchant d'agir.

— Oui, c'est moi qui la surveille. Pourquoi ne rentrez-vous pas chez vous ? Je vous appellerai s'il y a un changement, répondit Tom en s'asseyant à côté de lui. C'est moche, ce que son mari lui a fait. Très moche... Pour moi, un homme n'est pas un homme quand il bat sa femme.

— Oui, je suis d'accord avec vous. Apparemment, l'amour a frappé de nouveau, dit William, de l'amertume dans la voix.

— Ce n'est pas de l'amour. On le sait tous les deux. L'amour peut vous faire faire des folies, mais pas battre la personne que vous aimez. Non, ce n'est pas de l'amour. Hé, j'ai vu Hannah à la supérette avec Lindsey et cette mignonne petite fille qui est votre demi-sœur, paraît-il. C'est dingue, non ?

— Oui, c'est dingue.

William consulta sa montre. Avery dormait, maintenant. Si quelqu'un, un mois plus tôt, lui avait dit qu'il serait contrarié parce qu'il aurait raté le coucher d'un bébé de onze mois, avec l'histoire qu'il lui lisait, il aurait considéré que cette personne était dérangée. Or, désormais, il attendait toute la journée de rentrer chez lui pour mettre Avery au lit et vérifier si Lindsey n'avait pas besoin de lui pour ses devoirs. Comme il attendait de savourer un verre de vin avec Hannah, quand la maison était tranquille, pour échanger avec elle sur leur journée.

— En tout cas, je n'ai jamais vu Hannah aussi heureuse, reprit l'infirmier. Après tout ce qu'elle a traversé avec sa propre fille, c'est chouette. C'est un des effets de l'amour.

Un des moniteurs à côté d'eux se mit à biper.

— Je vais voir ce qui se passe, dit Tom. Mais je vous le

répète, rentrez chez vous. S'il y a un changement dans l'état de Mme Jones, je vous appellerai.

Tom avait-il laissé entendre que Hannah était amoureuse ? se demanda William après son départ. Non, il parlait sûrement de son amour pour Lindsey. Il était clair qu'elle adorait sa fille.

Se frottant les yeux, il se leva et s'étira. Tom avait raison : il avait besoin de rentrer chez lui et de dormir. Avec un peu de chance, il aurait droit à six heures de sommeil avant qu'Avery se réveille et qu'une nouvelle journée commence.

Hannah se servit un verre de vin, puis elle s'installa sur le canapé où elle essayait de terminer avant le week-end un devoir sur les services de santé. Ils avaient prévu une fête pour le premier anniversaire d'Avery, ainsi qu'une sortie au zoo, et elle voulait avoir l'esprit libre.

Malheureusement, elle ne parvenait pas à se concentrer. Il ne lui avait fallu qu'une soirée sans William pour mesurer à quel point il lui manquait. Bien qu'elle ait fermement nié ses sentiments face à Sarah – et face à elle-même –, ce qu'elle ressentait pour William était plus fort que toutes les amitiés qu'elle avait éprouvées. Était-ce de l'amour ? Comment le saurait-elle ? La seule fois où elle s'était crue amoureuse, elle s'était trompée.

Si seulement elle pouvait oublier la sensation de William tout près d'elle dans le gymnase, ce fameux soir, ou le contact de ses lèvres lorsqu'elle l'avait embrassé dans le grenier, à Dallas. Il avait eu raison en disant qu'elle ne connaissait pas la règle du jeu avec les hommes. Elle savait seulement se protéger. Elle avait appris à ses dépens à ne pas faire confiance à la gent masculine.

Seulement quelque chose avait changé cette nuit-là dans le grenier. William lui avait confié ses souvenirs d'enfance, et elle avait vu le petit garçon blessé dont la vie avait basculé quand sa mère lui avait été enlevée. Le fait qu'elle soit restée en vie toutes ces années, loin de lui, avait probablement rendu les choses encore pires pour lui. Il avait toujours espéré qu'un jour elle reviendrait.

Mais il s'agissait là des émotions d'un enfant. En devenant adulte, il avait décidé de laisser derrière lui les attachements de son enfance. S'était-il considéré comme faible, d'avoir ressenti tant de chagrin en perdant sa mère ? Ou avait-il été marqué par l'exemple de son père qui avait mis toutes les affaires de sa femme au grenier, comme si se débarrasser de l'amour et de la souffrance signifiait qu'ils n'existaient plus ?

Hannah n'avait aucun droit de juger trop durement le père de William. Elle ne l'avait pas connu et elle savait que les choses n'étaient pas toujours ce qu'elles paraissaient.

Enfant, elle avait cru qu'elle pourrait toujours compter sur l'amour de ses parents. Puis elle avait grandi et s'était rendu compte que cet amour dépendait d'une chose : qu'elle se conforme à ce qu'ils estimaient le meilleur pour elle. Ils ne l'avaient pas soutenue lorsqu'elle avait eu le plus besoin d'eux.

Maintenant encore, elle refusait de dépendre de quelqu'un d'autre. Elle s'était séparée de toute personne voulant contrôler sa vie et elle avait consacré son existence à sa fille, ne s'entourant que de gens qui ne pouvaient pas la blesser. Elle avait fermé son cœur à double tour, comme William, et elle ne s'en était même pas aperçue. Jusqu'à maintenant. Parce que ce n'était pas seulement son corps et son amitié, qu'elle désirait, mais tout, et cela ne faisait pas partie de leurs plans.

Elle se leva, renversant son vin par terre, aussi posa-t-elle le verre sur une table basse, puis elle alla prendre un torchon pour essuyer les dégâts. Incapable de rester assise, elle se rendit à la fenêtre et contempla les reflets de la lune sur le jardin.

— Hannah ?

Entendant la voix derrière elle, elle se tourna. Le visage de William était livide, le manque de sommeil ridait ses paupières.

— Comment va Jeannine ? s'enquit-elle en s'approchant de lui.

Elle avait envie de lui ouvrir les bras pour qu'il s'y réfugie. Elle avait envie de lui ôter la douleur qu'il gardait encore de son enfance, elle le savait. Elle souhaitait être capable de réparer ce qui était cassé en lui. Elle voulait lui faire éprouver toutes les émotions qu'il cadenassait soigneusement.

— Il n'y a pas de changement, et on m'appellera en cas de besoin. Vous devriez être couchée.

Il ôta sa veste et dénoua sa cravate, puis passa une main dans ses cheveux. Il n'avait jamais paru plus humain, plus approchable qu'en cet instant.

Elle lui écarta les mains du premier bouton de sa chemise qu'il bataillait pour ouvrir.

— Que faites-vous ? demanda-t-il d'une voix sourde.

Comment pouvait-elle expliquer la solitude qu'elle avait ressentie en l'attendant ? Le manque de lui qui était devenu une douleur dans sa poitrine ? Comment pouvait-elle expliquer ce qu'elle éprouvait quand elle ne le comprenait pas elle-même ? Sentait-il combien elle avait besoin de lui, en cet instant ? À quel point elle avait envie qu'il la prenne contre lui et la serre dans ses bras ? Pouvait-elle lui faire désirer la toucher aussi désespérément qu'elle désirait le toucher ? Elle ouvrit un bouton, puis le suivant, et posa les mains sur son torse pour se retenir car ses jambes étaient subitement devenues faibles.

— Parlez-moi, Hannah, dit William, dont le corps se raidissait sous ses doigts.

— Dites-moi ce que vous ressentez en ce moment, répondit-elle en faisant glisser les mains sur ses épaules.

— Vous ne voulez sûrement pas jouer avec moi, déclara-t-il tout en l'enlaçant.

— Je croyais que vous aimiez jouer. Voulez-vous que je fasse le premier pas ?

Se pressant contre lui, elle le sentit dur contre son ventre. Relâchant le souffle qu'elle avait retenu en attendant qu'il la repousse, elle insinua une main dans ses cheveux et se serra encore plus contre son sexe.

— Je veux que vous me disiez si vous avez bu beaucoup de ce vin.

Il ne faisait aucune avance, mais il ne s'écartait pas non plus.

— Je n'en ai pris qu'un demi-verre. Je ne suis pas ivre, William.

Voyant qu'il en doutait, elle ajouta :

— Dois-je marcher sur une ligne droite pour vous le prouver ?

Elle comprenait ce qu'il tentait de faire, mais cela ne marcherait pas. Il pouvait chercher toutes les explications qu'il voulait à sa conduite, cela ne changeait pas le fait qu'elle ne le laissait pas indifférent.

— Hannah, je ne veux pas vous faire de mal, dit-il, mais elle nota qu'il ne s'écartait toujours pas.

Il la désirait, et cela le contrariait.

— Tout ce que je veux en cet instant, c'est vous, William, rien d'autre. Si vous ne le souhaitez pas, d'accord. Mais ne me rejetez pas parce que vous craignez à tort que je ne sache pas ce que je fais.

Elle savait exactement ce qu'elle faisait et elle ne le regrettait pas une seconde. Tout ce qu'elle souhaitait, c'était qu'il éprouve le même désir désespéré que celui qui l'avait envahie en le touchant. Le même besoin que celui qui exacerbait ses sens, un besoin qu'elle avait ignoré trop longtemps. Mais, d'abord, elle voulait l'entendre le dire, car elle ne voulait pas passer la nuit avec l'homme qui couchait avec de nombreuses femmes. Elle voulait passer la nuit avec celui qui lui avait confié ses plus profonds secrets, dans ce grenier. Celui dont elle était tombée amoureuse, cette nuit-là.

Comme elle bougeait contre lui, il se raidit sous l'effet du contrôle qu'il s'imposait, un contrôle qu'elle était déterminée à briser. Elle attira sa tête contre la sienne jusqu'à ce que ses lèvres soient à un souffle des siennes, et chuchota :

— Dites-moi ce que vous éprouvez en ce moment, William. Dites-moi ce que vous ressentez quand je vous touche. Dites-moi de quoi vous avez besoin.

— De vous, murmura-t-il tandis qu'elle se plaquait contre lui, la pointe de ses seins se durcissant contre le coton de sa chemise. J'ai besoin de vous.

William relâcha le contrôle qu'il avait gardé si longtemps et prit ce qu'il désirait le plus. Ses lèvres écrasèrent celles de Hannah, et il chercha à introduire sa langue dans sa bouche.

Elle voulait savoir ce qu'il éprouvait ? Il avait l'impression qu'il allait exploser s'il ne pénétrait pas en elle. Son sexe dur et gonflé s'adaptait parfaitement à la courbe douce de son ventre. Elle voulait savoir de quoi il avait besoin ? Le temps que la nuit s'achève, elle saurait ce que c'était que de le sentir contre elle, en elle, autour d'elle, jusqu'à ce que ce désir qui le rongeait depuis des semaines soit étanché. Elle croyait qu'elle pouvait jouer avec la fripouille qu'il était et ne pas se brûler ? Il savait bien que non. Elle le haïrait lorsqu'elle comprendrait qu'il ne pouvait faire preuve de plus d'émotion, que c'était tout ce qu'il pouvait lui donner. Mais il était trop tard pour qu'ils fassent marche arrière, maintenant.

Hannah gémit contre sa bouche tandis qu'il se pressait étroitement contre elle. Puis elle lui mordilla la langue, et il s'écarta.

— Les enfants, dit-elle en défaisant les boutons de sa chemise. Il faut faire attention.

Elle poussa pourtant un cri lorsqu'il la souleva sur son épaule et prit la direction de sa chambre.

Il poussa la porte sans la poser par terre, après quoi il la laissa tomber sur le matelas. Il ne put s'empêcher de sourire quand ses manières d'homme des cavernes la firent éclater de rire, puis il l'attira à lui. Et, toujours riant, ils se débarrassèrent de leurs vêtements.

Il pénétra en elle d'un seul élan, leurs mains s'étreignant, leurs jambes s'emmêlant. Hannah gémit dans sa bouche, et il sentit une onde de plaisir le parcourir. Son abandon candide toucha quelque chose de profond en lui. Quelque chose qu'il luttait pour retenir, pour ne pas lui donner, mais elle ne voulait pas le laisser faire. Nouant les jambes autour de ses hanches, elle le prit plus profondément en elle ; alors il finit par se laisser aller et lui donna tout ce qu'il avait. Elle couvrit son visage de baisers, étouffant un cri tandis qu'ils se perdaient l'un dans l'autre, touchant au summum de la volupté.

Alors qu'il s'endormait dans les bras de Hannah, il prit conscience que c'était elle qui avait été autour de lui, tout le temps.

# 11

Hannah attendait à l'entrée du zoo pendant que Lindsey, pour se distraire et distraire Avery, poussait la poussette d'avant en arrière. Ce matin-là, William était parti avant qu'elle se réveille. Par un texto, il l'avait informée qu'il les rejoindrait vers midi.

Avant de quitter la maison, elle avait appelé l'hôpital pour avoir des nouvelles de Jeannine Jones. Son infirmière lui avait dit que le Dr Cooper était passé la voir, et qu'il n'y avait pas eu de changement dans la nuit.

Hannah se sentait un peu vulnérable après la nuit qu'ils avaient passée ensemble. Elle ne la regrettait pas et elle ne l'oublierait jamais. Mais, au petit matin, elle s'était avisé que soit cette nuit marquerait la fin de leur relation, soit la renforcerait – maintenant qu'ils avaient pris conscience de leur attirance mutuelle. D'une manière ou d'une autre, les choses changeraient, et elle savait que William n'aimait pas le changement.

Un cabriolet gris métallisé, capote rabattue, arriva à vive allure et se gara sur le parking. Hannah relâcha son souffle. Elle avait soigneusement planifié la journée pour que la première visite de William et d'Avery au zoo soit une expérience inoubliable.

— Bonjour ! dit-il en venant vers elles à petites foulées.

— Bonjour, répondit-elle en se sentant rougir.

Elle savait que cet instant serait embarrassant, et s'y était attendue. Mais ce qui la surprit, ce fut le désir fulgurant qui lui traversa le ventre et lui coupa le souffle. Elle était habitée d'un besoin intense qui la figeait sur place, et elle n'avait jamais rien éprouvé de pareil. L'espace d'une seconde, elle comprit pourquoi William voulait tenir les autres à distance. Cet homme était capable de la briser en deux. Son cerveau l'avertissait de protéger son cœur, tandis que ce dernier lui disait qu'il était déjà trop tard.

— Maman ? Will ? Hé ho, tous les deux ! lança Lindsey en poussant la poussette entre Hannah et William. Vous pourrez vous contempler plus tard. Avery et moi, on est prêtes à voir quelques lions.

Elle se pencha avec un feulement rauque sur la petite fille qui riait aux éclats.

— D'accord, allons-y, déclara William, rompant la connexion qui les avait pris un instant dans ses rets.

Surprenant Hannah, il lui saisit la main.

— Lindsey, va doucement, dit-elle en rattrapant les deux enfants.

Une fois à l'intérieur, ils suivirent les allées, Lindsey devant.

— Elle se repère très bien, non ? commenta William.

— On ne pouvait pas faire grand-chose ensemble, avant qu'elle ait eu sa greffe, la plupart des activités étant trop fatigantes ou trop chères. Alors nous passions beaucoup de temps au zoo.

— Vous n'en parlez pas beaucoup, de sa transplantation cardiaque, poursuivit-il alors qu'ils s'arrêtaient pour regarder les flamants roses.

— La transplantation a été la partie facile. Ce qui a été dur, c'est l'attente. Le temps qu'elle a passé à l'hôpital en soins intensifs, alors que je savais que les jours étaient comptés et que je ne pouvais rien faire, a été une épreuve terrible. Une épreuve que nous aurons peut-être à revivre si elle fait un rejet. C'est pourquoi nous n'en parlons pas. On apprend à vivre au jour le jour quand on ignore combien de jours il vous reste.

— Vous êtes une femme forte, Hannah, dit William avec admiration tandis qu'ils suivaient les enfants dans une autre allée.

Ils regardèrent Lindsey faire des grimaces aux lémuriens, pendant qu'Avery battait des mains en voyant les singes bondir d'arbre en arbre. Curieusement, il n'y avait pas de gêne entre eux ; leur amitié était confortable et, bien que récente, elle paraissait ancienne. C'était comme s'ils se connaissaient depuis des années, même s'ils apprenaient encore beaucoup l'un sur l'autre.

— Avez-vous eu des nouvelles de la grand-tante d'Avery ? demanda Hannah.

— J'ai reçu un mail d'elle disant qu'elle serait en ville au cours des deux semaines qui viennent, et cela me rend assez nerveux. J'ai parlé avec un des avoués de mon père. Apparemment, étant la parente la plus proche de la mère d'Avery, elle pourrait m'assigner en justice pour obtenir la garde. Cela ne veut pas dire qu'elle l'aura, mais je n'ai pas envie de courir ce risque.

Pendant un certain temps, Hannah s'était inquiétée que cette femme se manifeste. Qu'elle fasse valoir que William n'était pas préparé à s'occuper d'une enfant de l'âge d'Avery. Mais plus maintenant. Il s'était donné du mal pour s'adapter, avec un dévouement surprenant. Il s'impliquait autant dans les soins à donner au bébé que s'il était son vrai père, et elle comprenait pourquoi la possibilité de perdre Avery le tourmentait.

Ils s'efforcèrent de rattraper Lindsey qui détalait avec la petite fille.

— Lindsey, ralentis !

— C'est bon, maman ! répondit celle-ci avec une bonne dose d'exaspération préadolescente. Je sais ce que je fais !

— Elle a tellement hâte de tout expérimenter, comme pour rattraper les années qu'elle a perdues que, parfois, elle en fait trop, dit Hannah à un William amusé.

Puis ils arrivèrent enfin à la hauteur des deux enfants.

— Si nous sortions un moment Avery de sa poussette ?

Elle se pencha pour défaire la ceinture du bébé.

— Il faut la changer, et de cette façon tu pourras aller explorer à ta guise. Tu as ton téléphone ?

— Bien sûr, répondit Lindsey en le sortant de sa poche pour le leur montrer.

— Veux-tu que nous nous retrouvions dans une demi-heure devant les cages des petits félins ?

Hannah vérifia la couche d'Avery ; elle était sèche.

— D'accord, mais je veux être là quand Avery verra les gros félins ! Elle va adorer les lions.

Lindsey partit à toute allure, leur laissant la poussette.

— Vous ne pensez pas que les lions vont lui donner des cauchemars ? demanda William.

— Non, tout ira bien. Baissez-vous.

Elle souleva Avery pour la jucher sur ses épaules.

— Elle ne craint rien, là-haut ?

William était figé sur place, les mains serrant les mollets potelés de sa sœur.

— Elle ne va pas tomber ?

Avery riait et se balançait d'avant en arrière, comme sur le cheval rose qu'ils avaient rapporté de Dallas.

— Tenez-la bien, et elle ne risquera rien.

Ils allèrent de cage en cage, Hannah puis William lisant à haute voix les informations sur chaque animal. Le temps qu'ils arrivent aux girafes, William s'était détendu. Il éclata de rire avec Avery en voyant la longue langue que sortit une girafe pour attraper les croquettes qu'il lui tendait sur sa paume ouverte. Hannah s'empressa de sortir son portable pour faire une photo. Plus tard, elle la ferait tirer sur papier et la mettrait sur le bureau de William, au cabinet.

— Vous voulez en parler ? demanda-t-il en prenant une lingette dans le sac pour essuyer les petites mains de sa sœur.

Il ne pouvait vouloir dire qu'une chose : leur nuit ensemble. Avait-elle envie d'en parler ? Jusqu'ici, la journée avait été merveilleuse et elle ne voulait pas risquer de la gâcher.

Mais n'était-ce pas exactement ce qui s'était passé avec le père de Lindsey ? Elle avait évité toute conversation avec lui sur leur relation, parce que, au fond d'elle-même, elle savait qu'elle tenait à lui plus qu'il ne tenait à elle. Et maintenant elle avait la même impression. William avait été clair : il n'envisageait pas de nouer une relation permanente avec quiconque. Il avait un peu évolué depuis qu'il avait la garde d'Avery, mais cela ne voulait pas dire que son attitude s'était vraiment modifiée.

Ce qu'il y avait entre eux était si neuf... Hannah ne savait même pas si elle souhaitait quelque chose de plus que ce qu'ils avaient maintenant. Ne pouvaient-ils pas simplement profiter du temps qu'ils passaient ensemble ? Pas d'attentes. Pas de soucis. Juste eux deux apprenant à se connaître.

Les battements de son cœur se calmèrent. Elle ne répétait pas d'anciennes erreurs, se dit-elle, mais s'ouvrait à de nouvelles possibilités, en espérant que William la suivrait où que cela les conduise. Était-ce trop demander ?

— Je ne sais pas trop de quoi nous devrions parler, affirma-t-elle. Nous sommes deux adultes attirés l'un par l'autre. Pourquoi cela ne peut-il suffire, pour le moment ?

Son cœur s'emballa de nouveau tandis qu'elle attendait sa réponse.

Ayant fini d'essuyer les mains d'Avery, il posa la petite fille par terre, entre eux, chacun la prenant par une main, elle se mit à avancer sur ses petites jambes hésitantes.

— Alors, toujours amis ? demanda-t-il.

— Oui, souffla-t-elle, laissant se dissiper la boule de stress qu'elle avait gardée en elle toute la journée. Toujours amis.

Comme promis, ils retrouvèrent Lindsey devant la cage des petits félins. Puis William remit Avery dans sa poussette pour que Lindsey puisse l'emmener jusqu'aux grands félins.

Le temps qu'ils persuadent Lindsey qu'ils devaient partir, la petite fille était fatiguée et de mauvaise humeur.

Alors qu'ils quittaient le zoo, croisant d'autres familles qui entraient, Hannah ne put s'empêcher de noter le contraste entre ces gens et eux : une mère célibataire, une enfant sans père, un bébé orphelin et son grand frère. Ils formaient un groupe hétéroclite, mais ils allaient parfaitement ensemble.

Le lendemain, la maison de William était tranquille lorsqu'il était parti faire ses rondes matinales. Sa matinée avait été paisible, le laissant examiner ses patients comme il aimait le faire.Mais, quand il était rentré chez lui, il avait été confronté à une véritable horreur : l'allée de la maison était pleine de voitures. Des voitures. Un dimanche. Dans son allée. Bien sûr, il savait qu'il devait y avoir une fête d'anniversaire, et Hannah et lui avaient choisi le gâteau dans une pâtisserie la semaine précédente. Hannah s'était portée volontaire pour s'occuper des invitations et, naïvement, il avait pensé qu'elles se réduiraient à cinq ou six de ses amis avec leurs enfants. Mais là, il y avait au moins une douzaine de véhicules !

Quittant la sécurité de son cabriolet, il suivit le bruit des voix jusqu'au jardin de derrière, où semblait régner un vrai tohu-bohu. Il y avait des enfants partout, certains qui se couraient après, d'autres qui jouaient sur des couvertures étalées dans l'herbe, et deux ou trois plus grands qui entouraient Lindsey – dont un garçon. Hannah savait-elle que sa fille inviterait un garçon ? Quelles étaient les règles à suivre ? Était-ce une de ces choses déterminées par l'âge ? Heureusement, il lui restait du temps avant d'avoir ce genre de souci avec Avery.

— Bonjour, docteur Cooper. Belle maison, et une petite fille très mignonne ..., dit une infirmière qu'il reconnut.

C'était Kelly, du service de neurologie.

— Avez-vous vu Hannah ? demanda-t-il.

— Elle vient de rentrer dans la maison. Elle va revenir tout de suite, déclara une voix derrière lui.

Il se tourna et découvrit une belle femme brune au ventre rond qui tenait sur sa hanche un bébé tout juste en âge de marcher.

— Sarah... C'est un plaisir de vous voir. David est-il avec vous ?

— Il est par là-bas, répondit-elle en désignant un petit groupe d'hommes rassemblés au bord du lac. Je pense qu'ils complotent de s'échapper, alors vous pouvez dire à mon mari que je le tiens à l'œil. Toute tentative de fuite avant l'arrivée du gâteau sera considérée comme une rupture de contrat.

— De fuite ? répéta William.

S'il y avait un moyen de disparaître, il voulait bien en profiter.

— Je l'accompagne à toutes ces réunions mondaines auxquelles vous devez assister, vous les médecins, et il vient avec moi aux goûters d'enfants.

Sarah s'interrompit pour se diriger vers un groupe d'enfants.

— Davey, descends de cet arbre, immédiatement !

William regarda vers la maison et vit que Hannah revenait. Elle portait Avery sur une hanche, comme Sarah, et tenait dans son autre main un plateau de nourriture, mais les deux femmes n'auraient pu être plus différentes, Sarah avec ses cheveux noirs ondulés et Hannah avec ses boucles blondes.

En marchant vers elle, il suivit des yeux les jolies courbes de son corps, puis son regard s'arrêta sur son ventre plat. Il connaissait l'histoire de Sarah, qui avait perdu un mari et un fils dans un accident de voiture. Cette perte avait été dévastatrice pour elle, et il imaginait qu'il n'avait pas dû lui être facile de décider d'avoir d'autres enfants. Est-ce que Hannah en voudrait d'autres, elle ? Elle avait traversé tant d'épreuves avec Lindsey. Serait-elle prête à prendre le risque de mettre un autre enfant au monde ?

Il la regarda tendre le plateau à une femme d'un certain âge. Mme Adams ?

— Je croyais que nous devions faire une petite fête pour son premier anniversaire, dit-il en aparté à Hannah, après avoir remercié l'ancienne nounou d'Avery d'être venue.

— C'est vous qui avez voulu louer la maison gonflable. Il fallait bien d'autres enfants pour sauter dedans ! Tout ce qu'Avery peut faire, c'est ramper à l'intérieur.

— Elle a un an. Bien sûr, qu'elle peut sauter dedans !

William alla chercher sa sœur.

— Viens, Avery. Allons essayer cette maison.

— Ne lui salissez pas sa robe ! lança Hannah derrière eux. Il faut qu'elle soit jolie pour la photo avec le gâteau.

Après avoir attendu leur tour, William grimpa dans la maison gonflable et prit les mains de la petite fille.

— Allez, tu sautes de haut en bas ! dit-il en la prenant par les bras pour la soulever du sol élastique.

Mais Avery semblait intéressée par tout, sauf par cette maison qu'il avait tenu à louer.

— Vous savez, docteur Cooper, elle est trop petite pour ça. Ses jambes ne sont pas assez solides, dit un jeune garçon en passant la tête par l'ouverture. Vous auriez dû louer un poney. Tout le monde aime monter sur un poney, même les petits.

— Je crois que tu as raison, Davey, répondit William en souriant au fils de Sarah.

Il sortit en rampant de la maison avec Avery.

— La prochaine fois, je louerai un poney.

Il présenta rapidement sa petite sœur à ses collègues de travail, puis il alla rejoindre le groupe d'hommes près du lac. Ils discutaient de base-ball et de politique, des sujets qui lui convenaient mieux que ceux évoqués par les femmes. Avery se cramponnait à son cou tandis qu'ils regardaient Hannah et Sarah organiser des jeux pour les enfants plus grands.

— Ah, vous êtes là..., dit Hannah en les rejoignant, et en tendant les bras pour prendre le bébé. Il est temps de couper le gâteau et nous ne pouvons pas le faire sans elle.

William déclara qu'il prendrait des photos d'Avery pendant que tout le monde entonnerait la chanson d'anniversaire. Il dut reconnaître que sa sœur était adorable, tandis qu'elle fourrait un morceau de gâteau arc-en-ciel dans sa bouche avec ses deux menottes. Puis, sans trop savoir comment, il se retrouva en train d'organiser des groupes pour les photographier.

— Où est Lindsey ? demanda-t-il après avoir pris un cliché de Hannah penchée sur Avery qui essayait de souffler ses bougies.

Ce serait la parfaite photo à mettre en fond sur son portable, pensa-t-il.

— Elle est à l'intérieur avec ses amis. Je crois..., répondit Hannah occupée à couper le gâteau.

— Il y a un garçon, ici.

— Il y en a plein ! dit Hannah en riant. Ce qui ne concerne pas Avery qui est trop petite pour ne vouloir que des filles à son anniversaire.

— Je veux dire qu'il y a un garçon de l'âge de Lindsey. Et qu'est-ce que c'est que cette histoire de n'inviter que des filles ?

— Je sais, qu'il y a un garçon de l'âge de Lindsey. Et alors ? Quant aux fêtes de filles, vous n'avez pas à vous en inquiéter avant quelques années.

Puis, en compagnie de William, Hannah aida Avery à ouvrir ses cadeaux et la fête fut terminée. Les papiers furent ramassés, avec les verres vides et les restes de nourriture. Tout le monde participa au nettoyage des tables de pique-nique qui avaient été apportées par les invités. Quand le maître de maison eut aidé à charger la dernière table à l'arrière d'une voiture, et remercié le fils de Mme Adams d'avoir amené sa mère, son paisible jardin recouvra son calme.

Il ramassa une cannette qui traînait puis alla s'asseoir dans le fauteuil qu'il avait installé au bord du lac le soir de son emménagement dans la maison. Quand il avait acheté ce manoir, il savait qu'il était trop grand, mais l'endroit l'avait conquis. Quelque chose lui avait soufflé qu'il était fait pour y vivre, et il s'était fié à son instinct. Il avait tout de suite apprécié la pêche à la mouche, pourtant, malgré tout, il avait eu l'impression que quelque chose manquait à sa vie.

Promenant les yeux sur le lac, William essaya de se rappeler une occasion où il s'était autant amusé dans son jardin. Oui, lui et les autres hommes avaient ronchonné chaque fois qu'une des femmes était venue leur demander d'aider, mais il avait vu comme les pères gardaient un œil sur leurs enfants tout en feignant de ne pas s'intéresser à la fête. Et lui, il avait surveillé de loin le garçon qui suivait partout Lindsey.

Il se leva et descendit à la jetée pour contempler l'eau. Sa vie changeait, et il n'avait pas le sentiment de pouvoir contrôler ces changements. Toutefois, il devenait plus assuré dans son rôle de tuteur d'Avery. Il avait encore beaucoup à apprendre et il savait qu'il ferait des erreurs en route, mais la panique qu'il avait éprouvée les premiers jours où il avait été seul avec sa sœur avait disparu.

— Hello..., dit Hannah en le rejoignant sur la jetée. Vous profitez de la tranquillité maintenant que tout le monde est parti ?

— Oui, et c'était une sacrée fête. Pouvez-vous me redire pourquoi une enfant trop jeune pour se rappeler son premier anniversaire a besoin d'une fête ?

— Elle ne se souviendra peut-être pas de la fête, mais elle

aura les photos pour lui montrer que beaucoup de gens tiennent à elle. Et elle a passé un très bon moment. Elle s'est endormie dès que je l'ai baignée et changée.

— Merci de l'avoir fait, dit William. Je suppose que je suis resté ici plus longtemps que je ne le pensais. Et merci pour votre aide cet après-midi. Ces photos seront aussi importantes pour moi que pour elle, plus tard.

Il songea à la photo qu'il avait affichée sur son téléphone. Avery la verrait-elle un jour ? Saurait-elle encore qui était Hannah lorsqu'elle serait assez grande pour regarder ces clichés ?

— C'est triste, n'est-ce pas, qu'elle ait passé son premier anniversaire sans ses parents. C'est sa mère qui aurait dû la mettre au lit ce soir, dit Hannah.

Elle frissonna tandis qu'une brise fraîche soufflait sur le lac. William l'attira devant lui et l'entoura de ses bras pour qu'ils partagent leur chaleur tandis qu'ils regardaient l'eau. Soudain, il aperçut leur reflet et en resta interdit. Il y avait quelque chose de différent en lui quand Hannah était à son côté. C'était la manière dont son corps se détendait contre le sien. Elle avait une façon magique d'apporter dans sa vie la paix qu'il avait toujours recherchée. Mais cela durerait-il ? Ou, comme son père, se lasserait-il bientôt et chercherait-il quelqu'un d'autre pour le distraire ? Il se disait qu'il n'était pas comme ce dernier, mais, au fond, il craignait de lui ressembler. Il avait passé sa vie à avoir des relations superficielles avec les femmes.

— Je ne cesse de me demander pourquoi la mère d'Avery et mon père voulaient que ce soit moi qui m'occupe d'elle si quelque chose leur arrivait, dit-il soudain. Je suppose que je ne le saurai jamais.

Il prit Hannah par la main pour l'entraîner vers la maison.

— Peut-être que la pensée de vous savoir tous les deux seuls ne leur plaisait pas. Et sans doute savaient-ils qu'ils pouvaient compter sur vous pour prendre soin de votre sœur…

— Je n'en sais rien. Et cela n'a pas vraiment d'importance. Je ne peux pas changer le passé.

— Mais si vous acceptez l'idée que votre père n'était pas

aussi dénué de cœur que vous le pensiez, cela vous aidera probablement à évacuer le chagrin que vous avez éprouvé enfant, dit Hannah. Aucun de nous ne peut réellement savoir ce qu'une autre personne pense ou ressent. Si vous apaisez ces vieux ressentiments que vous avez encore, vous vous sentirez sans doute mieux.

Elle lui pressa la main.

— Il n'est jamais trop tard pour pardonner à quelqu'un, n'est-ce pas ?

Pour la première fois depuis longtemps, William entrevit une lueur d'espoir. Il n'avait jamais pensé qu'il serait capable de pardonner à son père d'avoir divorcé de sa mère et d'avoir amené une autre femme pour l'élever, mais peut-être, en effet, était-il temps de laisser s'effacer ces anciens ressentiments. Il fallait qu'il aille de l'avant dans sa vie, et si cela signifiait pardonner à son père, il était prêt à le faire. Il ne pouvait pas se cramponner à la colère qu'il avait éprouvée pendant tant d'années, alors qu'il élevait sa demi-sœur. Il serait injuste de laisser Avery être marquée par des émotions négatives vis-à-vis d'un homme qu'elle ne connaîtrait jamais. Il pourrait sans le vouloir abîmer ses sentiments pour son père, et c'était quelque chose qu'il se refusait à faire. S'il voulait élever correctement Avery, il devait pardonner à leur père.

# 12

Quand Hannah entra dans la maison, ce fut pour trouver Lindsey avec son sac à dos à l'épaule et sa meilleure amie à côté d'elle. Le sourire complice des deux filles mit le radar maternel de Hannah en alerte rouge.

— La maman de Jessica va venir nous chercher, et comme elle est d'accord pour que je dorme chez elle, demain matin, je pourrai prendre le bus avec Jessica pour aller en classe. Je peux ? S'il te plaît ! implora Lindsey.

— Tu as pris tous tes médicaments ?

— Bien sûr, maman.

Lindsey sortit une pochette de son sac à dos et la secoua, comme pour montrer à sa mère que les boîtes n'étaient pas vides. Sa fille devenait très douée pour les sarcasmes, pensa Hannah.

— Est-ce que ce garçon sera là ? demanda William.

— Quel garçon ? Vous voulez dire Jason ?

Lindsey échangea un regard avec Jessica avant de lever les yeux au ciel.

— Non. Et c'est juste un ami. Bien sûr, quelquefois les amis deviennent... Vous savez, autre chose.

— Quel genre de chose ? s'enquit William.

Un klaxon retentit dehors, et les deux filles s'empressèrent de sortir. Hannah était sûre qu'elles tramaient quelque chose, mais elle connaissait assez bien la mère de Jessica pour savoir qu'elles seraient surveillées de près.

— Elle est trop jeune pour être au courant de ces « autres choses », marmonna William derrière elle, ce qui la fit sourire.

Ce fut seulement quand Hannah regarda dans la pièce qu'elle comprit ce que son adorable comploteuse de fille et son amie avaient concocté pendant qu'ils étaient dehors.

Une petite table avait été tirée au milieu, et un vase de fleurs provenant du jardin était posé au centre. Le couvert avait été dressé pour deux et une note était appuyée contre le vase.

— Qu'est-ce que ça veut dire ? demanda William tandis qu'ils contemplaient cette mise en scène.

— Je pense que ma fille essaye de nous faire passer à ces « autres choses » dont on parlait, répondit Hannah amusée de le voir arborer un grand sourire. Mais je ne suis pas sûre que son idée de ces choses-là soit la même que la vôtre.

— J'espère bien que non, dit-il en prenant la note. Et d'après ce billet, notre dîner va être livré à 8 heures, mais il n'y a pas de détails sur le menu.

— La seule chose que Lindsey peut payer avec son argent de poche est une pizza, j'en ai peur.

Lindsey était une enfant tellement spéciale, et elle avait tellement de chance d'être sa maman.

Elle songea à la petite fille qui dormait dans sa chambre. Avery avait déjà démontré sa résilience, en s'adaptant sans problème à trois personnes qui lui étaient étrangères. Elle était à la fois coquine, heureuse de vivre et têtue. Et si elle était très mignonne, avec ses joues rebondies et ses yeux brillants, Hannah pouvoir voir qu'elle serait une vraie beauté, comme sa mère. William aurait du fil à retordre avec elle, quand elle serait adolescente ! Quant à elle, elle adorerait être encore là pour le voir, mais elle n'était même pas sûre, à ce stade de sa vie, de rester à Houston. Toutefois, elle ne voulait pas s'appesantir là-dessus ce soir.

Avec Avery couchée et Lindsey partie, William et elle avaient la soirée, et peut-être la nuit, pour eux. Il leur restait si peu de temps avant qu'elle ne rentre chez elle ! Elle ne voulait pas le gâcher en pensant à des choses auxquelles elle ne pouvait rien.

— Je vais me changer, annonça-t-elle. J'ai du sucre glace partout.

— Nous avons un peu de temps avant le dîner, dit William en consultant sa montre.

Il en avait sur sa chemise, lui aussi, mais elle décida de le laisser s'en apercevoir par lui-même. Ainsi, la prochaine fois qu'il verrait un gâteau d'anniversaire, il penserait peut-être aux dégâts commis par sa petite sœur pour son premier anniversaire – et peut-être se souviendrait-il d'elle, par la même occasion.

Ils montèrent et se séparèrent en haut de l'escalier, chacun gagnant sa chambre.

Hannah se dirigea vers sa penderie, où elle passa en revue ses habits de maman et ses tenues de travail. Elle voulait que William la voie comme une femme, ce soir, non comme une collègue ou une baby-sitter. Une femme forte sur qui il pouvait compter – quelque chose, elle le savait, qui lui avait manqué avec sa mère. Elle voulait aussi qu'il la trouve désirable, et qu'il considère ce dîner comme un tête-à-tête romantique. Un premier rendez-vous, celui qui déterminait s'il y en aurait d'autres.

En atteignant le fond du placard, elle sentit le doux coton de sa robe d'été favorite, une robe à fleurs dont le fond rappelait le bleu de ses yeux. Elle n'était pas neuve, mais elle serait parfaite pour l'occasion.

Elle jeta un coup d'œil à son réveil puis s'empressa d'aller à la salle de bains. Elle avait juste le temps de prendre une douche et de se maquiller.

Lorsqu'elle redescendit au rez-de-chaussée, elle remarqua que les lumières avaient été tamisées. Dans la pièce, éclairée par des bougies réparties stratégiquement dans la pièce, elle distingua William assis sur une chaise face à l'escalier. S'était-il installé là pour l'attendre ? Son cœur manqua un battement lorsqu'il se leva. Vêtu d'un pantalon noir et d'une chemise en chambray, ses cheveux encore humides coiffés en arrière, il paraissait encore plus dangereux que d'habitude.

Ils s'avancèrent et s'arrêtèrent à quelques centimètres l'un de l'autre. Un délicieux picotement parcourut Hannah tandis que le regard de William effleurait sa silhouette, puis s'arrêtait sur ses lèvres. L'air entre eux semblait crépiter d'une force magnétique. Elle sentait ses seins lourds, son ventre contracté, et son souffle était coincé dans sa gorge. Elle avait envie de l'embrasser, mais tous deux semblaient savoir que ce serait une erreur car un baiser ne serait jamais assez. Ils avaient toute la nuit pour eux et il n'y avait aucune raison de précipiter les choses.

On sonna à la porte, ce qui les arracha à cette transe sensuelle.

— J'y vais, dit William.

Comme il avait ouvert une bouteille de vin, Hannah se servit un verre et but une gorgée. Son corps tremblait d'un désir qu'elle n'avait jamais ressenti pour aucun autre homme. Combien de temps étaient-ils restés là, face à face ? C'était comme s'ils pouvaient être intimes sans même se toucher. La chaleur du regard de William suffisait à l'embraser.

— Je suis gêné que Lindsey ait payé notre dîner, déclara-t-il en posant le carton de pizza sur la table.

— Pourquoi ? Vous l'avez beaucoup aidée pour ses devoirs, pendant que j'étais occupée à étudier. Au fait, elle a eu un A pour cet exposé d'histoire que vous avez préparé avec elle.

S'étant assise, elle ouvrit le carton et huma le parfum de pâte croustillante, de tomate et d'aromates. La seule chose qu'elle se rappelait avoir mangé ce jour-là, c'était une tranche du gâteau trop sucré d'Avery. Elle prit deux parts de pizza, se disant qu'elle brûlerait les calories plus tard.

— C'est une fille intelligente, dit William en s'installant.

— Elle a eu beaucoup de choses à rattraper après tant de temps passé à l'hôpital. Elle a tellement manqué l'école quand elle était malade qu'elle a dû prendre des cours particuliers les deux derniers étés. Mais elle s'est enfin remise au niveau de ses camarades.

Pendant qu'ils dînaient, Hannah expliqua le problème cardiaque avec lequel Lindsey était née, le nombre d'opérations et de complications qu'elle avait surmontées. Lorsqu'ils eurent terminé leur repas, ni l'un ni l'autre ne parut pressé de quitter la table.

— Vous avez fait un travail formidable avec elle, commenta William. Vos parents doivent bien le voir.

Comment pouvait-elle lui expliquer ses parents quand elle ne les comprenait pas elle-même ?

— Lorsque Lindsey est née avec ce problème au cœur, ils ont estimé que ce serait mieux si je laissais quelqu'un d'autre l'élever, une personne plus âgée, bénéficiant de plus de soutien.

Ils n'avaient jamais proposé leur aide.

L'estomac de Hannah se noua au souvenir du secret qu'elle gardait. William ne la verrait pas comme une mère si formidable s'il savait...

Mais lui cacher la vérité ne semblait pas juste. Elle voulait qu'il la connaisse telle qu'elle était, avec ses insuffisances. La regarderait-il différemment lorsqu'il saurait ce qui s'était passé ? Il n'y avait qu'un moyen de le découvrir.

— Lindsey l'ignore... Mais le plan n'a jamais été que je la garde.

C'était la terrible vérité qui l'avait hantée alors que son enfant était malade, et parfois proche de la mort. Qui aurait été à côté d'elle si elle avait laissé ses parents en faire à leur tête ?

Hannah but une gorgée de vin avant de continuer.

— Quand je suis rentrée de la fac en disant à mes parents que j'étais enceinte et que le père ne voulait pas être impliqué, ils ont trouvé un couple de leur paroisse pour adopter le bébé. Une adoption privée... Je n'aurais pas dû être surprise. Ils avaient toujours contrôlé ma vie et je n'avais jamais eu la même liberté que mes amies. Pour eux, c'était la même chose que de décider dans quelle université j'irais.

Elle s'arrêta pour prendre une grande inspiration.

— Lorsque j'ai découvert les arrangements pour l'adoption, je me suis mise en colère. Je me suis opposée à eux, mais, finalement, ils m'ont convaincue que la meilleure chose pour mon enfant était que je lui donne des parents qui pourraient s'en occuper. Je n'essaye pas de leur attribuer tout le blâme car la décision finale m'appartenait. Mais j'étais décidée à signer les papiers pour donner ma fille à ces gens.

— Vous étiez jeune, Hannah. Vos parents avaient de bons arguments.

— Je sais et, parfois, j'arrive à m'en persuader. Mais quand Lindsey est née avec son problème au cœur, et que le couple qui devait l'adopter s'est rétracté, j'ai su que je ne pouvais pas abandonner mon bébé. Mes parents ont refusé de comprendre pourquoi j'insistais pour la garder. J'ai réalisé alors que ce qu'ils voulaient, en réalité, c'était faire comme si Lindsey n'avait jamais existé. Ils ont voulu que je la laisse à l'hôpital, où elle aurait été placée en famille d'accueil si l'agence d'adoption n'avait pas trouvé un autre couple. J'ai refusé, et ils n'ont pas soutenu ma décision.

Elle but une gorgée de vin.

— C'est l'an dernier seulement qu'ils ont montré des signes de vouloir renouer avec nous.

Cela lui faisait encore mal d'admettre que ses parents avaient abandonné non seulement leur petite-fille, mais aussi leur propre enfant. Une partie d'elle-même avait pensé qu'ils changeraient d'avis, qu'ils voudraient finalement s'occuper d'elle et de Lindsey, mais trop fiers, ils n'avaient jamais voulu reconnaître qu'ils avaient fait une erreur.

Ils restèrent assis en silence pendant un moment. Certaines des bougies avaient complètement brûlé, et la pièce était plongée dans la pénombre.

Elle lui avait tout dit, maintenant.

— Je n'ai jamais regretté ma décision de garder ma fille, William, même s'il y a eu des périodes où je ne savais pas comment nous allions nous en sortir. Je ne me serais jamais pardonné de l'avoir laissée à l'hôpital. Comme, je le sais, vous ne vous seriez jamais pardonné d'avoir tourné le dos à Avery.

— Hannah, vous êtes quelqu'un de spécial. Une dame...

— Et vous êtes un homme spécial.

— Non..., dit-il, mais elle lui posa un doigt sur les lèvres.

— Pour moi, vous l'êtes. Et c'est tout ce qui importe, ce soir.

William lui mordilla le doigt, et elle le lui retira pour le glisser dans sa propre bouche. Son regard bleu clair devenant brûlant à la lueur tremblotante des bougies qui restaient, il lui tendit une main. Comme elle lui donnait la sienne, il la porta à ses lèvres pour embrasser le bout de ses doigts.

C'était là l'homme que personne ne connaissait. En cet instant, il était *son* William. Demain, il se coulerait de nouveau dans le rôle du glacial Dr Cooper. Mais, ce soir-là, il était tout à elle.

Ils se mirent debout et, quand il lui ouvrit les bras, elle se nicha contre lui. La première fois où ils avaient fait l'amour, cela avait été une sorte d'élan désespéré pour eux deux. Cette fois, elle voulait prendre son temps et l'aimer de tout son corps. Elle lui donnerait la tendresse de ses lèvres, la chaleur de ses seins, cette nuit serait spéciale, ils le savaient tous les deux. Elle ferait en sorte qu'il ne l'oublie jamais.

Elle l'embrassa légèrement sur les lèvres avant de s'écarter et de le prendre par la main.

— Allons dans ma chambre, dit-elle lorsqu'ils arrivèrent en haut de l'escalier.

Pour une raison quelconque, ce choix lui importait. Voulait-elle être sur son terrain ? Peut-être, se dit-elle en fermant la porte derrière eux pour qu'ils ne dérangent pas Avery.

Aussitôt, des bras solides l'enlacèrent. Elle se tourna pour lui faire face, et William posa ses lèvres sur les siennes tout en la serrant contre lui. Passant les bras autour de son cou, elle enfonça les doigts dans ses cheveux et lui abandonna sa bouche, sa langue se mêlant à la sienne, la laissant toute frémissante. Elle avait cru pouvoir contrôler le besoin qu'ils avaient l'un de l'autre, mais elle s'était trompée.

— Nous sommes trop habillés, dit-il, glissant les mains derrière elle pour atteindre la fermeture Éclair de sa robe.

— Oui, murmura-t-elle en commençant à lui déboutonner sa chemise.

Hannah sentit l'air frais sur sa peau quand sa robe tomba à ses pieds. Elle sortit la chemise du pantalon de William et promena les mains sur son torse musclé qu'elle n'avait pas pu oublier depuis l'incident du gymnase.

Les vêtements de William rejoignirent bientôt les siens par terre. Ils se touchaient, se goûtaient, chacun prenant le temps d'explorer l'autre. Il gémit lorsqu'elle effleura un téton de ses dents, et il lui rendit la pareille en prenant ses seins dans ses mains pour en taquiner la pointe de sa langue.

Il la souleva dans ses bras pour la déposer sur le lit puis il reprit son pantalon pour subtiliser un préservatif dans son portefeuille.

Lorsqu'il s'allongea près d'elle, Hannah l'accueillit en elle, et elle soupira de contentement tandis qu'il couvrait son corps du sien. Jamais elle ne s'était sentie aussi complète, aussi entière. Elle lui fit baisser la tête pour le regarder dans les yeux. Des yeux qui exprimaient quelque chose qu'il n'était pas prêt à confesser, elle le savait.

Voyait-il cette même intense émotion dans ses yeux à elle ? Si elle prononçait les mots qu'il n'avait pas envie d'entendre, elle en était certaine, la repousserait-il ? Savait-il qu'il ne remplissait pas seulement son corps, mais aussi son cœur ? Il fallait qu'elle prenne le risque. Il fallait qu'elle lui dise.

— William, je...

Il écrasa ses lèvres sur les siennes, empêchant son aveu.

Toute pensée la quitta quand il bougea en elle sans la lenteur et la douceur qu'il avait montrées auparavant. Disparu, l'amant délicat. Elle avait affaire à un homme qui exigeait qu'elle lui donne la totale possession de son corps.

S'arquant contre lui, elle noua les jambes autour de ses hanches pour l'attirer encore plus près. Puis elle s'abandonna, poussant un cri au moment où l'orgasme la submergeait, rejointe très vite par William dans l'extase.

# 13

Quelqu'un lui tenait le visage. En grognant, William tourna la tête de l'autre côté, mais deux petites mains la firent pivoter de nouveau. C'était donc ainsi qu'il fallait jouer ! Il tourna encore la tête, et Avery la ramena de son côté en riant. Il ouvrit les paupières et croisa les yeux bruns de sa petite sœur rivés sur lui.

— Bonjour, Avery. Et comment es-tu arrivée ici ? questionna-t-il.

Il avait été si occupé à apprendre son rôle de parent de substitution qu'il ne s'était pas demandé ce qu'avoir une jeune enfant dans la maison signifierait pour sa vie sexuelle. Il n'imaginait aucune des femmes avec qui il était sorti heureuse de cette situation. S'il avait appris une chose des expériences de son père, c'était que les femmes n'aimaient pas partager l'attention d'un homme avec quelqu'un d'autre.

— Elle s'est réveillée dans la nuit et je l'ai fait dormir avec nous, dit Hannah par la porte ouverte de la salle de bains.

— Elle a sûrement trop fait la fête hier..., dit William, amusé, en faisant passer Avery de l'autre côté du lit. Je suis désolé de ne pas l'avoir entendue.

Il n'avait pas l'habitude de se réveiller dans le lit d'une femme. Les rares fois où cela lui était arrivé, le moment avait été extrêmement embarrassant pour la femme et lui. Pourtant, ce matin-là ne lui faisait pas cette impression. C'était juste le début d'une nouvelle journée pour Hannah et lui. Une journée où ils jongleraient entre la garde d'enfant et le travail, mais elle le faisait très bien. Elle semblait toujours savoir ce qu'il attendait d'elle.

Il s'était juré de la tenir hors de sa vie, mais, malgré tout, elle avait trouvé le moyen de franchir les murs qu'il avait édifiés pour garder son entourage à distance. Maintenant, elle en savait plus sur lui que n'importe qui. Que quelqu'un connaisse tous vos secrets était, en fait, libérateur, et cela le surprenait beaucoup. Il avait toujours craint de partager cette partie de lui-même avec un tiers.

— Elle a mangé trop de sucre, dit Hannah avant qu'il entende le bruit du séchoir.

William se remémora les trois premières nuits qu'Avery avait passées avec lui. Tous deux en avaient émergé misérables, l'un comme l'autre ayant très peu dormi. L'enfant rieuse qui jouait maintenant avec une peluche était bien plus plaisante que le bébé qui avait pleuré chaque fois qu'il avait essayé de le coucher dans le couffin apporté par sa nounou. Le lendemain matin, il avait commandé un berceau à l'ouverture des magasins, mais il n'y avait eu aucun changement.

C'était seulement quand Hannah était venue s'installer chez lui que la situation s'était améliorée. Elle avait eu les réponses à tous les problèmes… avant de partager les siens avec lui. Il n'était plus le même homme. Avec l'aide de Hannah, il avait appris à s'occuper d'Avery aussi bien que n'importe quel papa.

— C'était son anniversaire. C'était normal, dit-il alors que Hannah revenait dans la chambre.

Elle avait déjà revêtu son uniforme pour sa journée au cabinet, mais elle était aussi belle que la veille, lorsqu'elle s'était habillée pour le dîner. Sa beauté pleine de douceur touchait son cœur autant que son corps…

Il se figea brusquement. Était-il en train de romancer ce qu'il y avait entre eux ? Ce n'était pas parce qu'il était plus à l'aise avec elle qu'il ne l'avait jamais été avec personne, qu'ils avaient un avenir ensemble. Ce n'était pas le plan.

Le plan n'avait jamais prévu qu'ils deviennent amants, non plus.

— Elle ne s'est pas réveillée la nuit pendant des semaines, alors il n'y a pas de quoi s'inquiéter.

Hannah se pencha pour prendre Avery.

— Je vais la faire manger pendant que vous... que tu te prépares. Je t'aurais réveillé plus tôt, mais je savais que ton premier rendez-vous était à 9 heures. Tu devrais avoir le temps de faire tes rondes à l'hôpital avant de venir au cabinet.

Elle avait raison de le tutoyer. Ils étaient intimes, à présent. Il regarda le réveil sur la table de chevet. Où cette relation allait-elle les conduire, il n'en avait aucune idée. Il avait été honnête avec elle concernant l'avenir qu'il envisageait pour lui avant l'entrée d'Avery dans sa vie. Maintenant, l'existence vide qu'il avait prévue semblait perdre de son attrait.

La nuit dernière, ils avaient partagé une passion qu'il n'avait jamais connue auparavant. Une passion qui avait presque conduit Hannah à murmurer ces trois mots qui l'avaient toujours fait partir en courant. Des mots qu'elle aurait regrettés une fois son corps comblé et son esprit éclairci. Des mots qu'elle n'aurait pas pu retirer après les avoir prononcés. Des mots qui faisaient mal lorsqu'ils n'étaient pas retournés.

Il avait refusé de les entendre, choisissant à la place de la protéger du chagrin qu'elle aurait éprouvé ce matin. Si une personne pouvait comprendre pourquoi il ne croyait pas en l'amour professé par les romantiques, c'était Hannah. Elle savait qu'il n'accordait aucune foi à l'amour éternel que son père avait juré non pas à une, mais à quatre épouses. Il pouvait peut-être pardonner à son père d'avoir poursuivi sa vie après l'accident de sa mère, mais cela ne voulait pas dire qu'il pouvait changer ce qu'il avait vu et expérimenté au nom de l'amour.

William ramassa son caleçon resté par terre et alla prendre une douche. Le mieux, c'était peut-être qu'ils ignorent ce qui arrivait entre eux. Avec un peu de chance, il aurait une journée occupée qui ne lui laisserait pas le temps de penser à la nuit passée. Parce qu'une part de lui ne pouvait s'empêcher de se demander ce qui aurait pu se produire s'il avait été assez courageux pour laisser Hannah prononcer ces trois petits mots. Et c'était une pensée qui le terrifiait.

— Hannah ! s'écria Mme Nabors, alors que Marion l'accompagnait avec sa fille vers une salle d'examen.

Hannah la rejoignit dans le couloir et l'étreignit.

— Madame Nabors, comment allez-vous ? Vous semblez être en pleine forme.

— La rééducation a bien aidé, déclara Lisa, sa fille.

— Je peux les emmener, dit Hannah à Marion.

Si l'infirmière plus âgée ne chantait toujours pas les louanges de Hannah, elle avait au moins cessé de la houspiller à propos de tout et de rien.

— Vous ne travaillez plus à l'hôpital ? demanda Lisa tandis que Hannah les installait.

— J'ai pris un congé pour compléter ma formation clinique en vue de passer mon diplôme. C'est pourquoi je travaille ici, avec le Dr Cooper, répondit Hannah en passant le tensiomètre au bras de Mme Nabors.

— Eh bien, vous travaillez pour l'un des meilleurs, dit cette dernière. Et quel charmant jeune homme !

Soudain, une porte claqua dans le couloir, et Hannah entendit Marion pousser un cri. Était-elle tombée ?

— Je reviens tout de suite, dit-elle en se précipitant hors de la pièce.

S'attendant à voir l'infirmière par terre, elle tourna au coin du couloir et s'arrêta net. Marion était adossée au mur, face à un homme qui n'était autre que le mari de Jeannine Jones. Hannah lui jeta un coup d'œil.

— Il vous a fait du mal ?

Marion fit signe que non, mais Hannah vit qu'elle tenait son bras.

— Que voulez-vous, monsieur Jones ? demanda-t-elle.

Sa femme avait quitté le service des soins intensifs la veille seulement, avec la stricte recommandation qu'il ne vienne pas la voir, étant donné qu'il avait été libéré.

— Je veux parler au médecin qui a dit à ces infirmières que je ne pouvais pas voir ma femme. Et je veux lui parler tout de suite !

William discutait au téléphone avec un autre médecin, un

moment plus tôt, mais Hannah savait qu'il n'allait pas tarder à sortir de son bureau. Dans l'humeur où était Calvin Jones, on ne pouvait savoir ce qu'il allait faire, et il fallait qu'elle prévienne les agents de sécurité de l'immeuble sans qu'il se doute qu'elle donnait l'alerte.

— Le Dr Cooper est à l'hôpital pour ses rondes, dit-elle. Je vais l'appeler pour lui dire que vous voulez lui parler. Je suis sûre qu'il y a eu un malentendu.

Elle sortit son téléphone et composa le numéro du service de sécurité. On répondit à la deuxième sonnerie.

— Bonjour, docteur Cooper, le mari de Jeannine Jones est ici, au cabinet, et tient absolument à vous parler.

Un homme lui dit qu'elle avait fait un faux numéro. Elle insista.

— Je comprends que vous êtes occupé, docteur Cooper, mais M. Jones est très contrarié que sa femme refuse de rentrer chez eux avec lui. Merci, je vais lui dire que vous allez arriver.

Elle coupa la communication et pria pour que l'agent de sécurité à qui elle avait parlé ait compris qu'elle avait besoin d'aide.

— Le médecin sera là dans quelques minutes, monsieur Jones, dit-elle. Je vais vous conduire dans une pièce où vous pourrez l'attendre.

Il fallait qu'elle éloigne l'homme du couloir et de Marion.

— Je n'irai nulle part avant d'avoir vu ce médecin. Il n'avait pas à parler à ma femme quand je n'étais pas là. Il croit que parce qu'il a un diplôme, il sait mieux que personne ce qui est bon pour les gens. Je vais m'assurer qu'il ne s'occupe plus de nos affaires, à partir de maintenant, ajouta le mari furieux. Et vous ! Vous êtes cette infirmière qui n'a pas voulu me laisser entrer dans la chambre de ma femme, l'autre jour aux urgences, et qui avez appelé les gardes. Vous ne valez pas mieux que lui !

Il passa devant Marion en la bousculant pour se diriger vers Hannah, pensant qu'il pouvait l'intimider comme il avait intimidé sa malheureuse épouse, mais elle ne lui ferait pas ce plaisir. Elle en avait assez de cette brute, qui avait battu sa femme et la terrifiait au point qu'elle n'osait pas dire la vérité sur son horrible mariage. Il s'en prenait aux faibles, mais Hannah n'était plus quelqu'un de faible. Elle tiendrait bon face à cet homme, comme elle avait tenu bon face à ses parents le jour où elle avait refusé de quitter l'hôpital sans sa fille.

— Monsieur Jones, je ne faisais que mon travail, dit-elle calmement. Comme le Dr Cooper fait le sien en protégeant sa patiente. Il vaudrait mieux que vous partiez tout de suite avant de faire quelque chose qui vous attirera des ennuis. D'après ce que je sais, il y a une ordonnance qui vous interdit de voir votre femme.

L'homme s'approcha d'elle. Elle cria lorsqu'il l'attrapa par les cheveux.

— Ma petite dame, si vous savez ce qui est bon pour vous, vous allez rester loin de ma femme. Et je n'irai nulle part avant d'avoir vu le médecin.

— Lâchez-la ! Tout de suite ! ordonna William dans le dos de Hannah. Si vous avez un problème avec moi, nous allons en discuter entre hommes.

La tête de Hannah heurta violemment le mur tandis que Calvin Jones la repoussait pour marcher sur William. Marion la rattrapa avant qu'elle ne s'effondre par terre et la retint, alors qu'elle se débattait pour poursuivre Jones.

Elle vit la détermination glacée dans les yeux de William.

— Je vais vous laisser une chance de sortir de ce cabinet, dit-il d'un ton détaché, comme s'il parlait du temps. Je ne suis pas quelqu'un de violent, mais j'ai vingt ans de moins que vous et je suis prêt à me battre.

Le forcené proféra d'un ton mauvais un commentaire que Hannah ne put entendre. Puis deux agents de sécurité entrèrent en trombe dans le cabinet. Hannah ouvrit la bouche pour crier quand elle vit le mari de Jeannine se jeter sur William puis tout devint noir.

Hannah ouvrit lentement les yeux et se rendit compte que quelqu'un la retenait allongée. Fixant le plafond carrelé de blanc d'une salle d'examen, elle tenta de se rappeler comment elle avait atterri là. Sa tête douloureuse la fit se souvenir qu'elle avait heurté quelque chose. Un mur. Sa tête avait cogné contre le mur du couloir avant que Calvin Jones n'attaque William.

— William, dit-elle en essayant de se redresser, avant de retomber sur la table d'examen parce que tout se mettait à tourner.

— Tout va bien. Je suis là, répondit-il à côté d'elle.

Elle bougea lentement la tête et tendit une main vers lui.

— Tu vas bien...

Elle posa son autre main sur le visage de William et le fit pivoter. Il n'y avait aucune trace.

— J'ai cru le voir te frapper, reprit-elle en refermant les yeux à cause de la trop vive lumière.

— Je n'ai rien eu. Cette brute ne sait pas se battre. Comment te sens-tu ?

— Ma tête me fait très mal, mais à part ça, je pense que je vais bien.

Sa forte migraine lui retournait l'estomac comme si elle venait de descendre d'une grande roue.

— Les policiers parlent avec Marion, et une ambulance est en route pour t'emmener aux urgences, expliqua William.

— J'ai juste besoin de quelque chose pour ce mal à la tête, affirma-t-elle en levant les yeux vers lui.

La pièce tourna de nouveau.

— Tu sais aussi bien que moi que tu dois être examinée. On te fera passer un scanner pour s'assurer que tu n'as pas de commotion.

La porte s'ouvrit, et deux brancardiers entrèrent avec une civière.

— Maintenant, sois gentille et ne fais pas de difficultés, poursuivit William.

William se tenait à côté du manipulateur du scanner et regardait les images qui s'affichaient sur l'écran. Il ferait confirmer ce qu'il pensait par les radiologues, mais apparemment Hannah n'avait pas subi de traumatisme cérébral ni crânien.

Lorsqu'il avait vu le mari de Jeannine la projeter contre ce mur, il avait éprouvé une colère qu'il n'avait jamais ressentie auparavant. Une part de lui-même avait même souhaité pouvoir frapper l'homme de ses poings. Il avait fait sa déclaration aux policiers qui étaient arrivés avec les ambulanciers et avait promis de les avertir quand Hannah serait en mesure de parler, mais cela ne lui suffisait pas.

Il voulait avoir la certitude que Calvin Jones passerait quelque temps en cellule pour ce qu'il avait fait à Hannah, aujourd'hui. La certitude que le forcené ne pourrait pas s'en prendre de nouveau à elle, ni à sa femme. Malheureusement, les policiers n'avaient pas pu lui donner cette assurance.

Marion avait fait son rapport à la police, puis elle était allée faire une radio pour son bras. D'après ce que son infirmière avait dit, il semblait que Hannah avait tout fait pour que Jones ne sache pas qu'il se trouvait au cabinet. Elle avait essayé de le protéger ; quelque chose que personne d'autre n'avait fait dans sa vie, d'après ses souvenirs. Pour lui, elle avait fait face à un homme fort comme un bœuf. Jamais il n'oublierait et il n'oublierait jamais la peur qu'il avait eue quand elle avait perdu connaissance.

Son esprit avait aussitôt imaginé le pire ; il avait craint que Hannah n'ait subi le même genre de blessure que sa mère. Qu'aurait-il fait si elle avait été en état critique ? Il était le neurochirurgien de service, mais il ne se serait jamais fié à lui-même pour l'opérer. Parce que, même s'il était capable en général de compartimenter ses émotions lorsqu'il était en salle d'opération, il n'y serait jamais arrivé si Hannah avait été sa patiente.

Il jeta un dernier coup d'œil au scanner avant de quitter la pièce. Dieu merci, il n'avait pas à s'inquiéter du résultat. Il allait trouver le médecin urgentiste et faire préparer les papiers pour pouvoir ramener Hannah à la maison.

# 14

— Reste assise, maman, dit Lindsey pour la centième fois alors que Hannah se levait puis retombait sur le canapé.

Cela faisait deux jours qu'elle avait été agressée, et William et sa fille ne voulaient toujours pas qu'elle fasse quoi que ce soit.

William avait annulé ses consultations au cabinet, ce jour-là, et s'était arrangé pour qu'un collègue se charge des rondes à l'hôpital. Il ne le savait pas encore, mais Hannah allait l'assister pour les opérations programmées le lendemain. Le médecin urgentiste lui avait donné l'autorisation de retourner travailler, et elle n'allait pas rater une chance de se rendre au bloc opératoire.

Ses maux de tête disparus, il n'y avait aucune raison pour que tout ne revienne pas à la normale. Non pas qu'elle protestât contre leur désir de la protéger. C'était bon de savoir qu'elle avait quelqu'un pour s'occuper d'elle, pour une fois. Pendant qu'elle était hors d'état de fonctionner, William avait été heureux de prendre Lindsey en charge.

— Will, à quelle température doit être le four ? demanda cette dernière en sortant un grand moule rond.

— Deux cents, répondit-il tandis qu'Avery tendait les mains pour toucher la pâte qu'il roulait avec soin.

Il prit dans un saladier une tranche de poivron doux qu'il lui tendit. Après l'avoir goûtée, la petite fille la jeta par terre.

— Apparemment, elle n'est pas fan des poivrons.

— Propose-lui des pepperoni, dit Hannah en contemplant le désordre qui régnait dans la cuisine.

Pour un homme qui se montrait méticuleux en salle d'opération, William se révélait un désastre en cuisine.

Il mit Avery dans sa chaise haute et lui donna un petit bout de saucisse épicée.

— Laisse-moi mettre la pizza au four.

— Ill, Ill, dit sa petite sœur pendant qu'il contournait l'îlot central.

— Ill ? répéta-t-il en prenant soigneusement la pâte pour la poser dans le moule. C'est nouveau, ça.

— Elle essaye de dire « Will », espèce d'idiot, intervint Lindsey.

— Lindsey, ne traite pas William d'idiot. Ce n'est pas poli, déclara Hannah en réprimant un sourire.

— Ce n'est pas grave, Lindsey. Mais je ne peux pas accepter que ma sœur m'appelle « Ill », qui veut dire malade en anglais. Est-ce que c'est un nom pour un médecin, ça ? ajouta-t-il, amusé.

— C'est mieux que Billy, commenta Lindsey tandis qu'ils commençaient à disposer les ingrédients sur la pâte.

— Pas de beaucoup. Il va falloir te faire travailler ton vocabulaire, petite sœur.

— Ill, répéta Avery en tendant les bras vers lui.

— Un peu de patience, bout de chou.

William se tourna vers Hannah.

— N'est-il pas temps qu'elle se mette à marcher ? Elle se tient debout en s'agrippant aux meubles depuis un moment, maintenant. Je devrais peut-être consulter le pédiatre...

À cet instant, on sonna à la porte et Lindsey se précipita.

— Je vais ouvrir ! lança-t-elle.

— C'est un peu tard pour une livraison, dit William en enfournant la pizza et en réglant le temps de cuisson. Je devrais peut-être aller voir qui c'est.

— J'y vais, répliqua Hannah en se levant.

Elle commençait à se sentir coupable de ne rien faire ; elle allait vraiment mieux.

Puis elle regarda le comptoir couvert de farine.

*Peut*-être qu'un jour de repos supplémentaire ne me fera pas de mal.

Un étrange sentiment de malaise envahit William.

— Reste avec Avery, Hannah, dit-il. Je reviens tout de suite.

Il n'y avait aucune raison pour que quelqu'un vienne les voir à cette heure de la soirée. À part une personne dont il attendait la visite. Plus tôt dans la semaine, il avait reçu un texto du notaire de son père pour le préparer à ce qui allait arriver, mais il avait choisi de l'ignorer. Avec Hannah blessée, il n'avait pas voulu s'occuper de quelque chose qui risquait de la perturber. Et il devait l'admettre, ceci allait probablement tous les perturber.

— Will, il y a une dame qui dit qu'elle est ici pour voir Avery, annonça Lindsey, les bras croisés et le visage buté, lorsqu'il pénétra dans le vestibule.

Il avait vu assez souvent cette expression sur le visage de Hannah pour savoir que cela signifiait des ennuis à venir.

— Est-ce que c'est cette tante dont je t'ai entendu parler avec maman ? Celle qui pense que tu n'es pas capable de t'occuper d'Avery ?

— Madame Crane ? demanda William à la femme qui se tenait sur le seuil.

Son cœur s'emballa lorsqu'elle hocha la tête. Pourquoi était-elle là ?

— Lindsey, fit-il en lui passant un bras sur les épaules, voici la grand-tante d'Avery.

— Je suis désolée de venir si tard, dit la dame, mais je viens juste d'arriver en ville et j'étais très impatiente de voir la petite fille d'Alison.

Lindsey se dégagea et fonça dans la salle de séjour.

La visiteuse était vêtue avec goût, mais ses vêtements pratiques rappelèrent Mme Adams à William. Elle était bien plus âgée que sa belle-mère, cependant il pouvait voir la ressemblance entre elles.

— Entrez, je vous en prie, dit-il en s'écartant.

Il regarda vers la chaise haute dans laquelle Avery était assise quelques minutes plus tôt ; elle était vide.

— Je vous présente Hannah, la mère de Lindsey, ajouta-t-il

comme celle-ci les rejoignait. Hannah, voici la grand-tante d'Avery...

Il fut interrompu par la sonnerie du four.

— Excusez-moi un instant.

Hannah conduisit Mme Crane dans la grande pièce.

— Asseyez-vous, je vous en prie, déclara-t-elle, surprenant William par la façon dont elle contrôlait ses émotions.

Si l'arrivée de cette femme la perturbait, elle n'en montrait rien.

— Vous devez être fatiguée, reprit Hannah. William m'a dit que vous avez élevé la maman d'Avery. Ceci doit être si dur pour vous.

— Oui. Je suis encore sous le choc, j'en ai peur. Alison était si jeune... Je n'ai appris son décès que lorsque le bateau sur lequel j'étais a accosté et j'avais manqué les funérailles. Bien sûr, j'aurais voulu être là pour Avery. C'est comme si l'histoire se répétait. Mais Alison était bien plus grande quand nous avons perdu ses parents.

Mme Crane regarda la pièce autour d'elle. Des jouets jonchaient le tapis et un panier de linge propre se trouvait dans un coin, attendant d'être repassé. À voir son expression, elle n'était pas impressionnée en bien. À quoi s'attendait-elle, en arrivant sans s'être annoncée ?

William poussa un saladier sur le côté et posa la pizza brûlante sur le comptoir. Oui, la cuisine était en désordre, mais il n'allait certainement pas s'excuser.

— Nous avons fait une pizza maison pour le dîner, si vous voulez vous joindre à nous, dit-il.

— C'est très gentil, mais je crains de ne pas pouvoir. Je ne supporte pas la nourriture épicée avant de me coucher.

Elle se leva.

— Et il se fait tard. Je voulais juste passer une minute ou deux avec la petite.

— Quand avez-vous vu Avery pour la dernière fois ? demanda Hannah venant les rejoindre dans la cuisine.

Elle donna un coup de coude dans les côtes à William, mais il l'ignora. Il savait que la tante d'Alison était là pour voir comment il s'en sortait, pour juger si oui ou non il s'occupait bien d'Avery. Il ne pouvait pas la mettre dehors. Il devait lui montrer que la petite fille allait bien et était heureuse.

— La dernière fois que je suis allée à Dallas, elle venait de naître. Elle était si mignonne ! Et Alison était si fière d'elle !

— C'est une enfant magnifique, et elle adore son grand frère, dit Hannah.

— J'en suis sûre, ma chère, mais vous pouvez certainement comprendre que je m'inquiète pour la seule enfant de mon Alison. Ma nièce attendrait de moi que je m'assure que sa fille est en sécurité, déclara Mme Crane. Il ne reste que nous deux dans la famille, maintenant qu'Alison est partie.

William imaginait aisément la solitude qui devait être la sienne. Il était passé par là, lui aussi, même s'il s'était persuadé qu'il aimait vivre ainsi.

— Avery est couchée pour la nuit, mais nous aimerions beaucoup vous avoir à dîner demain soir, si c'est possible pour vous, intervint Hannah en jouant de son charme texan.

Elle complotait quelque chose, mais William ne savait pas très bien quoi.

La femme hésita un instant, puis hocha la tête.

— Demain soir, ce serait bien. Cela nous donnera l'occasion de parler de nos plans pour Avery.

Lorsqu'ils eurent fixé une heure, William la raccompagna à la porte et attendit que sa voiture disparaisse dans l'allée.

Quand il revint dans la cuisine, il trouva Hannah en train d'inspecter la pièce.

— Il faut te reposer, dit-il, tout en sachant qu'il perdait son temps.

— Nous n'avons pas le temps, répliqua-t-elle en chargeant le lave-vaisselle. Il aurait mieux valu l'inviter après-demain soir, mais je ne pense pas que nous aurions pu lui faire repousser sa visite jusque-là.

— Elle paraît gentille.

— Une gentille dame qui veut parler de plans pour te prendre ta sœur, rétorqua Hannah.

— À t'entendre, on croirait qu'on est en guerre.

— Qu'est-ce qui est plus important que de se battre pour son enfant ? Va chercher Lindsey et Avery en haut. Ensuite, nous aurons un dîner à préparer. Lorsqu'elle s'en ira demain soir, la grand-tante chantera tes louanges et t'inscrira au concours de meilleur père de l'année.

— Si nous nous contentions de la convaincre qu'Avery est bien traitée ? suggéra William en quittant la pièce.

Parce que si la grand-tante d'Avery l'aimait vraiment, peu importent les jouets qui traîneraient ou l'état de la cuisine. La seule chose qui compterait vraiment, c'était que la petite fille soit heureuse et en bonne santé. Il fallait espérer que Mme Crane soit assez intelligente pour le comprendre.

— Lindsey, ouvre cette porte, s'il te plaît, dit William en frappant pour la seconde fois.

— Cette femme est partie ? demanda Lindsey en tirant le verrou pour le laisser entrer.

Avery était assise par terre et jouait avec une licorne en tissu qui appartenait à Lindsey. Mâchonnant la corne de l'animal, elle riait en regardant William.

— Elle ne va pas vraiment essayer de prendre Avery, hein ? questionna Lindsey en rejoignant la petite fille sur la moquette.

William s'assit par terre avec elles et croisa ses longues jambes.

— Personne ne va emmener Avery nulle part, dit-il en priant pour que ce soit vrai.

Son avoué lui avait assuré qu'il avait de fortes chances de conserver la garde de sa sœur, sauf si Mme Crane pouvait démontrer que l'enfant était en danger ou négligée, ce qui n'était pas le cas.

— Écoute, ta maman a invité Mme Crane à dîner demain soir. Quand elle viendra, elle verra que les choses se passent bien pour Avery et elle repartira. Mais, entre-temps, nous devons aider Hannah à tout préparer pour demain soir. D'accord ?

— D'accord. Allons-y, Avery, dit Lindsey tandis que William se relevait avec sa sœur dans les bras. Nous allons montrer à cette grand-tante quel papa super est William, même si, bizarrement, il est aussi ton frère.

William observa la préadolescente et se mit à rire. Telle mère, telle fille. Toutes deux, elles avaient bataillé ensemble depuis la naissance de Lindsey. D'abord pour rester ensemble, puis pour que Lindsey reste en vie. Il n'imaginait pas deux autres personnes qu'il préférerait avoir de son côté.

# 15

La table était dressée, les enfants avaient pris leur bain et étaient habillées convenablement, pas de linge qui traînait. Le décor était parfait pour affronter ce que Mme Crane leur dirait, et pourtant Hannah n'était pas à l'aise. Cette soirée était si importante ! Ils ne pouvaient pas se permettre de la rater.

Elle regarda Avery qui, debout, se tenait au canapé et progressait lentement vers un jouet solitaire un peu plus loin. William avait protesté lorsqu'elle avait enlevé tous les jouets de la salle de séjour. Pour lui, la grand-tante d'Avery devait voir le véritable environnement de la petite fille, mais Hannah avait noté la façon dont Mme Crane avait évalué le désordre de la pièce, la veille.

— Quel âge avait Alison quand elle est allée vivre avec sa tante ? lança-t-elle en redressant une fois de plus un set de table.

Aurait-elle dû mettre la nappe blanche qu'elle avait trouvée dans le placard de la salle à manger, ou bien les sets bleu marine qu'ils utilisaient d'habitude faisaient-ils l'affaire ? Il lui avait semblé un peu exagéré de sortir le beau linge de table pour un dîner qui devait être avant tout un repas de famille décontracté.

— Neuf ou dix ans, je ne sais pas très bien. Mais Alison a vécu longtemps avec elle, en tout cas. Pourquoi ? demanda William en nouant sa cravate.

— Est-ce que sa tante avait des enfants à elle ? poursuivit Hannah, redressant un autre set.

— Je ne crois pas. Si elle en avait, les avoués ne m'en ont pas parlé quand je les ai interrogés sur la famille d'Alison. Pour autant que je sache, elles ne sont restées que toutes les deux après la mort des parents d'Alison. C'est important ?

— Il m'a juste semblé qu'elle paraissait très choquée du désordre de la pièce, hier soir. Si elle avait élevé un jeune enfant, elle aurait su à quoi s'attendre, non ?

Hannah vérifia que les couverts ne portaient pas de traces d'eau.

— Je peux te dire que j'ignorais qu'un bébé pouvait mettre un bazar pareil et remplir autant de poubelles, dit William. Tu ne t'en es peut-être pas rendu compte, mais j'ai toujours été un peu maniaque.

Elle leva les yeux au ciel, ce qui le fit rire. Il avait peut-être lâché un peu de lest pour l'entretien de la maison, depuis qu'Avery était là, mais il n'avait pas changé d'un pouce au travail.

La sonnerie de la porte retentit.

— Le spectacle va commencer, dit Hannah pendant que Lindsey hurlait qu'elle allait ouvrir.

William prit Avery dans ses bras pour se diriger vers la porte, mais Hannah le retint.

— Laisse faire Lindsey. Elle sait à quel point ce soir est important pour toi. Elle se conduira bien.

— Nous sommes si heureux de vous avoir avec nous, ce soir, dit sa fille, qui avait pris sa voix la plus adulte possible.

Lindsey entra dans la salle de séjour, Mme Crane à son côté.

— Cette invitation m'a ravie. Vous avez une très charmante fille, Hannah. Vous devez être très fière d'elle. La plupart des jeunes d'aujourd'hui n'ont pas de manières.

— Merci. Je suis très fière de ma fille, en effet, répliqua Hannah.

Même si cette jeune demoiselle vêtue d'une jupe noire et d'un chemisier rose ne ressemblait pas à la fille à laquelle elle était habituée.

— Et je suis sûre que vous connaissez cette enfant.

Mme Crane tendit les bras pour prendre Avery, et Hannah la lui donna avec réticence.

Elle savait qu'ils devaient tout faire pour bien accueillir la grand-tante d'Avery, mais le seul fait de remettre la petite fille à sa parente réveilla son instinct maternel qui regimba. Elle réprima son besoin de protéger l'enfant.

Vêtue d'une robe bain de soleil jaune pâle, auréolée de ses boucles noires brillantes, Avery avait l'air d'un ange.

— Oh ! ma pauvre petite ! Je sais que ta maman doit tellement te manquer, dit Mme Crane, les larmes aux yeux.

Elle se tourna vers William et Hannah.

— Je suis désolée. C'est encore si dur pour moi d'accepter qu'Alison est partie. Elle était si jeune.

— Ne vous en faites pas, répondit William. Nous comprenons.

— Bien sûr. C'est une perte pour nous deux, déclara-t-elle.

Il n'y avait rien de plus puissant que le chagrin pour forger un lien entre les gens, pensa Hannah.

Avery étudiait la femme qui la tenait avec de grands yeux curieux. Y avait-il quelque chose en elle qui lui rappelait sa mère ? Soudain, elle tendit ses petites mains potelées.

— Ill, dit-elle, tournée vers William.

— Tout va bien, bébé. C'est la tante de ta maman, fit-il pour la tranquilliser, en lui tapotant le dos. Madame Crane, voudriez-vous la mettre dans sa chaise haute, s'il vous plaît ? Je vais aider à servir le repas.

Même si le dîner ne fut pas aussi paisible que William aurait pu l'espérer, avec les questions incessantes de Lindsey et les rires d'Avery, il se sentait confiant, pensant qu'ils faisaient bonne impression sur Mme Crane – « Maria », comme elle leur avait demandé de l'appeler. Alors qu'ils tournaient autour du pot, sans aborder le sujet de l'avenir d'Avery, elle avait posé des questions sur le métier de William et voulu savoir comment la petite fille s'habituait à la crèche.

— Et vous, Hannah ? Je suppose que vous vous êtes occupée d'autres enfants, en plus de votre fille, bien sûr. Je suis sûre que William a vérifié vos références avant de vous engager.

S'avisant du malentendu, William répondit avant Hannah.

— Pardon, Maria, mais Hannah n'est pas une nounou.

— Je suis infirmière, Maria. Je termine ce mois-ci ma formation d'infirmière praticienne en neurologie.

— Je suis désolée, je n'avais pas compris qu'il y avait quelque chose entre vous. Je pensais juste que William avait dû prendre quelqu'un ici pour le seconder avec Avery.

— Hannah est une amie qui a accepté de m'aider jusqu'à ce que je sois à l'aise pour m'occuper d'Avery, et que je puisse trouver un équilibre avec mon travail. Elle a été un professeur formidable. Je ne sais pas ce que j'aurais fait sans elle, ajouta William.

Il n'avait jamais prononcé de paroles plus vraies.

— Eh bien, cela a été très gentil à vous, Hannah, commenta Maria en se tournant vers elle. Et quelle période excitante pour vous ! Quels sont vos plans, ma chère ?

— Je ne sais pas encore très bien. Mon but est de travailler dans un cabinet de neurologie en ville, répondit Hannah. Mais j'ai été si prise par ma formation que je n'ai pas encore eu le temps de faire des démarches.

— Eh bien, j'espère que cela se passera bien pour vous. Et j'apprécie tellement les soins que vous avez donnés à Avery ! Je suis sûre que votre aide va manquer à William. Je dois admettre qu'après hier soir, j'avais des doutes, mais maintenant je n'en ai plus. Toutefois, William, il doit être dur de concilier la garde d'Avery et votre travail. Vous êtes sûr que c'est ce que vous voulez ? Vous êtes un homme jeune et vous devez songer à fonder une famille à vous. Est-ce qu'Avery ne posera pas un problème ? Ce ne sont pas toutes les femmes qui acceptent de s'occuper de l'enfant d'une autre.

La colère qu'il éprouvait chaque fois que quelqu'un voulait le pousser à envisager ce genre d'avenir monta en William.

— Je pense que nous parlons de deux choses différentes, Maria. La garde de ma petite sœur est la chose la plus importante dans ma vie. Je peux lui procurer à moi seul tout ce dont elle a besoin, et nous n'avons besoin de personne d'autre. Oui, ma vie a changé. Celle d'Avery aussi. Mais nous allons réussir.

Le silence plana autour de la table. Même Avery cessa un moment de gazouiller.

Puis William entendit glousser et il surprit sa sœur qui lançait une carotte à Lindsey.

— Avery, on ne joue pas avec la nourriture, dit-il calmement.

Il se leva pour sortir la petite fille de sa chaise haute.

— Je vais la monter, annonça-t-il. Si vous voulez bien m'excuser, je vais la préparer pour la mettre au lit. L'heure de son coucher est passée depuis longtemps, et si elle ne dort pas assez, elle sera grincheuse demain matin. Je la redescendrai dans quelques minutes pour dire bonsoir.

— Est-ce que je peux sortir de table, moi aussi ? demanda Lindsey à sa mère. J'ai des devoirs à terminer.

Hannah hocha la tête, puis elle s'adossa à sa chaise et regarda Maria.

— Vous devez comprendre que William s'est donné beaucoup de mal pour faire une place à Avery dans sa vie, dit-elle. Quand je suis arrivée ici, il ne s'en sortait pas du tout, mais il était déterminé à faire ce qu'il fallait pour sa sœur. Vous ne trouverez jamais un homme aussi dévoué que lui envers elle. Je crois qu'Avery lui fait du bien, et il est à coup sûr parfait pour elle. Je ne peux pas dire que je comprenne totalement votre perte, mais ne laissez pas votre chagrin pour Alison empiéter sur ce qui est le mieux pour Avery.

— Mais Alison me manque tellement ! répliqua Maria, la voix tremblant d'émotion. Je veux simplement m'assurer que sa fille, qui est tout ce qui me reste, est bien soignée.

Hannah prit sa main dans la sienne.

— Vous n'avez pas à vous inquiéter. Je vous promets qu'il n'y a personne au monde qui souhaite plus que William qu'elle aille bien. Elle ne craint rien avec lui, Maria. Elle est tout ce qu'il a, aussi, et il la protégera toujours.

Elle se leva et se mit tranquillement à débarrasser la table. Elle fut surprise quand Maria proposa de l'aider.

— Je ne voulais pas sous-entendre que William n'était pas capable de s'occuper d'Avery, dit cette dernière tandis qu'elles chargeaient le lave-vaisselle. Je me rends bien compte que les temps ont changé et qu'il y a beaucoup d'hommes seuls qui s'occupent de leurs enfants. C'est juste que, d'après ce que ma nièce en disait, je ne pensais pas que William serait de ces hommes-là.

— Que disait Alison, pour vous faire penser ça ? répliqua Hannah, piquée au vif.

Elle sentait l'irritation monter. La belle-mère de William l'avait à peine connu.

— Oh ! rien de mal ! Mais quand je lui ai demandé de ses nouvelles, en venant voir Avery, elle m'a dit qu'elle l'avait rencontré une fois, pas plus. D'après elle, il semblait préférer mener sa vie de son côté.

Maria s'interrompit un instant, avant de reprendre :

— Je pensais qu'en arrivant à Houston je trouverais quelqu'un heureux de se délester de la responsabilité de ma petite-nièce. Au lieu de ça, je découvre un homme qui a pris sa nouvelle vie à bras-le-corps et, si je suis un peu triste de ne pas ramener Avery avec moi, je l'admets, je suis contente qu'ils se débrouillent bien ensemble. Je ne voudrais jamais leur causer de problèmes.

Hannah sentit les nœuds qu'elle avait eus toute la soirée dans l'estomac se dénouer. William avait réussi ! Maria ne lui poserait pas de problèmes en ce qui concernait la garde d'Avery.

— Eh bien, nous voilà prête à aller au lit, annonça William en arrivant derrière elle, sa sœur dans les bras. J'ai pensé que vous voudriez lui dire bonne nuit avant de partir.

Le sourire qu'il affichait indiquait clairement qu'il avait entendu les paroles de Maria.

— Tu es une enfant si précieuse, dit celle-ci en serrant la petite fille contre elle.

Comme pour la réconforter, Avery lui tapota l'épaule de sa main potelée.

— C'est bon, ma petite, tu es en bonnes mains, ajouta Maria avant de tourner les yeux vers William. J'aimerais venir la voir, quand je serai à Houston.

— Vous serez toujours la bienvenue, répliqua-t-il en reprenant

Avery dans ses bras. Elle aura besoin que vous lui parliez de sa maman quand elle grandira.

William et Avery raccompagnèrent une Maria rassurée, tandis que Hannah montait voir Lindsey.

Au bonheur qu'elle éprouvait pour William se mêlait le fait de savoir que le frère et la sœur n'auraient plus besoin d'elle. William était prêt à continuer seul, maintenant. Sa tâche ici était terminée, et il lui fallait seulement trouver la force de le quitter.

William coucha Avery endormie puis il s'assit sur la chaise à côté de son lit et promena son regard dans la pièce. Il avait du mal à se rappeler comment elle était avant de devenir la chambre d'Avery. Cela ne faisait-il qu'un mois que Mme Adams lui avait mis sa sœur dans les bras avant de s'en aller ? Sa vie avait tellement changé, depuis. D'abord avec l'arrivée de la petite fille, puis avec Hannah et Lindsey. Son sanctuaire paisible et ordonné s'était vite changé en un foyer bruyant et animé. Et le plus surprenant, c'était qu'il aimait cela.

En quittant la chambre d'Avery, il vit qu'il y avait de la lumière dans celle de Lindsey et il frappa à la porte.

— Puis-je entrer ?

— Bien sûr.

Lindsey était assise en tailleur sur son lit, environnée de livres et d'habits.

— Tu as du mal à dormir ? demanda-t-il depuis le seuil.

— Tu le pensais, quand tu as dit que tu n'avais besoin de personne en dehors d'Avery ? lança Lindsey tout à trac.

Était-ce vraiment ce qu'il avait dit ? Il avait voulu spécifier à Maria qu'il pouvait s'occuper tout seul de sa sœur. Il n'avait pas voulu donner à Lindsey l'impression qu'elle ne comptait pas pour lui. En réalité, avoir Hannah et sa fille sous son toit lui avait démontré qu'il avait besoin d'autres personnes. Mais il voyait à la tristesse de ses yeux, des yeux si semblables à ceux de sa mère, qu'il l'avait blessée.

— Je ne voulais pas dire que je ne tenais pas à toi et à ta

maman. Je voulais simplement dire que je pouvais m'occuper seul d'Avery.

— Alors tu n'as plus besoin de moi et de maman pour t'aider ? Ça signifie qu'il est temps pour nous de partir, conclut Lindsey, toute son attention fixée sur lui tandis qu'il traversait la pièce.

— Qu'est-ce que c'est ? demanda-t-il en prenant un gros album posé sur le lit.

En l'ouvrant, il découvrit des photos de maisons découpées dans des magazines et des journaux. Il le feuilleta et constata qu'il y avait d'abord des petits cottages puis des maisons de plus en plus grandes.

— C'est notre livre de souhaits, à maman et à moi. On l'a depuis très longtemps. Quand on voit la photo d'une maison qui nous plaît, on la met dans l'album. Maman dit que, bientôt, on pourra avoir une maison à nous, comme celle-là.

Elle tourna les pages et montra une jolie maison en briques avec un terrain bordé d'une clôture.

— Elle a dit aussi que je pourrai avoir un chien.

William pouvait voir à quel point cela comptait pour toutes les deux. Hannah avait travaillé dur pour s'en sortir en étant mère célibataire, et son rêve était d'offrir une maison à sa fille. Un rêve qui évoquait de nombreuses soirées passées à feuilleter des magazines, à la recherche de cet endroit spécial pour toutes les deux. Elle avait presque atteint le point de sa carrière où ce serait possible. Lindsey disait vrai : il n'y avait plus de raison pour elles de rester, maintenant. Il avait demandé à Hannah de lui apprendre à s'occuper de sa sœur et elle l'avait fait. C'était l'accord qu'ils avaient passé, et il ne pouvait pas la retenir plus longtemps.

# 16

Cela faisait une semaine que Hannah et Lindsey étaient parties, et William se demandait combien de temps encore il pourrait supporter cette maison trop silencieuse. Il avait barré chaque jour sur le calendrier que Hannah avait voulu accrocher au réfrigérateur. Chaque jour, elles lui avaient manqué un peu plus, et à présent il éprouvait une douleur physique dans la poitrine.

Il faisait mécaniquement son travail, son cabinet lui semblant vide maintenant que Hannah avait également terminé son stage avec lui. Chaque après-midi, il rentrait chez lui avec Avery, faisant de son mieux pour rester le plus joyeux possible, pour sa sœur, mais chaque nuit il se tournait et se retournait dans son lit et souhaitait que Hannah soit à côté de lui.

Où était cette paix qu'il avait éprouvée jadis quand sa maison était tranquille et ordonnée ? Il était satisfait de sa vie, auparavant.

Il avait dit à Hannah dès le début qu'il n'était pas l'un de ces hommes pensant qu'ils devaient avoir une femme dans leur vie pour les compléter. Mais c'était avant qu'il réalise quelle existence solitaire il menait sans Hannah et Lindsey. Il s'était entêté à se prouver à lui-même qu'il n'avait besoin de personne pour l'aider à s'occuper d'Avery. Il avait voulu se prouver aussi qu'il n'était pas comme son père, qu'il n'avait pas besoin d'une femme en permanence pour exister.

— Ça va aller pour nous, ma chérie, dit-il tout en essayant de se convaincre que c'était vrai. Prenons tes jouets et amusons-nous.

Il plongea la main dans le coffre à jouets que Hannah et lui avaient descendu de la chambre d'Avery et en sortit une licorne en tissu. Lindsey avait dû la laisser. Si elle la cherchait ? Peut-être devrait-il appeler Hannah pour lui dire qu'elle était là. Ou mieux encore, peut-être pourrait-il la déposer chez elles le lendemain, en rentrant du travail.

— Tu es pitoyable, marmonna-t-il.

Il tendit la licorne à sa sœur et, quand celle-ci lâcha le fauteuil auquel elle se tenait pour faire un pas vers lui, il retint son souffle. Elle fit un autre pas, sa petite bouche pincée et ses yeux bruns fixés sur lui.

— Tu y arrives, bébé !

Avery lui sourit, tapa dans ses mains et tomba sur son derrière rembourré par sa couche. Ses lèvres tremblèrent, et ses yeux se remplirent de larmes.

— Tout va bien. Tu es formidable.

William la prit dans ses bras. Il avait eu tellement de chance d'être là pour la voir faire son premier pas ! Sa joie retomba. Hannah aurait dû être là avec lui.

Il baissa les yeux sur la petite fille.

— Tu serais prête à recommencer ?

Quelqu'un frappa à la porte, et Hannah poussa son ordinateur sur le côté avec un peu d'agacement. Depuis que Lindsey et elle avaient regagné leur appartement, leurs voisins s'arrêtaient sans cesse pour les saluer. Elle avait été contente de les revoir, tous, mais en cet instant elle n'était pas d'humeur à bavarder. Elle se sentait vide depuis que sa fille et elle avaient chargé leur voiture chez William et repris le chemin de chez elles. C'était comme si elle avait laissé une part d'elle-même en arrière, et elle était assez sûre que c'était son cœur.

Elle alla ouvrir.

— William ? dit-elle, surprise, avant de s'écarter pour le laisser entrer avec Avery.

Elle prit tout de suite le bébé dans ses bras. La petite fille lui avait tellement manqué !

— Tu ne croiras jamais ce qui s'est passé. Elle a fait deux pas ! annonça William en laissant tomber le sac de couches sur le sol de la salle de séjour.

— Vraiment ? Elle était si près de marcher, avant que je parte.

Et, en partant, elle avait manqué cet événement.

— Regarde.

William posa Avery par terre, la mit debout contre le canapé et lui tendit les mains. Tout en le fixant, la petite fille se mit à quatre pattes et crapahuta jusqu'à eux.

Hannah éclata de rire en voyant l'air déçu de William.

— Elle n'est pas un chien de cirque. Elle marchera quand elle sera prête. En outre, elle a une bonne dose de l'entêtement Cooper.

La joie avait quitté les yeux de William, et sa voix se fit lugubre.

— Est-ce qu'il t'est déjà arrivé de penser que tu n'aimais pas quelque chose, et puis, après l'avoir essayé, de te dire que ce n'était pas si mal, finalement ? Et même peut-être plus : de découvrir que tu ne pouvais plus t'en passer.

— Comme les brocolis ? demanda Hannah.

Elle ne savait pas très bien où menait cette conversation, mais elle s'en moquait. Qu'il parle lui suffisait.

— Oui, comme les brocolis. Ils paraissent tout verts et bizarres avant qu'on les goûte, puis vous ajoutez de la sauce au fromage et découvrez que c'est très bon.

William se détourna d'elle, puis lui refit face.

— Je ne suis pas très doué pour tous ces trucs émotionnels. Je vais tout faire capoter.

Hannah retint son souffle. Il parlait au futur.

— Ça arrive à tout le monde, William. C'est la vie.

— J'ai passé le plus clair de la mienne à me convaincre que je n'avais besoin de personne dans mon existence. Je me croyais fort, à affronter le monde tout seul. Mais à présent je sais que j'étais simplement trop effrayé pour prendre le risque que quelqu'un tienne à moi.

L'espace d'un instant, Hannah fut en pleine confusion. Alors qu'il pensait se décrire, il aurait pu tout aussi bien la décrire, elle. Elle l'avait quitté parce qu'elle avait eu trop peur qu'il se détourne d'elle si elle lui avouait ce qu'elle éprouvait.

— Quand j'ai dit à Maria que je n'avais besoin de personne, je mentais, reprit-il en s'approchant d'elle et en lui effleurant le visage de ses doigts. J'ai bel et bien besoin de toi, Hannah. De toi et de Lindsey.

Elle se figea sur place. Elle s'était préparée à ne plus jamais sentir son contact, et maintenant il lui offrait tellement plus ! Elle devait prendre une décision. Elle pouvait s'épancher devant lui et risquer d'être blessée. Ou elle pouvait laisser la peur la priver de ce qu'elle désirait le plus.

— Je t'...

— Non.

Il posa ses lèvres sur les siennes avant de relever la tête pour la regarder dans les yeux.

— Je veux le dire le premier. Je t'aime, Hannah. Je t'aime de tout mon cœur.

— Et cette famille que tu jurais de ne jamais vouloir ? Tu semblais assez catégorique quand tu disais que la vie de famille n'était pas faite pour toi.

— Qu'est-ce que j'en savais ? Je ne suis qu'un simple chirurgien du cerveau qui a découvert que, parfois, si on a de la chance, un miracle inattendu arrive et change votre existence de fond en comble.

Il caressa de nouveau ses lèvres des siennes.

— C'est ce que tu es pour moi. Tu es ma famille inattendue.

# Épilogue

Hannah poussa la porte du garage et posa sa pile de livres sur le comptoir de la cuisine. La maison était tranquille et l'excitation qu'elle avait éprouvée en rentrant chez elle retomba un peu. Elle savait que William avait prévu d'emmener Lindsey à sa leçon d'équitation avec Sarah, après le travail. Mais, lorsqu'elle l'avait appelé pour lui annoncer la bonne nouvelle, elle avait espéré qu'il annulerait la leçon de Lindsey afin qu'ils puissent fêter cela tous ensemble.

Elle prit une bouteille d'eau dans le réfrigérateur et elle commençait à monter l'escalier pour aller se changer quand elle entendit un petit rire qu'elle aurait reconnu n'importe où. Il venait de la porte de derrière. Elle alla l'ouvrir et fut stupéfaite de voir le groupe de gens rassemblés dans le jardin.

— Qu'est-ce que vous faites là ? demanda-t-elle en passant une main sur son petit ventre rond, et en regardant Avery courir après Lindsey.

— Nous fêtons quelque chose, dit William qui tournait des steaks sur le barbecue.

— Tu as fait tout ça pour moi ? s'exclama-t-elle, sidérée qu'il ait organisé aussi rapidement cette célébration.

C'était le matin seulement qu'elle avait reçu l'appel lui annonçant qu'elle était reçue à la faculté de médecine de Houston.

Soudain, elle fut entourée par ses amis – des collègues de travail et des camarades de classe – qui voulaient tous la congratuler.

Elle ne se souvenait pas d'avoir eu un jour une fête organisée pour elle toute seule. Excepté son mariage, bien entendu.

— Alors, d'après William, le plan est que vous ayez tous les deux un cabinet commun, dit Sarah quand les autres furent allés rejoindre William qui distribuait les steaks. Je ne vais pas te mentir. Il est très difficile de coordonner vie professionnelle et vie de famille quand on est dans le secteur médical, mais je sais que tu peux y arriver.

— William m'a beaucoup soutenue. Et Lindsey aussi, bien sûr. Elle est très impatiente de s'occuper d'un petit frère. Avec eux deux derrière moi, je sais que ça marchera.

Elles allèrent rejoindre les autres à la table de pique-nique. Comme son amie la laissait pour être avec son mari, David, Hannah se tourna pour contempler le jardin.

— À quoi penses-tu ? demanda William en arrivant derrière elle et en l'attirant contre lui.

— Je pense que j'avais raison. Cette maison était définitivement faite pour une famille, répondit-elle en s'appuyant contre son grand corps et en songeant à l'homme qui jurait autrefois n'avoir besoin de personne dans sa vie.

Il avait tellement changé, depuis !

Ils avaient changé tous les deux en apprenant à se faire confiance, en découvrant que dépendre l'un de l'autre ne les rendait pas faibles, mais au contraire, plus forts.

— Non, cette maison n'était pas faite pour une famille, dit William en posant les mains sur leur enfant qui grandissait dans le ventre de sa femme. Elle était faite pour la nôtre.

KARIN BAINE

# Une nuit avec un médecin italien

*Traduction française de*
ANOUK

BLANCHE

HARLEQUIN

*Titre original :*
ONE NIGHT WITH HER ITALIAN DOC

*Ce roman a déjà été publié en 2021.*

# 1

Sophie regarda la vieille femme alitée et sentit son cœur se serrer. Quel manque de chance...

*Ou ne serait-ce pas plutôt de l'incompétence de ma part ?* s'interrogea-t-elle, critique envers elle-même.

Elle avait accepté de s'occuper d'Edith, de veiller sur elle, de tout mettre en œuvre pour que le voyage soit réussi...

Mais son amie avait fait un malaise, et se retrouvait maintenant à l'infirmerie du *Liberty*, le magnifique bateau de croisière sur lequel elles avaient embarqué, à Barcelone, trois jours plus tôt.

— Je suis vraiment désolée, Edith. C'est ma faute. J'aurais dû être plus attentive et...

— Voyons, non, enfin, c'est moi qui aurais dû l'être, l'interrompit Edith d'un ton étonnamment vif malgré son état de faiblesse. J'ai soixante-dix-huit ans ! Je suis responsable de mes propres actes, n'est-ce pas ?

— Oui, mais tu m'as emmenée pour que je sois auprès de toi, insista Sophie, la gorge nouée.

Cet incident, elle aurait dû l'éviter !

Travaillant à plein temps dans une maison de retraite, elle avait l'habitude de soigner des personnes âgées et handicapées. Edith, qui vivait dans la même rue que Sophie en Angleterre, lui avait demandé de l'accompagner car, avait-elle souligné, elle avait besoin d'aide afin de se mouvoir plus sereinement. Sophie avait saisi cette opportunité qui lui permettrait de s'évader et d'oublier l'échec fracassant de sa relation avec Ryan. Une croisière autour de la Méditerranée ? Fantastique ! Idéal pour retrouver le moral !

Sauf que le périple commençait bien mal.

Edith fit glisser sa main sur le drap blanc bien repassé, et serra les doigts de Sophie.

— Allons, allons, ma chérie, tu es une bénédiction pour moi. Sans toi, je n'aurais rien pu voir de ce que nous avons déjà admiré ! Barcelone, Pompéi, Naples... Ce n'est pas ta faute si je me suis stupidement endormie au soleil !

Sophie sourit, rassurée malgré tout par la bienveillance d'Edith. Elle-même avait adoré visiter Barcelone, où elles avaient exploré les étals des Ramblas à la recherche de souvenirs, et admiré l'architecture fantaisiste de Gaudi.

Elles avaient également découvert Pompéi, parcourant ensemble les ruines tentaculaires de la célèbre cité antique. Elles s'étaient émerveillées face aux mosaïques et peintures encore visibles sur certaines façades, et avaient été profondément impressionnées par les moulages de corps des personnes figées pour l'éternité après l'éruption du Vésuve.

À Naples, elles avaient été sidérées par la quantité de scooters colorés, et l'accent délicieusement chantant de la langue italienne.

Trois jours seulement s'étaient écoulés, et Sophie ne pensait déjà presque plus à son quotidien en Angleterre.

Elle aimait se réveiller le matin dans sa belle cabine à bord du *Liberty*, ouvrir les rideaux du hublot et savourer un nouveau paysage. Changer régulièrement d'atmosphère et de lieu, cela lui convenait si bien ! Elle se sentait décidément mille fois plus à l'aise en voyage, avec un style de vie plus nomade que sédentaire.

C'était sûrement parce qu'elle avait grandi au sein d'une famille instable. Un père qui rêvait de devenir une rock star, et qui n'avait cessé d'aller jouer de la guitare dans des pubs ou des clubs... Une mère qui s'était acoquinée avec des amants de passage jusqu'à ce qu'elle croise le chemin de celui qui deviendrait le père de Sophie... Leur couple avait été tout sauf tranquille, et durant son enfance, Sophie s'était adaptée tant bien que mal à cette situation dénuée de repères. En ce moment, elle ne savait d'ailleurs même pas où se trouvaient ses parents. Elle était partie à l'autre bout du monde une fois son diplôme d'infirmière en poche, et avait voyagé en travaillant çà et là, effectuant des remplacements avec plaisir.

Elle était libre...

Seule mais libre.

Puis elle avait rencontré Ryan en Thaïlande. Elle était tombée follement amoureuse de lui...

Hélas.

Ryan l'avait convaincue de retourner avec lui en Angleterre et de s'y installer. Puisqu'ils s'aimaient, pourquoi aurait-elle refusé ?

Sauf qu'elle n'avait pas supporté de vivre dans la petite maison du Kent qu'ils avaient achetée. Une maison accolée à d'autres habitations, dans une rue calme. Trop calme... Si banale.

En fait, Ryan voulait simplement mener une existence normale ; simple et ordinaire. Elle avait sincèrement essayé d'être la compagne qu'il souhaitait. Lors de son séjour à Phuket, il lui avait paru drôle, audacieux, aventurier... En vérité, il était parfaitement conventionnel.

Quelle déception...

Malgré tout, renonçant aux voyages qu'elle affectionnait tant, elle s'était installée avec Ryan et engagée dans le remboursement d'un prêt immobilier. Elle avait commencé à travailler dans une petite ville de campagne, loin de Londres et de l'ambiance urbaine, trépidante, dans laquelle elle avait grandi.

Et trois années avaient ainsi filé, jusqu'à ce qu'elle craque. Un jour, elle avait avoué à Ryan qu'elle s'ennuyait à mourir. Il avait admis que leurs relations manquaient de piment. Elle rêvait d'un trek dans l'Himalaya ou d'une traversée de la Patagonie en kayak...

Mais pas lui. Il s'était enfui avec une collègue – il travaillait dans une banque –, qu'il avait épousée à Las Vegas ! Depuis combien de temps la trompait-il, Sophie n'en avait aucune idée.

Obligée d'assumer un achat immobilier dans un lieu qu'elle n'aurait jamais choisi si la décision lui était revenue entièrement, Sophie s'était sentie accablée.

Puis un jour, sa voisine Edith, adorablement gentille, était venue à sa rescousse en lui proposant de l'accompagner en croisière… « Je veux visiter la France et l'Italie avant qu'il ne soit trop tard pour moi ! » avait-elle affirmé. Un dernier grand voyage, en somme.

Malgré elle, Sophie laissa échapper un soupir.

— Voyons, voyons, je vais vite me remettre, rassure-toi ! répéta alors Edith.

Sophie lui sourit, admirant le courage de la vieille femme qui tendait le bras à une infirmière prénommée Patricia. Celle-ci essayait vainement de lui poser un cathéter.

— Je l'espère bien, Edith. Rome nous attend ! Sur la liste de tes vœux, nous devrons encore cocher le Colisée, la fontaine de Trevi, puis nous irons en Toscane pour découvrir la fabuleuse tour de Pise ! Vous voulez peut-être que je le fasse ? poursuivit Sophie, s'adressant à Patricia qui s'acharnait sur le bras d'Edith. Je suis également infirmière.

— Merci, ça ira très bien, répliqua sèchement son interlocutrice.

Sophie comprit aussitôt qu'elle l'avait vexée.

— Désolée, je m'inquiète juste pour mon amie qui a été très malade toute la nuit et…

— Mme Fields est déshydratée, c'est pourquoi Patricia a du mal à trouver la veine, intervint alors un homme au fort accent italien.

Le Dr Luciano Montavano venait d'entrer dans l'infirmerie. Son identité était inscrite sur l'insigne épinglée sur son uniforme blanc, le même que celui des officiers à bord du *Liberty*. Grand, mince, les cheveux bruns coupés court, des yeux d'un brun chaud qui captaient l'attention… En général, Sophie ne s'arrêtait pas à l'apparence physique, mais pour le coup, elle fut déstabilisée. Qu'il était beau !

Elle le regarda, le cœur battant, tandis qu'il examinait attentivement Edith.

— Madame, surtout, détendez-vous… La perfusion d'eau saline qu'on va vous poser permettra une réhydratation de votre organisme, et ensuite, nous ferons d'autres examens.

Patricia venait enfin de caler le cathéter, et Edith ferma les paupières, soulagée.

— Vous vérifierez sa glycémie ? Son taux de sodium, d'urée et les électrolytes ? s'inquiéta Sophie. Je suis infirmière, moi aussi...

*Et je n'étais pas auprès d'Edith la nuit dernière...*

Elle aurait voulu ne rien se reprocher, mais ce n'était pas le cas même si, objectivement, elle n'était pas fautive. Toutes deux disposaient de cabines séparées, adjacentes. Pourquoi Edith ne l'avait-elle pas prévenue ? Ce n'était que ce matin-là, au moment d'aller prendre le petit déjeuner, que Sophie avait découvert l'état aggravé de la vieille dame.

Le Dr Montavano la contempla d'un air perplexe, puis une légère irritation se refléta sur son séduisant visage.

— Mademoiselle, soyez sans crainte, nous nous occuperons de votre grand-mère le mieux possible.

— Ce n'est pas ma grand-mère, répliqua Sophie avec un agacement involontaire. Nous voyageons ensemble. Et je veille sur Mme Fields, qui est une amie. Je veux simplement m'assurer que...

— Sophie, ma très chère, ça ira, coupa Edith d'une voix faible mais déterminée. Devrai-je passer la nuit ici, docteur ?

— J'en ai bien peur, répondit le médecin. Nous devons vous garder en observation.

*Son accent italien est si fort... Il doit l'intensifier exprès pour avoir encore plus de charme !* songea Sophie malgré elle.

— Je resterai avec toi, proposa-t-elle aussitôt à Edith.

— Ah non, déclara le Dr Montavano d'un ton autoritaire. Ce sera impossible, mademoiselle...

Il la contemplait, mains dans le dos, attendant visiblement qu'elle se présente.

De nouveau, elle sentit son cœur battre plus vite, à cause de l'énervement sans nul doute.

— Blythe. Sophie Blythe.

— Mademoiselle Blythe, nous n'avons pas de place pour vous à l'infirmerie, c'est une évidence. Revenez quand ce sera l'heure des visites. À partir de 15 heures.

— Pas avant ?

— Mme Fields doit se reposer. Vous le savez, n'est-ce pas, puisque vous êtes infirmière ?

— Je suis aussi responsable du bien-être de Mme Fields... D'où mon insistance !

Le Dr Montavano poussa un bref soupir exaspéré et secoua la tête sans rien ajouter.

Sophie réprima sa déception. Même s'il avait raison, ce médecin pouvait dire les choses sur un autre ton...

— Bon, c'est comme ça ! Profite de ce temps libre pour te détendre, intervint alors Edith. Va à la piscine, prends l'air, savoure le soleil !

— Le soleil..., répéta machinalement Sophie, consciente du regard que le médecin gardait posé sur elle, comme s'il guettait sa réponse. Oui, bien sûr. Il fait si beau...

Elle s'approcha d'Edith et lui serra doucement la main.

— Tu seras vite rétablie. Je reviens dès que c'est autorisé.

— Très bien. File, maintenant.

Edith esquissa un petit sourire et ferma les yeux, visiblement épuisée. Oui, mieux valait la laisser tranquille, pour qu'elle récupère au plus vite.

— Tenez-moi au courant, s'il vous plaît, dit Sophie au Dr Montavano et à Patricia.

— Évidemment, fit le médecin d'un ton bref, avant de reporter son attention sur la vieille femme.

Sophie se détourna et quitta rapidement l'infirmerie. Elle emprunta le long couloir qui menait aux ascenseurs, et se rendit jusqu'au pont supérieur.

Elle cligna des yeux en sortant, subitement enveloppée par l'atmosphère chaude et lumineuse, tous ses sens en alerte.

De la musique résonnait un peu plus loin, une foule compacte se trémoussait sur la piste de danse, une odeur de chlore se mêlait aux parfums de crème solaire et de nourriture...

*Ce sont les vacances, les gens sont heureux...* , réalisa-t-elle en regardant autour d'elle. Près de la piscine à l'eau turquoise, il y avait un buffet copieusement garni qu'elle n'avait encore jamais vu. Edith préférait manger dans les restaurants du rez-de-chaussée, classiques et, surtout, tout à fait confortables.

Sophie sentit son estomac gargouiller. Elle avait faim ! Normal, elle n'avait pas pris de petit déjeuner. Et si elle allait s'installer sur une chaise longue ? Elle n'avait qu'à commander un sandwich et siroter un cocktail de jus de fruits bien frais ! Oui, elle avait bien besoin de se détendre et de ne plus penser à l'incident de ce matin avec cette pauvre Edith.

Elle aurait également préféré oublier le séduisant médecin italien qui l'avait interpellée… Et énervée.

Hélas, le visage du Dr Montavano semblait s'être imprégné dans sa mémoire, tout comme sa belle voix grave et virile, rendue encore plus sensuelle par son accent.

*Il faut vraiment que tu reposes !* s'intima Sophie, moqueuse envers elle-même. Il ne manquerait plus qu'elle s'amourache stupidement du docteur qui soignait Edith ! Tout ça parce qu'elle était seule depuis longtemps…

Trop seule ?

Non, pas vraiment. En réalité, elle appréciait son célibat. Sa vie de couple l'avait tellement déçue qu'elle n'était pas près de recommencer l'expérience ! Voyager, découvrir le monde, redevenir une parfaite globe-trotteuse, voilà ce qu'elle voulait…

Avant tout, elle tenait à jouir pleinement de sa liberté enfin retrouvée.

Luciano sourit à la vieille femme en lui prenant le pouls, qu'il trouva trop faible.

— Vous irez mieux très bientôt. Vous devez vous reposer…

— Qu'est-ce que j'ai eu ? demanda Mme Fields, le regard inquiet.

— Vraisemblablement une insolation. À votre âge, au soleil, vous devez porter un chapeau pour vous protéger des rayons.

— Je sais… J'ai été distraite, trop enthousiasmée par l'ambiance festive qui règne à bord, que voulez-vous, avoua sa patiente d'un ton navré. J'ai oublié que je n'avais plus vingt ans.

Luciano hocha la tête, compatissant. Au bout de huit mois à bord, il avait pris l'habitude de ce genre de situations.

— Sophie s'est beaucoup inquiétée, reprit Edith. Elle doit s'en vouloir... Elle m'accompagne pour m'aider à voyager sereinement, et voilà que je tombe malade ! Mais c'est entièrement ma faute.

— Sophie le sait sûrement, rassurez-vous. Tout à l'heure, elle voulait surtout être certaine que vous seriez bien soignée.

— Elle a beaucoup insisté pour rester auprès de vous, renchérit l'infirmière, qui continuait à surveiller le goutte-à-goutte de la perfusion posée sur le bras de la vieille dame.

— Je la comprends, dit Edith. Elle est gentille...

— Et elle se sent probablement responsable de votre malaise, compléta Luciano. Elle se fait du souci, rien de plus normal.

Malgré lui, il se remémora alors, de façon fulgurante, les tourments qu'il avait éprouvés quand Renata, sa femme, avait tant souffert suite à sa dernière fausse couche. Le destin, implacable, devait s'être déjà mis en route car elle avait fini par succomber à une septicémie foudroyante.

*Deux ans déjà qu'elle n'est plus là,* se dit-il, la gorge serrée.

Incapable de faire son deuil, il avait quitté le terroir familial en Italie – l'endroit où il avait grandi avec son frère et ses sœurs, où ses parents cultivaient la vigne et leur bonheur depuis toujours. Il avait vendu son cabinet médical de praticien généraliste, et s'était engagé sur le *Liberty*. Il voulait oublier, oublier... Juste travailler pour ne plus penser à ce qui aurait dû être mais ne serait jamais.

Le visage de Sophie dansa alors dans son esprit, comme pour le provoquer dans son chagrin. Avec ses longs cheveux noirs, ses yeux d'un bleu perçant, sa peau pâle mouchetée de quelques taches de rousseur sur les épaules, elle était ravissante... Et si vive ! Il avait dû lui paraître bien sec et désagréable...

Chassant ses pensées sombres, Luciano reporta son attention sur la vieille dame dont les joues, peu à peu, se teintaient de nouveau.

— Vous reprenez des couleurs. Tant mieux. Je vous laisse

en compagnie de Mlle Bingham – Patricia – qui surveillera vos constantes, et reviendrai d'ici peu pour savoir comment vous allez.

Edith sourit, reconnaissante.

— Merci, docteur.

— De rien. Je ne fais que mon travail.

En prononçant ces mots, Luciano songea à quel point son activité professionnelle lui était devenue cruciale. Il aurait même préféré ne disposer d'aucun instant de liberté afin d'éviter de plonger encore dans le passé, encore bien trop douloureux.

# 2

Comme elle avait sommeil… Tellement sommeil.

Fermant les yeux, Sophie savoura la caresse du soleil sur sa peau. Elle comprenait mieux pourquoi Edith s'était endormie ! Elle-même était si fatiguée, en vérité. Carlo, l'un des serveurs qui s'activaient au bord de la piscine, lui avait apporté un cocktail à base de jus de fruits, mais il avait ajouté une pointe de crème de coco, légèrement alcoolisée. Délicieux et dangereux. *Je me sens à moitié ivre alors que je n'ai rien bu !* se dit-elle.

Elle avait baissé les bretelles de son T-shirt, roulé le bas de son short et, pour la première fois depuis son embarquement pour cette croisière, elle s'autorisait à bronzer. Oh ! un peu, quelques minutes, car sa peau n'était pas habituée.

S'abandonnant à la détente, Sophie se remémora les paroles du dénommé Carlo. Après lui avoir apporté sa boisson, il l'avait contemplée un instant puis, avec un naturel déconcertant, il lui avait conseillé d'aller danser. « Vous rencontrerez un cavalier rapidement, j'en suis sûr ! », avait-il précisé avec un clin d'œil malicieux. Elle l'avait simplement remercié sans préciser qu'elle n'avait aucune envie de faire des rencontres. Elle était sur ce bateau pour accompagner Edith et, en même temps, se changer les idées, mais sans la présence d'un homme auprès d'elle.

Elle n'en voulait surtout pas.

Elle soupira. Oui, que c'était bon de se laisser aller…

Les paupières closes, elle sourit…

Et sursauta presque quand une voix masculine fit irruption dans sa rêverie.

— Désolé de vous déranger, mademoiselle Sophie.

Ce fort accent italien ô combien reconnaissable...

*Pile au moment où je commence enfin à l'oublier !*

Sophie se redressa d'un coup et découvrit le Dr Montavano. Il se tenait devant elle, bras croisés, visiblement gêné.

— Que se passe-t-il ? Un problème avec Mme Fields ? demanda-t-elle en remettant ses lunettes de soleil.

— J'en ai bien peur. J'ai voulu vous joindre dans votre cabine.

— J'ai préféré profiter du grand air comme on me l'a recommandé.

— Et vous avez bien fait...

Le médecin hocha la tête. Son visage exprimait une réelle préoccupation.

— Contre toute attente, Mme Fields rencontre quelques complications. Je suis aussitôt venu vous prévenir.

Sophie se leva de son transat, ajustant les bretelles de son T-shirt en même temps. Elle faillit renverser le reste de cocktail qui demeurait dans sa coupe, qu'elle posa sur la petite table à côté de son siège.

— Qu'est-ce qu'elle a ?

— De la tension. Une très forte tension.

— Mme Fields a souffert de déshydratation, donc c'est normal, n'est-ce pas ? L'hormone vasopressine peut être sécrétée dans le sang si le taux de sodium baisse à cause d'une perte de liquide trop importante.

— Tout à fait.

Le Dr Montavano ébaucha un bref sourire.

— Vous vous y connaissez. Effectivement, un excès de vasopressine peut provoquer une constriction des vaisseaux sanguins, et la pression sanguine est consécutivement plus forte. Dans le doute, et compte tenu de l'âge de Mme Fields, je ne veux prendre aucun risque.

— Qu'est-ce que vous craignez ?

— Un problème cardiovasculaire plus grave. Une attaque, une crise cardiaque...

— Oh non, murmura Sophie, atterrée. Je vais la voir tout de suite.

Le Dr Montavano acquiesça d'un signe de tête.

— Elle vous réclame.

La gorge nouée, Sophie lui emboîta le pas. Il marchait vite, les épaules droites, imposant dans son uniforme blanc. Alors qu'ils traversaient le hall du premier pont, certaines personnes saluèrent le médecin en l'appelant capitaine. De fait, il ressemblait à un officier à cause de sa tenue, songea-t-elle distraitement.

Dans l'ascenseur, elle évita de le regarder. Il avait une telle prestance... En d'autres circonstances, l'impact de sa présence physique lui aurait coupé le souffle.

Ils gardèrent le silence jusqu'à ce qu'ils aient gagné l'infirmerie.

— Madame Fields, voici votre dame de compagnie, annonça le Dr Montavano.

Sophie faillit répliquer que ce n'était pas exactement sa fonction, mais elle se ravisa. L'essentiel, à cet instant, était de remonter le moral à Edith. La vieille dame était affreusement pâle, mais une étincelle brilla dans ses yeux quand elle la vit.

— Ah te voilà ! Mais tu n'as pas pris beaucoup de couleurs... Il va falloir faire mieux que ça. Cela tombe bien, tu auras du temps puisque je ne vais pas poursuivre ce voyage avec toi.

Sidérée, Sophie resta sans voix un court instant.

— Si c'est une plaisanterie, Edith, elle n'est pas drôle.

— Mais je ne plaisante pas. Il ne t'a donc rien expliqué, le Dr Montavano ?

Sophie échangea un rapide coup d'œil avec le médecin, qui était en train de vérifier la perfusion. Il esquissa une moue et soupira.

— Je n'en ai pas encore eu la possibilité, madame Fields. Tout va très vite. Nous allons devoir débarquer votre amie, reprit-il à l'attention de Sophie. Il faut qu'elle soit hospitalisée.

— Hospitalisée ? C'est grave à ce point ? demanda Sophie, abasourdie.

— Non, mais comme je vous l'ai expliqué, nous préférons miser sur la prudence. La tension de Mme Fields est vraiment trop haute, sans normalisation. C'est risqué, et à bord, nous ne disposons pas des médicaments nécessaires, précisa le médecin à regret.

— Sérieusement ? Vous ne prévoyez pas ce qu'il faut, dans votre pharmacie ? Ce n'est pas professionnel ! s'insurgea Sophie.

— Ma chérie, ne t'énerve pas, protesta Edith. Ça ne sert à rien. Je suis tout à fait d'accord pour aller à l'hôpital. Tu poursuivras la croisière sans moi.

— Mais il n'en est pas question ! Ce voyage est...

La vieille dame lui attrapa la main et lui serra doucement les doigts.

— Ce voyage est pour toi. Tous frais payés. Je me doutais que je prenais un certain risque en embarquant sur ce bateau... Même avec ta présence rassurante, Sophie. Néanmoins, franchement, tu avais plus besoin de cette échappée en mer que moi. Pourquoi crois-tu que je t'aie proposé de venir avec moi ?

— Pour... prendre soin de toi !

De plus en plus stupéfaite, Sophie en bégayait presque.

Edith secoua la tête.

— Pour te donner une chance de te changer les idées. Tu as été tellement submergée de problèmes ces derniers temps, et je sais que ton travail en maison de retraite est parfois très éprouvant. Il n'y a que lorsque tu me parlais des pays que tu avais visités, ou que tu rêvais de découvrir, que je te voyais retrouver de l'énergie !

— Tu exagères...

— Pas vraiment, n'est-ce pas ? insista gentiment la vieille dame. Ce Ryan, avec qui tu habitais, t'a empêchée de poursuivre ta vie de voyageuse... Ta vie de rêve.

— C'est vrai, admit Sophie, consciente du regard curieux que le Dr Montavano posait sur elle. Mais j'ai essayé de m'habituer à cette existence.

— En pure perte. Maintenant, rattrape le temps perdu, et profite d'une belle croisière gratuite.

— Sauf que je ne veux pas te laisser seule dans un hôpital étranger ! Tu penses réellement que je serais capable de me prélasser au bord de la piscine pendant que tu es hospitalisée ?

— Bien sûr ! Et tu auras même intérêt à le faire et à peaufiner ton bronzage ! affirma Edith avec bienveillance et humour. De toute façon, John va venir.

— Ton fils ? Il ne vit pas en Espagne ?

— Si, mais il arrive, il prend le premier avion pour être auprès de moi. Une fois que je serai sur pied, je rentrerai avec lui pour passer du temps avec les adorables petits-enfants et arrière-petits-enfants que je vois trop rarement. Je serai en convalescence à Séville. C'est un beau projet, tu ne trouves pas ?

— Oui, bien sûr... Il n'empêche que je ne peux pas accepter ton offre, ajouta Sophie, démoralisée.

— Ce serait fort dommage, répliqua Edith. Tu es pâlotte, presque autant que moi ! Tu vas bien savoir profiter de cette croisière, non ?

Elle ébaucha un sourire malicieux.

— Enfin, aujourd'hui, j'ai encore besoin de toi... Pour préparer mes bagages.

Sophie regarda le Dr Montavano qui assistait à leur discussion, le visage impassible, à côté de l'infirmière. Cette dernière, quant à elle, souriait comme si l'échange avec Edith l'amusait.

— Eh bien, je vois que tu as tout prévu, commenta Sophie, encore plus irritée.

Elle poussa un soupir résigné.

— Je te remercie, ton offre est incroyablement généreuse, Edith. Je vais m'occuper de tes valises, et je t'accompagne à l'hôpital.

— Nous l'accompagnons, intervint le Dr Montavano. Vous, si vous le souhaitez, et moi. Le bateau n'appareillera pas avant ce soir, tard. Cela nous laisse amplement le temps d'aller à terre et de transférer Mme Fields dans le service hospitalier compétent.

— Mais... Je peux parfaitement l'emmener moi-même, dit Sophie, anxieuse à l'idée de devoir passer encore plusieurs heures en compagnie de ce médecin trop séduisant et peu sympathique. Je suis infirmière et habilitée au suivi médical de...

— C'est moi qui suis responsable, coupa sèchement le Dr Montavano. Mme Fields est soignée ici sous ma responsabilité. Il est de mon devoir d'être avec elle, telle est la procédure.

— La procédure, répéta Sophie avec ironie. Si vous saviez comme j'en ai assez, par moments, des procédures, protocoles et autres obligations qui servent souvent surtout à rassurer les administrations et…

Elle s'interrompit. Pourquoi le Dr Montavano lui faisait-il perdre contenance ? Ce n'était pas parce qu'il était médecin, non, pas du tout, elle avait l'habitude d'en côtoyer quotidiennement. Était-ce son regard et la petite lueur de défi qu'elle y percevait ? À moins que ce ne soit l'arrogance d'un homme sûr de son pouvoir ? Ou son allure qui évoquait davantage un playboy qu'un soignant ?

Comme il la regardait droit dans les yeux, l'air perplexe, elle s'obligea à se radoucir.

— Excusez-moi, murmura-t-elle. Je pense que je suis un peu fatiguée et sous le choc. Bien sûr, allons-y ensemble. Edith, je vais dans ta cabine pour préparer tes bagages. À tout de suite.

Elle adressa un sourire à la vieille dame et s'éclipsa, le feu aux joues, espérant que, par la suite, elle ne croiserait plus jamais le Dr Montavano.

# 3

Se laisser aller, ne penser à rien sauf à la détente et à son propre plaisir, eh bien, ce n'était pas aussi facile que ce qu'elle aurait pu croire.

En vérité, Sophie avait oublié comment réussir… à ne rien faire.

De toute façon, pour le moment, elle se préoccupait trop de l'état de santé d'Edith.

La veille, elle avait attendu, en compagnie du Dr Montavano, que la vieille dame soit bien installée dans sa chambre d'hôpital. Avant de la quitter, ils avaient rencontré le médecin et l'infirmière principale du service de cardiologie, et avaient obtenu l'assurance d'être régulièrement tenus au courant de l'état de la situation. Après quoi, ils étaient retournés jusqu'au bateau en empruntant un taxi puis une navette spécialement affrétée. Ils n'avaient échangé que quelques mots, par pure politesse.

Cela aurait dû mettre fin à tout contact entre eux. Malheureusement, ce matin-là, Sophie s'était aperçue qu'en haute mer, son smartphone ne captait aucun réseau. Pour avoir des nouvelles d'Edith, il fallait donc qu'elle interroge soit le Dr Montavano, soit Patricia.

Sophie se dirigea vers cette dernière qui était justement en train de parler avec la réceptionniste du hall situé à l'avant du *Liberty*.

— Excusez-moi de vous déranger…

Elle sourit à la jeune femme, espérant que celle-ci ne lui en voulait pas de s'être montrée pressante et impatiente lors de la prise en charge d'Edith.

— La connexion de mon téléphone est trop mauvaise pour que je puisse être jointe. Savez-vous comment s'est passée la nuit de Mme Fields ?

Patricia répondit à son sourire.

— Personnellement, non, mais le Dr Montavano a été en contact avec l'équipe. Je vais lui demander de venir vous voir, je dois le retrouver maintenant à l'infirmerie.

— Attendez, vous pourriez simplement me transmettre les informations…

Mais Patricia s'était déjà éloignée.

Sophie réprima un soupir, consciente que la réceptionniste – une femme élégante d'une cinquantaine d'années –, l'observait.

— Tout ira bien, rassurez-vous. Notre médecin est très compétent, affirma-t-elle.

— Je n'en doute pas, dit Sophie.

*Je ne veux pas le revoir, c'est tout…*

Elle réalisa alors à quel point elle avait changé. Avant de partager sa vie avec Ryan, elle allait de l'avant, flirtait plus facilement… Elle s'amusait. L'échec de son couple l'avait donc davantage marquée qu'elle ne l'aurait pensé. En acceptant ce voyage avec Edith, elle avait espéré retrouver son énergie d'avant.

Ce n'était pour l'instant pas le cas du tout.

Au contraire.

En face d'un homme qui la regardait avec un peu trop d'insistance, elle perdait pied. Or, le regard de braise du Dr Montavano lui donnait l'impression de la transpercer.

— Mademoiselle Blythe…, dit une voix grave dans son dos.

Elle frissonna malgré elle, charmée une fois de plus par l'accent italien et le timbre chaleureux, et se retourna. Le Dr Montavano s'approchait d'un pas rapide. Son uniforme accentuait la carrure rassurante de ses épaules et son allure virile.

— Merci d'être venu si vite, mais vous savez, je ne voulais pas vous déranger, dit-elle, consciente que son pouls s'accélérait.

Qu'elle le veuille ou non, dès qu'il était près d'elle, son cœur battait plus vite.

— Je vous en remercie, mais moi je tenais à vous voir. Je sais que vous n'êtes pas joignable, et l'hôpital où est Mme Fields m'a donné des nouvelles.

— Ah... Alors ? Comment va-t-elle ?

— Son état demeure stable. Elle a bien dormi et son hypertension s'apaise légèrement. C'est donc tout à fait encourageant. Soyez sans crainte, elle est sous haute surveillance.

Il paraissait moins tendu que la veille, moins nerveux... Moins arrogant, en fait, réalisa Sophie.

— Je suis soulagée. Rien de plus grave ne devrait lui arriver.

— Espérons-le. De votre côté, parvenez-vous à lâcher prise ? demanda-t-il.

— Oui, autant que possible, dit-elle, étonnée qu'il se soucie d'elle. Mais je me fais du souci pour Mme Fields, forcément. Poursuivre ce voyage sans elle, ce n'est pas pareil. Elle me manque.

Il l'observa comme s'il essayait de lire en elle.

— J'imagine. Vous êtes de la même famille ?

— Non. Seulement amies... Et voisines. On s'aime beaucoup car on se connaît bien.

Il ébaucha un sourire.

— Écoutez, on a fait ce qu'il faut, et on a toutes les raisons de croire qu'elle va se rétablir.

— Je l'espère.

— Quant à vous, reposez-vous... Reposez-vous vraiment. Mme Fields a raison, vous êtes pâle, et vous auriez bien besoin de prendre le soleil.

Il sourit encore, brièvement, et ajouta :

— Tout est prévu, sur ce bateau, pour le bien-être des passagers. Alors, oui, profitez-en, comme le recommandait votre chère amie Mme Fields.

Sur ces mots, il se détourna et s'éloigna à grands pas.

Le suivant du regard, Sophie prit conscience des martèlements de son cœur. Incroyable, elle était devenue tellement émotive... Et impressionnable !

Oui, eh bien, c'était sûrement la preuve qu'il fallait qu'elle redevienne elle-même, et qu'elle revive comme une femme libre.

*Merci, Edith, grâce à toi, je vais m'offrir une véritable bouffée d'air régénérant !*

Du moins essaierait-elle de s'accorder cette inspiration nouvelle.

Après avoir salué la réceptionniste, Sophie se dirigea vers le pont supérieur d'un pas vif, prête à commencer ses vacances inespérées dès maintenant…

Elle s'installa dans l'une des chaises longues en plastique bleu autour de la piscine principale. Pas trop près du bord de manière à ne pas être éclaboussée chaque fois que quelqu'un y plongerait, mais pas trop loin non plus afin de pouvoir se glisser dans l'eau sans avoir à parader en bikini si elle décidait de nager.

Tout ce temps libre qui s'offrait à elle lui donnait presque le tournis ! Sophie n'était plus habituée à une telle oisiveté. Comme elle n'avait aucune envie de participer aux ateliers de loisirs proposés dans différents lieux du bateau – les pliages origami ou le macramé ne l'intéressaient pas ! –, autant rester dehors, au soleil, et savourer simplement la vie.

Sophie regarda autour d'elle. Certains passagers, d'humeur festive, sirotaient un cocktail, ou dansaient çà et là, tranquillement, sur le rythme entraînant de la musique diffusée par des enceintes. Des enfants se poursuivaient autour du grand bassin aquatique, piochaient allègrement dans le buffet à volonté pour se régaler de gâteaux et glaces. D'autres personnes se reposaient dans des transats, comme elle-même…

*Vive les vacances !* songea-t-elle alors, ravie.

Elle posa sa serviette de bain, s'appuya sur le dossier et ouvrit le roman qu'elle avait apporté. Autant suivre les bons conseils d'Edith et se détendre vraiment ! Mais elle réalisa rapidement qu'elle tournait les pages sans vraiment les lire. Ce qui la perturbait, ce n'étaient ni les cris joyeux des enfants, ni la musique trop forte, mais plutôt le bruit de ses propres pensées…

Trop de choses l'inquiétaient. La santé d'Edith, son propre

avenir, les changements qu'elle voulait mettre en place dans son quotidien...

Avant Ryan, elle avait l'habitude de déménager, de changer de travail, de courir des risques... Mais aujourd'hui, elle craignait de prendre la mauvaise décision.

La trahison de Ryan l'avait poussée à remettre en question son propre jugement, les choix qu'elle avait effectués et même la femme qu'elle était devenue. En vivant avec lui, elle avait peu à peu perdu son indépendance, si chère à ses yeux.

Plus jamais elle ne laisserait quelqu'un influer sur le cours de son existence.

Sophie insista dans sa lecture mais n'y parvint pas. Peut-être que flâner le long du bastingage en admirant l'océan lui ferait du bien. Elle se leva, inspira profondément...

Et c'est à ce moment-là qu'un remous inhabituel dans la piscine attira son attention.

Intriguée, elle s'approcha du bord.

Elle remarqua des tourbillons dans un coin de la section profonde du bassin. Les nageurs se rassemblaient dans l'autre partie, s'amusant avec des bouées et matelas gonflables. Le maître-nageur semblait rêvasser.

Sophie regarda plus attentivement. Une ombre se profilait sous l'eau ; des bulles d'air frisaient à la surface.

Quelqu'un était en train de se noyer !

Elle n'hésita pas une seule seconde et plongea. Retenant sa respiration, elle nagea aussi vite que possible jusqu'à ce qu'elle atteigne la forme humaine. Une petite forme...

Celle d'un petit garçon de sept ou huit ans.

Sophie lui agrippa les épaules et le ramena, lentement mais sûrement. Ses propres poumons la brûlaient tandis qu'elle prenait de grandes inspirations, consciente que dans ses bras, la victime restait inerte. Sa peau était d'une pâleur mortelle, et ses lèvres bleues.

— Venez vite ! cria-t-elle au maître-nageur qui, enfin, réagissait.

Il s'était précipité et lui tendait une perche pour l'aider à sortir de l'eau. Simultanément, il se pencha pour prendre le petit garçon dans ses bras et l'allongea doucement sur le sol.

— Bon sang, je n'ai rien vu, rien du tout, marmonnait-il, affolé.

Il prit le pouls de la victime.

— Il ne respire plus…

Sophie s'agenouilla auprès de l'enfant et posa l'oreille contre sa poitrine. Elle ne perçut aucun mouvement, aucun souffle. Autour d'eux, des curieux se rassemblaient, observant la scène comme s'il s'agissait d'un spectacle distrayant.

— Prévenez le médecin, trouvez un défibrillateur ! ordonna-t-elle.

À côté d'elle, le maître-nageur semblait désorienté, incapable d'agir. Sophie comprit alors qu'en attendant les secours, ce serait à elle de tout entreprendre pour que l'enfant ait une chance de survivre.

Elle repoussa ses propres cheveux mouillés pour les éloigner de son visage, se pencha au-dessus de l'enfant et lui ramena délicatement la tête en arrière. Ne constatant aucune obstruction visible des voies respiratoires, elle lui pinça doucement les narines et commença le processus de réanimation. Elle lui ouvrit la bouche, l'enveloppa de la sienne et souffla régulièrement en vérifiant que le torse du petit garçon se soulevait bien…

Ce fut le cas, heureusement. Il absorbait l'air qu'elle lui donnait.

Elle entamait la cinquième séquence de profonde insufflation quand un cri désespéré s'éleva.

— Joshua ! Oh mon Dieu ! Je veux le voir ! C'est mon fils !

Sophie laissa le maître-nageur s'occuper de la mère éplorée tandis qu'elle-même se lançait dans une série de compressions thoraciques. Les doigts entrelacés, le talon de la main placé au milieu de la poitrine de l'enfant, Sophie appuya fort, à un rythme soutenu. Il fallait impérativement que le cœur de la victime continue de battre…

Travaillant avec des patients âgés, elle aurait dû être habituée à faire face à la mort, mais là, impossible d'envisager le pire, ce serait insoutenable. Parce qu'il s'agissait d'un enfant qui devrait vivre encore longtemps... Il n'était absolument pas question qu'il meure !

Après plusieurs séries d'insufflation et de compressions thoraciques, elle sentit enfin le petit garçon s'agiter. Il bafouilla quelque chose, et cracha l'eau qui avait imbibé ses poumons. Ses lèvres perdirent lentement leur teinte bleutée...

La vie revenait en lui.

Immensément soulagée, Sophie plaça l'enfant en position latérale de sécurité afin de lui dégager les voies respiratoires.

Quelques instants plus tard, le Dr Montavano arriva précipitamment, accompagné de Patricia.

— Bon... Il respire. On l'emmène au dispensaire, ajouta-t-il en examinant la jeune victime.

Il regarda Sophie avec insistance et hocha la tête.

— Bravo. Vous l'avez sauvé.

— J'ai juste agi...

— Contrairement au maître-nageur, semble-t-il, marmonna Luciano. Notre équipe réglera le problème de son inefficacité plus tard. Allons nous occuper de...

— Joshua. Il s'appelle Joshua, précisa Sophie en prenant machinalement la serviette que lui tendait Patricia.

Comme elle la remerciait, l'infirmière hocha la tête.

— Couvrez-vous. Vous êtes aussi en état de choc, dit-elle.

— Non, je ne crois pas...

Mais en prononçant ces mots, Sophie se rendit compte qu'elle claquait des dents.

— Si, vous avez raison. C'est le contrecoup. Je vous laisse soigner Joshua maintenant... Il est hors de danger.

— Grâce à vous, ajouta le Dr Montavano.

Il contempla de nouveau Sophie, une lueur de reconnaissance au fond de ses prunelles sombres.

— On a évité le pire.

— Je sais, dit-elle en commençant à s'éloigner. Une chance que je me sois trouvée à côté... Tenez-moi au courant.

Sophie se dirigea vers l'escalier qui menait à sa cabine. Elle avait besoin de prendre une douche, de se détendre, de respirer… Maintenant, elle tremblait de tous ses membres.

En fait, elle avait eu très peur que le petit garçon meure. Oui, ils avaient eu de la chance…

Beaucoup de chance.

# 4

Le lendemain matin, le bateau restant amarré au port de Civitavecchia, Sophie décida de se rendre à terre et de visiter la ville. Au lieu de retourner à Rome, et de se joindre à la multitude de touristes, elle décida de rester dans Civitavecchia, balayée ce jour-là d'un vent marin agréablement rafraîchissant.

Vêtue d'une robe légère, son smartphone à la main pour prendre quelques photos, Sophie se dirigea vers le centre-ville sans regarder de plan. Elle aimait ne pas savoir où elle allait. Simplement flâner et regarder les bâtiments, les immeubles, les passants, les boutiques. Il fallait juste qu'elle n'oublie pas d'être de retour à bord avant l'heure où le bateau lèverait l'ancre !

Sans la présence d'Edith, découvrir les lieux n'était pas aussi distrayant, mais elle appréciait la solitude. C'était ainsi quand elle voyageait dans le monde avant de vivre avec Ryan... Elle se fiait à son instinct, à son sens de l'orientation, pour mieux percevoir un certain goût de l'aventure et se griser de liberté.

Bon, d'accord, ici, l'aventure était limitée. Elle s'aperçut vite, au détour des rues piétonnes, qu'on voyait la zone portuaire où que l'on se trouve. Impossible de se perdre. Les habitations étaient construites sur une petite colline d'où on jouissait d'un panorama superbe.

Au bout d'une demi-heure de pérégrinations, Sophie s'assit sur un banc, sous un grand pin parasol qui diffusait une ombre bienfaisante, et laissa son regard errer. Le ciel, d'un bleu pur, se reflétait sur la mer Méditerranée, si lumineuse, constellée de scintillements argentés créés par les rayons du soleil. La douceur de l'air, l'ambiance décontractée, les parfums d'agrumes et de fleurs qui imprégnaient l'atmosphère, tout concourait à faire jaillir le célèbre *farniente* dont on rêvait en Angleterre... C'était magnifique.

Soudain, son regard fut capté par la haute silhouette d'un homme en chemise blanche et jean clair. Sophie sentit les battements de son cœur s'accélérer. C'était le Dr Montavano. Il marchait lentement, et sa tenue décontractée contrastait avec son uniforme habituel. Quand il l'aperçut, il ôta ses lunettes de soleil, ébaucha un sourire amical et s'avança.

— Quelle surprise ! Vous allez bien ? demanda-t-il sans détour.

Elle lui sourit poliment.

— Oui, très bien, je profite encore et toujours de mes vacances inespérées... C'est agréable.

En le regardant, elle prit conscience que décidément, le charme naturel de cet homme ne la laissait pas du tout indifférente. Il avait si belle allure. Et sa voix aux intonations chantantes était tellement craquante...

— Vous vous autorisez une balade à terre ? demanda-t-elle, chassant vite le trouble qui l'envahissait.

— Non, c'est mon jour de congé. Enfin, un congé tout relatif, je reste en contact permanent avec l'équipe à bord au cas où un problème surgirait. Encore merci d'avoir été aussi réactive hier, avec le petit Joshua... Puis-je ?

Luciano désigna le banc pour lui demander l'autorisation de se joindre à elle.

— Bien sûr. Je suis seule...

— Et moi aussi.

Il s'assit à côté de Sophie. De près, le noir de ses prunelles était moucheté d'éclats dorés, ce qui rendait son regard encore plus velouté. *Chocolat chaud*, songea Sophie, espérant ne pas trahir ses pensées.

— Comment va Joshua ? s'enquit-elle.

— Bien. Quelle chance... Il a totalement récupéré. C'est l'avantage de la jeunesse. Maintenant, il faudra qu'il surmonte sa peur de l'eau. Il souffre peut-être de stress post-traumatique. Ses parents vont s'occuper de lui, avec l'aide d'un psychologue, fort probablement, quand ils auront fini la croisière. Tant qu'ils seront sur le *Liberty*, Joshua fera l'objet d'une plus grande surveillance.

— C'est sûr. Ce genre d'accident dramatique pourrait être évité...

— Certainement. Si ce petit garçon ne s'était pas retrouvé tout seul dans la piscine, dans le bassin où il n'avait pas pied, rien ne serait arrivé.

— Je suis d'accord.

Un silence s'établit.

Sophie regarda le paysage ensoleillé en contrebas de la colline. Elle se sentait un peu embarrassée par cette conversation et, surtout, par cette présence de Luciano auprès d'elle. Elle avait envie de bouger... De s'éloigner de lui. Nul doute que l'attirance spontanée qu'elle éprouvait pour cet homme contribuait à cette gêne. Il était assis si près que leurs épaules se frôlaient presque.

— Quel panorama splendide !

Elle se leva et ajouta d'un ton qu'elle espérait léger :

— Je vais poursuivre ma visite de cette jolie ville, docteur...

— Appelez-moi Luciano, je vous en prie, interrompit-il en se dressant à son tour. Oublions le protocole ! Après tout, vous êtes une collègue... Et une collègue remarquable.

Elle le dévisagea, étonnée par ce ton soudain chaleureux et cette invitation à la familiarité. Son cœur battit plus vite lorsqu'il lui sourit, comme s'il désirait insister davantage sur leur nouvelle proximité professionnelle.

— Oh... oui, si vous voulez. Bon...

Elle hésita, craignant de se montrer impolie.

— Si vous voulez, je vous sers de guide, proposa-t-il alors. Civitavecchia recèle quelques secrets architecturaux, et des passages que peu de touristes connaissent !

— Vous êtes d'ici ?

— Non, je viens de Barolo, un territoire viticole du nord-ouest, dans le Piémont. Une campagne éloignée de l'agitation citadine, précisa Luciano. Je n'aime pas vraiment les voitures, le bruit...

— Vous préférez être sur un bateau, au milieu de l'océan.

— Exactement. Je navigue depuis seulement huit mois, mais j'ai l'impression que je ne pourrai plus exercer mon métier dans un cabinet de ville, comme avant. En mer, on ne voit pas le temps passer de la même façon.

— J'imagine bien. Tout change en permanence, et cela nous donne une belle impression de liberté ! répliqua spontanément Sophie. Je ressentais ça quand je voyageais, c'était merveilleux.

— Vous avez beaucoup voyagé ?

— Dans le monde, oui. J'étais une vraie globe-trotteuse, confia Sophie, amusée. Je suis allée en Amérique du Sud, en Amérique du Nord, et un peu en Europe... Mais je ne connaissais pas l'Italie.

— Ah, vous allez pouvoir vous rattraper ! s'exclama-t-il d'un ton ravi.

— Oui... Et le peu que je connais me plaît beaucoup.

— Ah ! tant mieux ! Mon pays est magnifique ! affirma Luciano, une lueur malicieuse au fond des yeux.

— Je n'en doute pas, dit Sophie en riant spontanément.

Elle se rendit compte qu'ils avaient commencé à marcher ensemble, se dirigeant vers une rue piétonne bordée de terrasses de café.

— Et si nous buvions quelque chose ? proposa soudain Luciano. Je vous invite.

— Non, je ne...

— S'il vous plaît. Ça me ferait très plaisir.

Elle le regarda et s'efforça d'ignorer l'émotion étrange qui l'envahissait. Un trouble délicieux, une envie d'accepter, de se laisser aller à bavarder de tout et de rien, de flirter, peut-être... Que risquait-elle après tout ? Lorsqu'elle voyageait seule, elle avait toujours rencontré des gens. Des femmes qui devenaient parfois des amies ; des hommes avec lesquels elle avait passé du bon temps, une nuit ou deux, puis ils se séparaient simplement, se saluant d'un baiser et sourire complices. Sans se revoir jamais. Sans rien attendre. Sa rencontre avec Luciano entrerait peut-être dans cette catégorie.

— D'accord. Tant que nous ne ratons pas le départ du bateau...

Luciano se mit à rire.

— Impossible. Ils ne lèveront pas l'ancre si je ne suis pas là, rassurez-vous. Et je n'oublie jamais mon devoir. En attendant, venez, Sophie, je vous propose de découvrir l'art de vivre à l'italienne pendant un petit moment...

Ils s'étaient installés sur l'une des terrasses près de la plage de Civitavecchia, à l'ombre d'un parasol, et ils sirotaient un cocktail de fruits frais accompagné de *sflogliatella*, une succulente viennoiserie de pâte feuilletée. Le goût de cette pâtisserie flattait délicieusement le palais, le sucre enrobait ses papilles... Sophie ferma les yeux un court instant, soudain envahie par le plaisir de la gourmandise.

— C'est si bon ! Si je vivais ici, j'en mangerais tous les jours et je prendrais vite quelques kilos !

Luciano sourit avec gentillesse.

— Vous seriez quand même ravissante. Les femmes italiennes ont souvent des rondeurs, et cela les rend voluptueuses, vous l'avez peut-être remarqué, poursuivit-il d'un ton badin, peut-être pour atténuer l'effet de surprise provoqué par son compliment.

— Sincèrement, je n'ai pas vraiment fait attention, dit Sophie en jetant un bref coup d'œil circulaire.

Elle aurait voulu être indifférente à ce qu'il lui avait glissé dans la conversation. Il la trouvait ravissante... Était-il sincère ou voulait-il seulement flirter ? Au fond d'elle-même, elle ne se sentait plus séduisante... Plus comme avant, en tout cas. La trahison de Ryan l'avait profondément blessée et elle avait perdu toute confiance en elle.

— Vous travaillez en libéral ou à l'hôpital ? demanda-t-il alors, la tirant de ses réflexions.

Elle reporta son attention sur Luciano. Il l'observait attentivement, l'air songeur. Avait-il deviné ce qu'elle ressentait ? Les doutes qui l'animaient ? Il était si séduisant et sûr de lui !

— Ni l'un ni l'autre. Dans une maison de retraite. Je m'occupe de personnes âgées parfois invalides. Les murs de l'établissement sont beiges, le climat anglais est gris, il pleut souvent... Malgré tout, on essaie de créer une bonne ambiance. On fait de notre mieux.

— Je comprends. Vous avez un rôle précieux pour les vieilles personnes que vous accompagnez.

— Oui... Bon, quelquefois j'aimerais souffler un peu, les semaines sont chargées et nous ne sommes pas assez nombreux dans notre équipe. Mais j'aime mon métier, affirma Sophie.

— Tant mieux. C'est indispensable. Et Mme Fields ? Est-elle une de vos patientes ?

— Non, on est voisines, et on est devenues amies. Elle est en bonne santé comparativement aux résidents que je soigne habituellement. Du moins, elle l'était. J'espère qu'elle va se remettre. Patricia m'a remis ce matin le bilan de la journée d'hier, le cardiologue est rassurant. La tension d'Edith revient peu à peu à la normale.

— Je sais. Elle est prise en charge et tout va de mieux en mieux.

Luciano la dévisagea quelques secondes et sourit.

— Vous vous êtes fait beaucoup de souci pour elle.

— Bien sûr. Edith m'a en quelque sorte embauchée pour pouvoir voyager, et voilà qu'elle tombe malade alors qu'on vient à peine d'embarquer ! La croisière est ratée...

— Non, pas ratée puisque Mme Fields est soignée, et que vous poursuivez le voyage. Vous devriez en profiter, comme elle vous l'a conseillé. Vous voulez que je vous prenne en photo ? proposa subitement Luciano. Comme ça, vous pourrez lui envoyer un petit souvenir.

— Bonne idée, oui, merci !

Elle lui tendit son smartphone.

— Dites *formaggio*...

Sophie s'exécuta, amusée, il cliqua et fit plusieurs clichés avant de lui rendre l'appareil. Découvrant les images, elle fut agréablement surprise. Cela changeait des selfies toujours trop figés.

— J'ai l'air... heureuse.

— Oui. C'est ce que j'espérais capter.

Elle sourit, troublée. Elle n'avait pas affiché une aussi bonne mine depuis longtemps… Ses yeux brillaient, ses joues étaient roses, et elle semblait avoir rajeuni de dix ans !

— *Sì. Bellissima*, renchérit Luciano.

— Merci !

Flattée, elle posa le téléphone sur la table.

— Vous êtes un beau parleur, docteur Montavano.

— Pardon ?

Il la dévisagea, l'air un peu vexé.

— Je ne crois pas. Ma femme ne m'a jamais dit une chose pareille.

— Votre femme…

Sophie remarqua alors la fine alliance qu'il portait à l'annulaire gauche. Une pointe de déception l'envahit. Ainsi, il était marié. Bon, au moins était-elle fixée. À moins d'avoir la mentalité d'un infidèle, Luciano n'était donc pas du tout en train de flirter avec elle.

— Elle doit s'inquiéter quand vous partez en mer pendant des semaines entières…

— S'inquiéter ? Oh ! si seulement… Mais Renata n'est plus de ce monde. Elle est morte il y a deux ans des suites d'une septicémie après une seconde fausse couche.

Stupéfaite par cette brutale révélation, Sophie resta sans voix quelques secondes.

— Je suis désolée… C'est très dur…

— Très. Trois ans de mariage heureux et un drame. Je ne m'en suis pas encore remis… Mais en voyageant comme je le fais maintenant, je parviens peu à peu à mettre des pansements sur mes souvenirs. J'essaie de garder uniquement le meilleur.

La gorge nouée, Sophie soutint le regard de Luciano.

— Je comprends. Je suis touchée de cette confidence. Peut-être que travailler en mer vous aide à mieux surmonter votre chagrin…

— C'est certain. Il a fallu que je coupe radicalement avec ma vie d'avant, au grand dam de ma famille.

— Un nouveau départ ?

— Non, c'était surtout pour en éviter un que je suis parti.

Luciano esquissa une moue un peu triste et n'en dit pas plus.

Sophie but une gorgée de cocktail et garda le silence. Bien que sa curiosité fût piquée au vif, elle ne voulait pas paraître indiscrète.

— Je sais qu'ils veulent bien faire, mais ils ne rêvent que d'une chose : que je trouve une autre femme, déclara-t-il alors. Sauf que je n'y suis absolument pas prêt. Ma famille représente le parfait stéréotype italien ! Une grande fratrie, des bébés qui naissent régulièrement, et des festivités à chaque naissance avec beaucoup de *pasta* et de vin !

— Personnellement, je trouve ça plutôt joyeux et même... merveilleux, avoua Sophie.

Surtout pour elle qui se contentait souvent de plats tout préparés réchauffés au micro-ondes.

— Vu de l'extérieur, c'est ce qu'on peut imaginer, répliqua Luciano. Mais ce n'est pas facile à supporter quand on a besoin de temps pour soi et d'espace pour respirer.

— Sans doute. Dans ma famille, c'est tout le contraire. Je n'ai pas beaucoup connu mon père, confia spontanément Sophie. C'est un artiste nomade, un musicien... Quant à ma mère, eh bien, elle va là où son cœur l'emmène !

Luciano sourit.

— On échange ? Mes parents seraient ravis de vous combler d'affection et de vous gaver de nourriture !

Sophie se mit à rire.

— Les miens seraient heureux de vous ignorer et de vous accorder toute l'indifférence dont vous rêvez !

Lorsque Ryan était parti, elle s'était rendu compte à quel point elle était seule au monde. Voilà pourquoi Edith, prise de compassion et peut-être même de pitié, lui avait proposé de l'accompagner en croisière.

— Et vous ? Êtes-vous mariée ? interrogea Luciano. Ma question n'est pas trop indiscrète, je l'espère.

— Pas du tout. Je ne suis pas mariée. J'ai peut-être failli l'être puisque j'ai vécu en couple pendant trois ans. Il s'appelait Ryan, précisa-t-elle. Mais ça n'a pas marché entre nous. Il a fini par me tromper et a convolé en justes noces avec une collègue de la banque où il travaillait.

— Sympathique personnage, ironisa Luciano. Donc vous êtes partie en croisière avec cette charmante vieille dame pour vous changer les idées.

— C'est un peu ça. Edith est ma voisine, et on a souvent bavardé toutes les deux. Je crois qu'elle a saisi l'opportunité de ma rupture avec Ryan pour m'inviter…

— Vous le regrettez ?

— Je ne regrette jamais rien. Et je suis heureuse d'être à bord du *Liberty*… Et de faire connaissance avec vous, poursuivit-elle, surprise par sa propre audace.

Luciano la contempla sans parler. Une fraction de seconde, ses yeux d'un noir de jais semblèrent plus veloutés que jamais, plongeant en Sophie comme pour la percer à jour. Elle sentit son pouls s'accélérer et s'obligea à sourire, affichant une nonchalance qu'elle était loin d'éprouver.

— Moi aussi, Sophie, je suis enchanté de vous rencontrer, affirma-t-il alors en souriant également. Sincèrement.

Puis d'un geste impulsif, il lui saisit la main, l'embrassa avec douceur et lui tint les doigts encore quelques instants.

— Pardonnez-moi… Ce n'est pas ce que vous imaginez. Je rends hommage à votre beauté et à votre gentillesse, déclara-t-il. C'est tout.

Sophie resta sans voix, le cœur battant, s'efforçant de se ressaisir.

— Merci… Je suis étonnée mais j'apprécie. Merci, oui, répéta-t-elle.

Elle se leva et il fit de même.

— On retourne au bateau ? À moins que vous ne préfériez continuer à visiter la ville ? demanda Luciano.

Il souriait mais semblait plus distant, tout à coup. Peut-être regrettait-il son geste galant qui prêtait à confusion.

Sophie secoua la tête.

— Retournons à bord. Je garde des forces pour reprendre

ma nouvelle vie de touriste demain. On jettera l'ancre dans quel port, déjà ?

— *Livorno.* Livourne, sur la côte ouest de la Toscane. Le paysage est totalement différent, et la lumière magnifique, vous verrez. Je ne pourrai pas vous accompagner, mais vous trouverez toutes les informations nécessaires dans les brochures distribuées gratuitement sur le bateau.

— Aucun problème, je me débrouillerai. Merci pour ce moment, ajouta Sophie en se dirigeant vers l'une des rues piétonnes qui menaient au port de Civitavecchia.

— Je vous en prie, tout le plaisir fut pour moi.

Luciano lui emboîta le pas.

Sophie garda le silence. Elle n'avait plus envie de bavarder. Oui, en vérité, là, maintenant, elle aurait préféré être seule. Ce tête-à-tête improvisé avec Luciano lui prouvait à quel point elle était vulnérable. Trop sensible. Nul doute que Luciano Montavano était un charmeur-né... Involontairement, peut-être ? Veuf, il reconstruisait sa vie comme il le pouvait tout en fuyant sa famille et son chagrin. Elle-même essayait également de tourner la page, de croire de nouveau en l'avenir, d'oublier la trahison dont elle avait été victime. Au-delà de leurs tristesses, de leurs blessures, ils s'étaient sans doute compris durant quelques instants, mais entre eux, cela n'irait certainement pas plus loin.

# 5

Sophie fit coulisser la porte de la baie vitrée et, pieds nus, sortit sur le pont.

La lune brillait sur la mer, mais des nuages obscurcissaient le ciel couleur d'encre. Une brise soufflait par à-coups, toutefois, l'imposante coque du navire tanguait à peine tout en fendant les flots.

Elle s'accouda au bastingage et inspira l'air iodé à pleins poumons. Que c'était beau…

Et en elle-même, elle se sentait tellement bouleversée ! À croire qu'elle se retrouvait à bord d'une embarcation chahutée par la houle.

Elle ne cessait de penser à Luciano.

Malgré elle.

C'était obsédant… Et incompréhensible.

Même aujourd'hui, en se promenant seule dans Livourne, elle n'avait pas réussi à le chasser de son esprit. En visitant la cathédrale, en se promenant le long des canaux, autrefois utilisés pour le transport des marchandises vers les marchés locaux, elle avait songé à leur tête-à-tête de la veille, et à l'étonnante proximité qu'elle avait ressentie.

Illusions…

Luciano s'était muré dans un silence pesant pendant le court trajet en navette qui les avait ramenés jusqu'au *Liberty*. Il avait également été le premier à débarquer, et l'avait saluée d'un bref sourire tout en la remerciant d'avoir accepté sa compagnie. Après quoi, il s'était éloigné, prêt à reprendre son poste, et elle ne l'avait pas revu depuis.

Tant mieux. Entre eux, et en très peu de temps, la situation était devenue gênante, comme chargée d'électricité. « Ce n'est pas ce que vous imaginez », avait dit Luciano, pensant sans doute qu'elle croyait être courtisée.

Ce en quoi il aurait eu raison... Un homme qui baisait la main d'une femme, puis qui lui tenait tendrement les doigts, n'exprimait-il pas autre chose qu'un simple hommage ?

Tandis qu'elle se faisait cette réflexion, une lumière orange illumina l'horizon nuageux. Le grondement sourd du tonnerre s'éleva, perturbant le clapotis apaisant des vagues, puis une série d'éclairs stria l'atmosphère au large.

Frissonnant, Sophie resserra l'étoffe de sa robe d'été autour de son corps. Il y avait une tempête au loin, mais elle pouvait contempler les éléments se déchaîner sans se sentir en danger.

Elle voulait qu'il en fût de même dans sa propre vie.

Après cette croisière, elle chercherait peut-être un autre poste d'infirmière, ailleurs, dans une autre ville, afin de changer d'ambiance. Cela l'aiderait à tourner la page.

Elle pourrait aussi, pendant ce voyage, s'accorder un moment d'évasion complète et sortir avec un homme, avoir un amant, oui, pour quelques nuits, si elle rencontrait quelqu'un qui lui plaisait !

*Mais ce ne sera pas Luciano,* se dit-elle à regret. Il souffrait encore trop du décès de sa femme. Il la charmait, plaisantait sans pour autant avoir envie d'aller plus loin.

*Dommage...*

Sophie se détourna du bastingage et retourna dans sa cabine. Le vent se levait, annonciateur d'un brutal changement de climat, comme cela arrivait souvent en mer. Elle se sentit soudain chanceuse de pouvoir se mettre à l'abri, dans la cabine confortable et joliment décorée. Une chambre pour deux, qu'elle occupait seule... Et au fond, c'était très bien ainsi.

Sophie fut réveillée aux premières lueurs du jour par le mouvement de roulis du bateau – ça tanguait bien plus que d'habitude – et la sonnerie du téléphone près de sa tête. Les rideaux étant fermés, elle n'avait aucune notion de l'heure, mais un rapide coup d'œil au réveil lui confirma qu'elle avait dormi profondément et longtemps.

Elle décrocha, se demandant qui pouvait l'appeler de si bonne heure.

— Allô, Sophie ?

Malgré les crépitements, Sophie reconnut aussitôt la voix à l'autre bout de la ligne.

— Edith ! Quelle joie de t'entendre ! Comment vas-tu ?

— Bien mieux ! affirma la vieille femme. Diagnostic final : j'ai fait une crise aiguë d'hypertension, et j'ai maintenant beaucoup de médicaments à avaler, donc l'équilibre systole et diastole se stabilise lentement mais sûrement ! Ma famille ne me laisse pas lever le petit doigt.

— Tant mieux ! Il faut que tu te reposes le plus possible.

— Pas trop, quand même. Sinon, quand je rentrerai en Angleterre, je ne saurai plus rien faire de mes deux mains !

Edith s'exprimait toutefois avec un tel enthousiasme que Sophie devina à quel point elle était heureuse. C'était sûrement parce qu'elle se retrouvait parmi les siens que tout allait si bien malgré les circonstances.

— Repose-toi, insista-t-elle. Tu guériras plus vite.

— Oui, oui, je le sais bien. Ne t'en fais pas. Tu t'inquiètes toujours trop pour moi.

Sophie rit doucement.

— Peut-être. En tout cas, je suis ravie de t'avoir au bout du fil. C'est une communication qui va te coûter une fortune !

— Pas du tout ! Ce jeune et sympathique médecin s'est occupé de tout. Il m'a téléphoné pour savoir comment j'allais et a pensé que tu aimerais être mise en relation dans la foulée de son appel.

Sophie eut du mal à cacher sa surprise.

— Le Dr Montavano ?

— Lui-même. Il est charmant, n'est-ce pas ?

— Difficile de dire le contraire, admit Sophie. Il est terriblement charmeur ! Et très séduisant. Trop, même...

— Trop ? Pourquoi dis-tu cela ?

Après une courte hésitation, Sophie raconta sommairement la promenade qu'elle avait faite en compagnie du médecin du *Liberty*. Pourvu que la vieille femme, douée d'un sixième sens, ne lui pose pas de questions indiscrètes ! Mais Edith se contenta de s'exclamer :

— Ah ! Et puis ?

Sophie ne put s'empêcher de rire.

— Et puis... Rien. Il est veuf, et il pense beaucoup à sa femme décédée très jeune.

— Il t'a donc parlé de façon personnelle ?

— Oui, on a bu un verre ensemble.

— Ah, très bien !

— Non, Edith, ce n'est pas très bien du tout... Aujourd'hui, je me sens comme une adolescente inexpérimentée, et tous les hommes le devinent sans doute, rétorqua Sophie avec franchise. Je manque de confiance en moi, je rêve de changer de travail...

— Quoi, tu ne veux plus travailler à la maison de retraite ?

— Si, mais dans une autre ville, une autre région, qui sait... Un jour ! Bref, je me questionne beaucoup, et je crains de ne pas avoir fait bonne impression au Dr Montavano, avoua Sophie à regret.

Un court silence s'installa.

— Vis pleinement, ma chérie, conseilla Edith d'un ton guilleret. Oui, vis et évite de trop réfléchir ! Profite à fond de la croisière, régale-toi au restaurant, prends le soleil, nage... et reviens en Angleterre chargée de bonnes énergies !

Sophie sourit. Edith ignorait qu'elle avait sauvé un petit garçon de la noyade lorsqu'elle s'était prélassée au bord de la piscine... Inutile de le lui apprendre, c'était déjà de l'histoire ancienne, et l'enfant s'était parfaitement remis. Mais elle espérait juste que la prochaine fois qu'elle se calerait dans un transat dans l'espoir de se détendre, elle n'aurait à secourir personne ! Elle avait remarqué que cela lui arrivait souvent, comme si, fatalement, elle attirait ce genre de situations.

— Je vais faire de mon mieux pour me sentir en vacances, promit-elle. Et je te tiendrai au courant.

— Parfait. J'attends de tes nouvelles quand tu le pourras. Allez, à bientôt !

— Oui, à bientôt. Merci de m'avoir appelée...

En raccrochant, Sophie se sentit submergée par un soudain sentiment de solitude. Elle se rendait brutalement compte qu'en accompagnant Edith dans cette croisière, elle avait oublié, ou même nié la réalité de sa propre existence. En fait, elle était si seule... Par moments, la vision des familles et des couples qui s'amusaient à bord lui était presque insupportable, comme si elle jalousait leur bonheur.

*Un jour, je serai heureuse, moi aussi...*, se promit-elle.

Un jour.

En attendant, mieux valait qu'elle applique le conseil d'Edith à la lettre.

Mais avant, elle tenait à remercier Luciano pour son geste généreux. Grâce à lui, elle avait pu échanger quelques mots très rassurants avec Edith, et ça lui avait fait le plus grand bien.

Elle se leva et faillit brusquement perdre l'équilibre. Le bateau tanguait de plus en plus. Surprise, Sophie jeta un coup d'œil à travers le hublot de sa cabine. La mer semblait calme... Une tranquillité sûrement trompeuse. Quelques ondulations massives bousculaient la Méditerranée, comme des vagues sous-marines. *Pour moi qui n'ai pas le pied marin, ça promet*, se dit-elle en gagnant sa petite salle de bains. Heureusement, elle avait emporté un médicament efficace contre le mal de mer... Il fallait qu'elle soit en forme pour aller voir Luciano !

Elle avala deux pastilles et, ignorant l'étrange appréhension qui la gagnait, se prépara.

# 6

— Revenez demain et nous changerons le pansement. Je vais aussi vous donner un antalgique et des antihistaminiques pour soulager vos douleurs et vos démangeaisons.

— Merci, docteur.

Le patient de Luciano, un jeune homme anglais d'une vingtaine d'années, se redressa et enfila avec précaution son maillot de foot. Lorsque le tissu glissa sur ses épaules brûlées par le soleil, il esquissa une grimace.

— N'oubliez pas de vous couvrir, de rester à l'ombre et de vous hydrater, ajouta Luciano.

— Oui, docteur. Merci…

Le patient quitta l'infirmerie en penchant légèrement la tête, comme s'il était penaud ou pensif, mais par expérience, Luciano savait que ses conseils ne serviraient à rien.

— Ils ne font jamais attention, du moins pas à cet âge, déclara Patricia, les mains sur les hanches. Je ne compte plus le nombre de passagers qui s'exposent au bord de la piscine pendant des heures sans protection solaire.

— Et pourtant, un coup de soleil est terriblement douloureux et mauvais pour la santé. Au nom du bronzage, les gens se mettent en danger, ajouta Luciano.

Il pensa alors à Sophie.

Encore.

La jeune femme semblait suffisamment bien dans sa peau pour ne pas commettre ce genre d'erreurs ! De toute façon, elle n'avait pas besoin d'artifices, quels qu'ils soient, belle comme elle l'était avec son teint de porcelaine illuminé de taches de rousseur. Quel contraste avec les femmes méditerranéennes à la peau mate et aux yeux sombres !

Il était touché par Sophie... Touché parce qu'elle était naturelle et généreuse, à l'écoute des autres. Une qualité essentielle, pour lui. L'autre jour, elle avait tout entrepris pour sauver le jeune Joshua de la noyade... Sans sa réaction, rapide et efficace, l'enfant ne serait plus en vie à cette heure. Sophie ne s'était pas glorifiée une seule seconde d'avoir secouru ce petit garçon, ils n'en avaient d'ailleurs pas reparlé, comme s'il était juste normal qu'elle ait agi ainsi.

Lorsqu'ils s'étaient retrouvés par hasard à Civitavecchia, il avait également remarqué qu'elle était très sensible. Elle rougissait facilement. Et elle se troublait quand il la regardait... Peut-être l'observait-il avec trop d'insistance ? Il l'avait gênée sans le vouloir, en lui embrassant la main. Au fond de lui, en fait, il aurait voulu la serrer dans ses bras...

Réalisant cette évidence, il s'était réfugié dans le silence, mal à l'aise, conscient de peiner Sophie alors qu'il aurait préféré continuer à converser. Mais ce qu'il avait éprouvé pour elle, et qu'il ressentait toujours à cet instant, modifiait l'ambiance entre eux. Il s'était mis en retrait, espérant ne pas trop la froisser... C'était d'ailleurs avec l'espoir de se faire pardonner qu'il avait organisé l'appel téléphonique entre Edith et Sophie.

— Vous avez de la visite, annonça alors Patricia.

Luciano n'avait même pas entendu frapper. Il fut alors surpris de voir, sur le seuil de la porte, la seule personne qui occupait toutes ses pensées depuis plusieurs heures déjà. Sophie... Elle affichait un sourire réservé, mais son allure était déterminée, comme toujours.

— Je voulais vous remercier...

Elle s'avança. Ses cheveux étaient noués en un chignon fluide, dégageant sa nuque. Elle portait une robe rose pâle, en tissu soyeux, et de fines sandales blanches. *Une apparition merveilleusement féminine et apaisante*, songea Luciano de manière fulgurante.

— Me remercier... De quoi ?

— De m'avoir permis d'avoir mon amie Edith au téléphone ce matin. C'était très gentil de votre part, dit Sophie.

Elle salua Patricia, puis reporta son attention sur Luciano.

— Elle va mieux ! Elle est en famille et bien soignée, maintenant.

— Je sais. Il m'importait de faire un suivi personnalisé, et comme vous êtes liées, je tenais à ce que vous puissiez vous parler avant qu'on s'éloigne davantage de la côte. D'autant que la mer est mauvaise aujourd'hui... Les communications téléphoniques risquent d'être impactées.

Tandis qu'il prononçait ces mots, le bateau se mit à tanguer encore plus. Sophie pâlit, sans doute effrayée.

— Rassurez-vous, à bord du *Liberty*, tout est très sécurisé, affirma-t-il. N'est-ce pas, Patricia ?

Cette dernière, appuyée contre le mur de l'infirmerie pour garder son équilibre, hocha la tête.

— Il paraît, oui. Ce n'est pas le *Titanic* !

Sophie esquissa une grimace.

— Je n'ai pas le pied marin, pas du tout, et dès que ça bouge trop, je suis plutôt mal à l'aise... Je vais donc retourner de ce pas dans ma cabine.

Mais à ce moment-là, il y eut une secousse brutale, suivie d'une seconde, encore plus violente. Des cris affolés s'élevèrent de la proue à la poupe du bateau.

— Vous êtes certain qu'on est en sécurité ? ironisa Sophie. J'ai plutôt l'impression qu'on est ballottés comme un fétu de paille !

Soudain, la porte de l'infirmerie s'ouvrit à la volée et un marin fit irruption dans la pièce. Il s'adressa aussitôt à Luciano :

— On a besoin de vous, docteur... Il y a eu une monstrueuse, une vague énorme, et sur le pont principal, tout a été balayé... Le restaurant, les tables, les chaises... Tout ! Il doit y avoir des blessés...

Luciano sentit l'adrénaline pulser dans ses veines. Ce genre de situations ne survenait pas souvent, mais quand ça arrivait, il était prêt à bondir pour donner le meilleur de lui-même.

— Patricia, prenez nos deux sacoches de secours et allons-y !

— Je viens avec vous, déclara Sophie.

Luciano la regarda, surpris.

— Désolée, vous êtes une passagère...

— Je suis avant tout infirmière. Comme Patricia. Nous serons trois, et vu l'urgence de la situation, ça compte, vous ne croyez pas ?

— Bien sûr. Eh bien... Merci. Venez !

Sans réfléchir davantage, Luciano sortit de la pièce, suivi par les deux jeunes femmes. Alors qu'ils remontaient sur le pont, il fut impressionné par l'ampleur des dégâts causés par cette courte démonstration de la puissance de Mère Nature. L'équipage faisait de son mieux pour balayer les débris de vaisselle et d'autres objets flottant dans l'eau qui avait envahi cette partie du bateau. Il régnait une forte odeur d'alcool émanant des bouteilles cassées, éjectées des étagères du bar extérieur. Des chaises longues étaient éparpillées çà et là, certaines cassées, d'autres immergées dans la piscine à débordement.

Une dizaine de personnes se trouvait sur place au moment de l'incident, dont des serveurs et le chef barman, un certain Pavel.

— Bon sang, docteur, c'est la catastrophe ! s'exclama ce dernier en avisant Luciano. Une chance qu'il n'y ait pas eu grand monde par ici à cette heure, les gens étaient plutôt dans leurs cabines, je crois, et...

Il esquissa une grimace en se tenant le bas du ventre.

— Bref, on l'a échappé belle ! Mais plus de bar ni de tapas dans ma salle, mes amis...

Luciano jeta un coup d'œil à Sophie. Elle était déjà en train d'examiner les blessés, tout comme Patricia. Toutes deux faisaient équipe, tout naturellement. Il ébaucha un sourire, soulagé de cette entraide spontanée, et reporta son attention sur Pavel.

— Comment ça va, vous ? Pas de problème particulier à signaler à part les dégâts matériels ?

— J'ai mal au cœur, docteur. Très mal. Mais ça a commencé avant la grosse vague...

— Nous n'avons pas de victimes sur le pont inférieur, annonça alors le commandant Delgado en les rejoignant d'un pas rapide.

Il était accompagné de son second. Tous deux affichaient une mine sombre.

— Docteur Montavano, on s'en remet à vous. S'il faut réquisitionner une salle pour créer un poste de secours supplémentaire, s'il faut contacter la côte la plus proche... Dites-moi.

Luciano le regarda, conscient que Sophie et Patricia continuaient à travailler. Elles pansaient, parlaient, réconfortaient. Il avait hâte de les rejoindre, mais il devait se mettre d'accord avec le commandant afin d'organiser au mieux les opérations.

— Je ne sais pas encore si ce sera nécessaire. En revanche, l'une de nos passagères est en train de nous aider, expliqua-t-il en désignant Sophie. Elle est très compétente, et j'ai besoin d'elle. Il faut régulariser son intervention avec un contrat. C'est autant une question d'assurances que de dédommagement. Elle s'appelle Sophie Blythe.

Le premier officier du *Liberty* acquiesça d'un signe affirmatif.

— Aucun problème, on s'en occupe tout à l'heure. On lui proposera une rétribution. En attendant, que peut-on faire ?

— Rien, si ce n'est rassurer les voyageurs. Expliquez ce qu'est une vague monstrueuse, dites pourquoi vous n'avez pas pu l'éviter, et précisez que tout accès à cette partie du bateau est interdit pour l'instant.

C'était étrange de donner des ordres à son supérieur hiérarchique, mais les circonstances l'exigeaient et validaient sa posture.

— Je vous ferai un rapport dès que possible, ajouta Luciano. Pour l'instant, je crois qu'il n'y a pas plus d'une dizaine de blessés. Maintenant, je dois aller les examiner. Sophie et Patricia ont besoin de moi.

— Je comprends. Tenez-nous au courant, dit le commandant Delgado.

Alors qu'il s'éloignait, Sophie s'approcha, suivie de près par Pavel, de plus en plus pâle.

— Il ne se sent vraiment pas bien, annonça-t-elle. Patricia est en train de sécuriser les autres victimes qui souffrent essentiellement d'ecchymoses et de contusions légères. Rien de grave, heureusement. En revanche, M. Pavel, lui, a l'air de souffrir beaucoup.

— Asseyez-vous, dit Luciano au chef barman, en lui avançant une chaise.

Il s'agenouilla près de lui et lui prit le pouls. Trop rapide. De la sueur perlait sur la peau de Pavel. De toute évidence, il avait beaucoup de fièvre.

— Où avez-vous mal ? Là ? demanda Sophie.

Elle lui ouvrit le col de sa chemise blanche et lui défit ses boutons afin de libérer l'abdomen, gonflé et dur.

— Ici, gémit Pavel en montrant le pli de son aine droite.

— Quand la douleur a-t-elle commencé ? interrogea Luciano en appuyant du bout des doigts sur la zone indiquée par Pavel.

Ce dernier fit une grimace.

— Il y a quelques jours.

— Avez-vous d'autres symptômes ?

— Non.

— Prenez-vous un traitement médical ?

— Non. J'allais bien, mais j'ai commencé à avoir mal au ventre, comme je vous l'ai dit tout à l'heure, marmonna Pavel, livide.

— Et vous ne nous avez rien dit ? On est ici pour vous soigner, Pavel, le réprimanda Luciano.

Il évita d'ajouter que tout souci de santé devait être rapporté au plus vite au cas où il y aurait des risques de contagion. Pavel le savait forcément...

— Je suis désolé, docteur, je m'apprêtais à venir vous voir, mais je croyais que je me sentais mal parce que j'avais trop bu... Avec mon métier, j'ai tendance à me servir quelques verres, c'est la coutume...

Il grimaça de nouveau et émit un hoquet.

— J'ai la nausée, souffla-t-il. Ça s'aggrave. Excusez-moi...

Il se leva rapidement et, plié en deux, s'éloigna vers les toilettes.

— Il aurait une sérieuse crise d'appendicite que ça ne m'étonnerait pas, dit Sophie en croisant le regard de Luciano.

— C'est tout à fait possible. On va lui faire passer une radiographie, on possède l'équipement de base nécessaire dans la salle à côté de l'infirmerie. Si jamais c'est ce que je redoute, il faudra opérer.

L'étonnement se refléta sur le joli visage de Sophie.

— À bord ?

— Oui. De toute façon, ce serait trop long d'appeler le garde-côte et de procéder à un transfert par hélicoptère, précisa Luciano. D'autant que la météo me paraît bien instable. On dispose d'un petit bloc opératoire avec tout ce qu'il faut pour parer au plus pressé.

— Bonne nouvelle !

— C'est un bateau sécurisé, autant que possible en tout cas. Je vous l'avais dit, non ?

Elle ébaucha un sourire.

— Oui… J'étais un peu sceptique, désolée. Si vous voulez, je vous seconde. J'ai longtemps travaillé dans des services d'urgence, et je crains que Patricia soit très occupée.

D'un coup d'œil, Luciano vit l'infirmière qui était en train d'installer un homme d'un certain âge dans un fauteuil roulant. Patricia lui adressa un bref regard et lança :

— Je raccompagne M. Giannini jusqu'à sa cabine, puis je reviens.

— Merci, Patricia. On s'occupe de Pavel.

— Entendu !

Quelques secondes plus tard, Pavel les rejoignit, zigzaguant au milieu des débris et des flaques d'eau que des membres de l'équipage s'efforçaient d'éponger.

— La douleur empire. Je suis mal en point, vraiment, ça tombe si mal…

— Vous avez la force de marcher encore un peu ? demanda Sophie. Sinon, on va chercher un brancard.

— Non, pas nécessaire, je tiens encore debout… Mais peut-être pas pour longtemps, lâcha Pavel. Où va-t-on ?

— On vous emmène passer quelques examens en urgence, répondit Luciano. Venez.

Il lui prit le bras gauche, et Sophie, le droit. Lentement, ils se dirigèrent vers les ascenseurs qui, heureusement, fonctionnaient toujours. Quand Luciano croisa le regard de la jeune femme, il y perçut autant de gravité que de détermination. Une bouffée d'admiration l'envahit alors. Sans elle, il ne serait pas capable d'être aussi réactif… Elle lui devenait vraiment indispensable à cet instant.

*Et peut-être le sera-t-elle aussi à d'autres moments*, lui souffla alors une petite voix intérieure.

Refusant de l'écouter, Luciano se concentra sur ses pas et les efforts qu'ils déployaient pour accompagner Pavel jusqu'à l'infirmerie.

# 7

Bien qu'elle soit débordée par des patients qui demandaient de l'attention, Patricia prit le temps de fournir à Sophie une blouse blanche afin qu'elle puisse se changer.

— Bienvenue à bord, lui dit-elle avec un sourire entendu. Tu vas avoir du travail...

— Je sais.

Elles se trouvaient dans la petite salle adjacente à l'infirmerie, où les médicaments et le matériel étaient stockés.

— Dans un sens, tant mieux. Je finis par m'ennuyer en vacances, s'efforça de plaisanter Sophie.

Patricia sourit, soulagée, sans nul doute, de l'aide apportée spontanément par Sophie. L'éventuelle animosité qu'elle avait peut-être éprouvée quand elles s'étaient rencontrées pour la première fois s'était dissipée. Toutes deux se tutoyaient déjà, comme si elle se connaissait depuis longtemps.

— Bon, eh bien, heureusement que tu es là, dit Patricia. Moi, il faut que j'aille voir tous les blessés, les uns après les autres, et d'autres passagers commencent à éprouver des malaises, psychosomatiques je l'espère, à cause de cet affreux incident sur le pont...

— Je viendrai te seconder dès que possible. Pour l'instant, je dois retrouver le Dr Montavano. Je lui ai promis d'être là pour Pavel.

— Bonne chance. On se retrouve plus tard.

Une fois seule, Sophie enfila la blouse par-dessus son T-shirt, attacha ses cheveux en queue-de-cheval avec un élastique, et rejoignit Luciano dans la pièce principale. Pavel était alité au fond, assoupi.

Une étincelle se refléta dans les yeux de Luciano quand il la vit.

— Content de vous revoir, Sophie. Et merci d'être là. Notre commandant vous prépare un contrat et une rémunération.

— C'est gentil, mais je ne fais pas ça pour gagner de l'argent...

— Tout travail mérite salaire, et vous êtes, en principe, en vacances. J'ai administré un sédatif à Pavel, poursuivit Luciano, changeant vite de sujet. Maintenant, je commence par quelle nouvelle ? La mauvaise ou la très mauvaise ?

Il lui fit signe de la suivre vers l'ordinateur, un modèle ultra moderne. L'écran affichait les radiographies qu'il avait prises peu de temps auparavant.

— C'est bien une appendicite ?

— Oui, à un stade critique. L'appendice s'est perforé.

Il n'y avait pas pire scénario. Une rupture de l'appendice pouvait provoquer une infection générale gravissime, voire mortelle, si on n'opérait pas de toute urgence pour nettoyer la sphère abdominale.

— On intervient tout de suite. Le risque de septicémie est trop fort, ajouta Luciano.

Sophie le regarda dans les yeux, se remémorant aussitôt qu'il avait perdu sa femme de ce mal radical. Ne réagissait-il pas trop précipitamment pour éviter une situation sans issue qui lui aurait rappelé son propre drame familial ? Dans quelle mesure n'avait-il pas culpabilisé après la mort de son épouse ? Ne s'était-il pas mis en tête qu'il aurait pu empêcher une fin aussi terrible ? Quelle part de responsabilité avait-il endossée ?

— Le commandant m'a donné carte blanche, ajouta alors Luciano, comme s'il avait deviné les interrogations de Sophie. En plus de savoir parler anglais, un médecin qui exerce sur un bateau de croisière doit être compétent dans différents domaines chirurgicaux de base. Et au cas où, Sophie, je précise que je ne me laisse pas influencer par mon expérience personnelle. Le décès de ma femme d'une septicémie... Vous y avez pensé, n'est-ce pas ?

Sophie sentit son cœur se serrer. Elle ne se savait pas aussi transparente…

— Je suis désolée, murmura-t-elle, affreusement gênée. Pourtant, je vous fais confiance.

— Merci. Sachez toutefois que je ne regrette pas de vous avoir confié cette partie douloureuse de ma vie, ajouta Luciano. Plus j'en parle, moins ça me ronge… Mais je n'en parle pas à n'importe qui. Moi aussi, j'ai confiance en vous.

Il lui tendit la main d'un geste soudain. Surprise, Sophie la lui saisit et la serra, troublée au contact des doigts francs et vigoureux.

— C'est pour sceller notre collaboration improvisée, proposa-t-il en ébauchant un sourire. Vous et moi, nous nous apprêtons à sauver ce pauvre Pavel…

— Oui… Et ne tardons plus.

Une fois l'anesthésie administrée, Luciano sentit de nouveau l'adrénaline l'envahir.

Il aimait travailler sous pression, comme à l'hôpital la plupart du temps. Cela ne lui était pas arrivé souvent depuis qu'il exerçait à bord du *Liberty*. En général, la priorité était de stabiliser le patient jusqu'à ce qu'il puisse être débarqué à terre et hospitalisé. Dans la mesure du possible, on évitait de recourir à un transfert par hélicoptère, toujours compliqué tant pour la personne soignée que pour l'équipage et les passagers. Un hélitreuillage n'était envisagé que dans les cas d'urgence extrêmes, avec des conditions météorologiques favorables. Autant dire que cela survenait rarement. D'ailleurs, c'était pour faire face aux interventions médicales les plus courantes, telle une appendicectomie, que le bateau disposait d'une petite salle d'opération comportant tout le nécessaire médical.

Luciano observa son patient endormi. Maintenant, c'était à lui d'œuvrer, et Sophie, comme Pavel, s'en remettrait à lui. Il faudrait qu'il soit à la hauteur en dépit des affreux souvenirs qui lui revenaient soudain à l'esprit, si douloureux et déstabilisants.

Comment ne pas penser à la septicémie qui avait emporté Renata... Aurait-il pu lui éviter cette mort atroce ?

— Scalpel.

Sophie lui tendit l'instrument et Luciano effectua la première incision dans l'abdomen de Pavel. Si un moniteur cardiaque avait enregistré les battements à la minute de son propre cœur, les normes auraient été largement dépassées. Il ne s'était pas senti aussi stressé depuis une éternité. Ce n'était pas seulement parce qu'il opérait. Les émotions liées aux images imprégnées dans sa mémoire, les analyses si mauvaises de Renata, avec les marqueurs d'infection létale, l'impuissance définitive de la médecine, la spirale qui avait entraîné la jeune femme vers un coma d'où elle n'avait jamais émergé... Il en était encore bouleversé.

Et puis, il y avait la présence de Sophie auprès de lui. Elle était calme, suivait des yeux chacun des gestes qu'il accomplissait, prête à agir. Au-dessus de son masque chirurgical, son regard était ferme et bienveillant. Quelle chance d'avoir l'aide précieuse de Sophie à cet instant ! Elle lui procurait une force bien nécessaire compte tenu des circonstances.

— Il faut irriguer la sphère abdominale, dit-il après avoir ôté les tissus abîmés. On va bien laver la sphère abdominale avec du sérum physiologique, et drainer pour éviter tout risque de contamination.

Sophie et lui réalisèrent le processus ensemble, puis le drainage terminé, Luciano vérifia que la vésicule biliaire et le foie n'avaient pas été touchés pendant l'intervention. Après quoi, il commença à refermer la plaie. Suturer, c'était terminer... Et respirer. Il pourrait bientôt se détendre. Sa mission était accomplie.

— On laisse un drain pour assurer l'élimination de tout foyer infectieux. On gardera notre patient sous antibiotiques et antalgiques pendant huit jours, mais il pourra être ramené à sa chambre. Il faudra seulement aller lui rendre visite pour les soins postopératoires. Patricia s'en chargera.

— Ou moi, si besoin, proposa Sophie. La convalescence durera environ combien de temps, à votre avis ?

Luciano croisa son regard et son cœur battit plus vite. Il se rendit compte qu'il aimait aussi la voix de la jeune femme, en plus de sa présence, de sa gentillesse et de sa générosité. Sans parler du fait qu'elle était compétente.

— Deux semaines au moins. Les lésions étaient superficielles, mais une perforation de l'appendice, c'est très grave. En tout cas, Pavel est maintenant tiré d'affaires.

Sophie sourit. Du moins Luciano imagina-t-il qu'elle souriait car de fines rides se plissaient au coin de ses yeux bleus.

— Vous lui avez sauvé la vie.

— J'ai seulement fait mon devoir.

— Vous lui avez sauvé la vie, répéta-t-elle. Ce n'est pas rien… Sans vous, Pavel ne serait plus de ce monde.

— Sans nous deux, rectifia Luciano. Vous m'avez aidé à l'opérer. Merci à vous, du fond du cœur, mademoiselle Blythe.

— J'ai également fait mon devoir, répondit-elle. Je ne sais plus si je vous l'ai déjà dit, mais vous pouvez m'appeler Sophie, poursuivit-elle en ôtant ses gants et en allant se laver les mains.

Luciano l'imita. Tandis qu'il se rinçait les doigts à grande eau, il regarda la jeune femme. Son fin visage était si sérieux sous son masque… Et elle évitait son regard, à présent. Regrettait-elle cette franche ouverture vers lui ?

— D'accord, Sophie. Pour vous, je suis Luciano. Vous êtes ma coéquipière, et je crois que nous devrions célébrer le succès de notre opération, ajouta-t-il spontanément. J'aimerais vous inviter à boire un verre en fin de journée, si vous acceptez…

Sitôt les mots prononcés, il s'en voulut. Il s'était toujours promis de ne jamais mêler vie privée et vie professionnelle. Mais les circonstances étaient exceptionnelles, n'est-ce pas ? Et il avait très envie de mieux connaître Sophie. Cette femme avait du cran. Il l'admirait.

Elle fronça légèrement les sourcils.

— Est-ce vraiment une bonne idée ? Les membres d'équipage risquent de jaser ! Vous êtes le médecin du bateau et moi, une simple passagère !

— Une passagère qui vient de collaborer à une intervention

chirurgicale vitale. Quoi qu'il en soit, pour éviter les ragots, j'ai une petite idée…

Luciano improvisait. Il sentait qu'il se dirigeait vers une voie qu'il n'aurait sans doute pas dû choisir, mais pour une fois – peut-être pour la première fois depuis le décès de Renata –, il se laissait guider par son instinct. Un élan qui l'incitait à se rapprocher de Sophie, alors que, raisonnablement, il aurait juste dû lui proposer de boire un verre dans l'un des bars du *Liberty*. Seulement voilà, il avait envie de lui faire plaisir…

Et de se faire plaisir à lui aussi.

Sophie l'interrogea du regard.

— Quelle idée ?

— Ce sera une surprise. Si vous êtes d'accord, je viens vous chercher à 20 heures Ne dînez pas avant.

— OK…

Elle hocha la tête et ôta son masque qu'elle jeta à la poubelle. Son visage exprimait autant d'étonnement que de fatigue.

— Vous m'invitez au restaurant ? Ce soir ?

— Ou demain, si vous préférez ? Mais ce ne sera pas vraiment au restaurant, vous verrez… Nous serons tranquilles.

Elle sourit enfin.

— Dans ce cas, ce sera parfait. Je rêve de tranquillité après tout ce qu'on vient de vivre aujourd'hui.

Luciano éprouva une soudaine tendresse pour elle. S'il s'était écouté, il l'aurait serrée dans ses bras. À la place, il retira également son masque chirurgical.

— À vrai dire, moi aussi. Merci d'accepter, Sophie. Et merci encore de m'avoir secondé.

— C'était spontané. Bon, comme je l'ai dit à Patricia, j'avoue que je m'ennuyais un peu à bord… Au départ, j'ai embarqué sur le *Liberty* pour tenir compagnie à Mme Fields, et pour veiller sur elle. Mais sans elle, ce voyage n'est plus pareil…

— Je comprends. Eh bien, ce soir, Sophie, vous vous détendrez, si vous le voulez bien. Vous l'avez bien mérité.

Elle ébaucha un nouveau sourire.

— Autant que vous.

# 8

*Ce n'est pas un rendez-vous amoureux*, se rappela Sophie en se regardant dans le miroir de sa cabine.

Après avoir longuement hésité, elle avait choisi une tenue élégante et passe-partout : une petite robe noire ajustée sans être trop moulante, qui lui arrivait au-dessus des genoux, agrémentée d'un corsage carré, et une veste cintrée bleu myosotis. Elle avait relevé sa chevelure en chignon, et portait une paire de fines boucles d'oreilles en nacre bleutée. Un soupçon de khôl ouvrait son regard, une touche de gloss illuminait ses lèvres... Et aux pieds, des ballerines en cuir pourpre. Elle avait d'abord essayé l'unique paire d'escarpins qu'elle avait emportée dans ses bagages, mais elle n'avait pas l'habitude d'être perchée sur de tels talons. Il ne manquerait plus qu'elle se torde la cheville en marchant à côté du séduisant Dr Montavano...

Non, ce n'était pas un dîner galant. Luciano voulait célébrer la réussite de l'intervention chirurgicale qu'ils avaient réalisée ensemble. Une bonne idée, n'est-ce pas ? Ça partait d'une intention louable ! D'une envie de partage !

Sauf qu'en pensant au moment où elle se retrouverait face à lui, Sophie sentait son cœur s'emballer. S'il n'avait pas été aussi beau, s'il n'avait pas parlé avec cet accent italien tellement sensuel, tout aurait été différent... Et beaucoup plus facile pour elle.

Un dernier coup d'œil à son reflet la rassura. Elle arborait une allure chic et sérieuse. Exactement ce qu'elle voulait. Luciano lui avait bien fait comprendre qu'il était toujours endeuillé, donc il n'était pas question qu'elle envoie un message ambigu quant à un éventuel désir de séduction. Ils s'apprêtaient à passer une soirée strictement amicale, ni plus ni moins. *Il faudra juste que je ne le regarde pas trop dans les yeux,* se dit-elle.

Quelques instants plus tard, on frappa à la porte. Malgré ce qu'elle venait de se répéter, Sophie éprouva une nouvelle bouffée d'émotion déstabilisante. Allant ouvrir, elle sentit son pouls s'accélérer encore davantage. Luciano était vêtu d'un polo noir et d'un pantalon également sombre. Sobre. Impeccable malgré quelques cheveux encore humides sur ses tempes. Les effluves d'une eau de toilette citronnée lui parvinrent, mêlée de notes marines.

*Irrésistible...*

Luciano l'enveloppa d'un rapide coup d'œil admiratif.

— Vous n'avez pas changé d'avis ?

— Non, pourquoi ? Je vous attendais ! Et je n'ai pas dîné.

Il lui sourit, l'air rassuré, et un court instant, resta silencieux comme s'il ne trouvait pas ses mots.

— Tant mieux. Alors allons-y, chère Sophie.

Elle sortit de la cabine et lui emboîta le pas.

Ils se dirigèrent vers les ascenseurs. Dans la cabine, Luciano appuya sur le bouton de niveau inférieur. Il gardait un léger sourire aux lèvres mais ne fit aucun commentaire tandis qu'ils longeaient la succession de restaurants français, italien et japonais où les passagers affluaient.

Intriguée, Sophie marchait sans poser de question. Au fond d'elle-même, une sensation de fierté la gagna quand des regards curieux se portèrent vers eux. Eh oui, elle se trouvait en compagnie d'un des hommes les plus importants du bateau, et certainement le plus attirant...

— Je vous ai promis un endroit discret, dit Luciano lorsqu'ils parvinrent devant une double porte surmontée de l'inscription « Réservé au personnel ».

Il poussa l'un des battants et s'effaça pour laisser entrer Sophie.

Elle s'avança et découvrit un salon ovale moquetté, aux murs couverts de boiseries ornées, aux hublots spacieux ornés de rideaux de velours ivoire. Au milieu de la salle trônait une table dressée pour deux personnes, ainsi qu'une desserte recouverte d'une nappe blanche. Des bouquets de fleurs étaient disposés sur des guéridons de part et d'autre de canapés de cuir noir.

L'endroit était luxueux et… complètement désert.

Perplexe, Sophie se tourna vers Luciano.

— Il n'y a personne d'autre ?

— Absolument personne, dit-il en refermant la porte derrière eux. Ni clients ni serveurs. Discrétion garantie, je vous l'avais promis.

— Waouh… Comment avez-vous fait ?

— C'est un service que j'ai demandé à notre commandant, expliqua Luciano. Il a accepté sans hésiter.

— Fantastique !

Impressionnée, Sophie regarda autour d'elle. Luciano émit un petit rire.

— Pour la deuxième surprise, c'est par ici ! annonça-t-il en contournant le bar. Venez !

Elle le suivit dans une pièce à l'arrière…

Et pénétra dans une grande cuisine équipée, ultramoderne. Des casseroles et plusieurs saladiers, des assiettes, des fruits et légumes de toutes sortes étaient posés sur le comptoir principal.

— Et où est le cuisinier ? demanda Sophie en regardant autour d'elle.

— Devant vous.

Et pour la première fois depuis leur toute première rencontre à bord, Luciano se mit à rire…

À rire réellement.

Joyeux, détendu, son visage semblait si différent, tout à coup ! Sophie ne put s'empêcher de s'en émouvoir.

— Vous, vous allez cuisiner ?

— Exactement, oui. C'est ma passion, avoua Luciano en relevant ses manches. Mais je ne prépare jamais rien de compliqué, vous savez… En l'occurrence, pour nous, ce soir, ce sera des *pasta* aux tomates fraîches, parmesan et basilic accompagné d'un bon vin rouge de Toscane. Naturellement, vous ne ferez rien. Vous êtes mon invitée.

— Merveilleux ! Je suis honorée, dit Sophie, confondue devant tant de gentillesse, en s'asseyant sur un tabouret.

— C'est moi qui le suis. Sans vous, nous n'aurions pas sauvé Pavel... Ni Joshua.

— Oh ! mais j'ai juste fait ce que j'ai pu ! N'importe qui d'autre aurait agi de même !

Luciano lui lança un coup d'œil sceptique.

— Détrompez-vous. Il faut du courage et avoir des compétences pour effectuer les bons gestes. Tout le monde ne sait pas secourir une vie.

En parlant, il ouvrit le réfrigérateur et prit quelques ingrédients : du beurre, du fromage, de la salade... Il disposa le tout sur le comptoir, puis alla prendre une grande bouteille d'huile d'olive ainsi que des oignons et du basilic frais.

— Enfin bref, ce soir, nous nous détendons, vous et moi, et nous l'avons bien mérité. Patricia m'a posé quelques questions sur l'opération, et quand je la lui ai raconté, elle était admirative.

Sophie le regardait, consciente d'éprouver, elle aussi, de l'admiration pour cet homme qui, subitement, se montrait sous un autre jour. Simple, humain, accessible.

— Donc vous aimez cuisiner ? demanda-t-elle alors qu'il ouvrait le lave-vaisselle pour en sortir deux verres à pied étincelants de propreté.

Il semblait tellement à l'aise !

— Oui, chez moi. Je prenais soin de ma chère Renata de cette manière, autant que possible, elle était si affaiblie qu'elle ne pouvait plus préparer à manger. Mais c'est la première fois que je réquisitionne la cuisine de ce bateau ! avoua-t-il en riant de nouveau. Le commandant a été surpris, mais je crois qu'il est tellement soulagé qu'on ait sauvé Pavel et Joshua qu'il était prêt à tout pour nous remercier.

Il prit une bouteille de vin rouge, l'ouvrit avec précision et en versa un peu. Il huma longuement, fit tournoyer la boisson sirupeuse, hocha la tête d'un air connaisseur et goûta. Puis il invita Sophie à découvrir le vin dans le verre qu'il lui remplit.

— Très bon, dit-elle après avoir avalé une gorgée. Doux et corsé en même temps, c'est délicieux.

— Merci ! Il vient du vignoble familial.

Il lui désigna l'étiquette qui indiquait *Campo Montavano.*

— Je l'ai emporté secrètement à bord !

— Vraiment ? Je suis flattée d'en boire avec vous ce soir ! Vous ne voudriez pas plutôt la conserver pour une meilleure occasion ?

— C'est une excellente occasion, répliqua Luciano. Et je suis heureux de pouvoir la déguster en votre compagnie.

Sophie sourit et avala une gorgée. L'arôme était moelleux, teinté du goût de l'été et des après-midi insouciants au soleil...

— Il ne faut pas trop en boire à jeun, conseilla Luciano. L'alcool nous monterait vite à la tête ! On ne recherche pas l'ivresse...

— Non, juste le plaisir de déguster, compléta Sophie.

Luciano lui sourit.

— Je ne peux pas mieux le formuler.

Il disposa de la farine sur le plan de travail, forma un puits et y versa de l'eau ainsi qu'un filet d'huile d'olive après avoir soigneusement mesuré les quantités. Puis il ajouta des œufs, du sel et commença à pétrir avec dextérité.

Stupéfaite, Sophie le regarda faire. Elle ne s'était certainement pas attendue à cette situation inédite.

— Je suis sincèrement admirative... Quand vous m'avez dit que vous alliez cuisiner des pâtes, je pensais que vous ouvririez un paquet... Vous allez donc fabriquer les pâtes vous-même ?

— Bien sûr. Un Italien qui se respecte ne se contente pas d'acheter des pâtes industrielles !

Il prit une machine métallique assez volumineuse, et disposa un pâton fariné à l'intérieur. Après quoi il tourna une petite manivelle et la pâte ressortie découpée en fines lamelles.

— Vous voulez essayer ? proposa-t-il.

— Avec joie !

— Sauf que vous risquez de salir votre jolie robe...

Une étincelle amusée au fond des yeux, Luciano alla chercher un tablier de cuisine qu'il lui tendit. Sophie le mit et spontanément, il l'aida à l'attacher dans le dos. Le sentant si proche d'elle un court instant, elle ne put maîtriser les battements de son cœur.

— Parfait. Alors vous mettez la pâte ici, et vous enroulez ainsi pour l'aplatir d'abord, la laminer – c'est le terme technique...

Sophie suivit ses conseils et, ravie, vit se former ce qui ressemblait à des spaghettis.

— C'est génial... Et si pratique ! En Angleterre, on adore la cuisine italienne et les pâtes fraîches. Je pourrai me vanter d'avoir expérimenté cet art culinaire à bord du *Liberty* avec vous !

— Si vous voulez, répondit-il en riant. Mais je vous avoue que pour moi, c'est aussi une première. Avant, c'était ma femme Renata qui se chargeait de préparer les pâtes. Nous l'avons fait ensemble, évidemment. Puis j'ai poursuivi pour elle de son vivant. Ensuite, je n'ai jamais réitéré.

Une ombre passa sur son visage.

— Enfin, j'ai eu envie de partager avec vous cet aspect essentiel de notre culture, poursuivit Luciano en s'animant de nouveau.

— Essentiel et connu dans le monde entier ! Merci...

— Merci à vous. Grâce à vous, Sophie, je passe une vraie soirée de détente comme ça ne m'est pas arrivé depuis longtemps.

— Pareillement, avoua-t-elle.

Luciano la regarda dans les yeux, une étincelle chaude au fond de la prunelle, puis il leva son verre et l'approcha doucement de celui de Sophie.

— Trinquons à notre rencontre et, peut-être, à notre amitié. Si vous le voulez bien.

Le cœur battant, Sophie sourit. Cet homme impressionnant et si séduisant lui proposait d'être son ami ? C'était incroyable.

— Bien sûr que je le veux, dit-elle, émue par la tournure que prenait la soirée. À notre amitié...

Ils avaient choisi de manger dans la cuisine, simplement assis au comptoir, sur des tabourets côte à côte. Luciano avait baissé l'intensité des lumières, si bien que l'atmosphère était chaleureuse et cosy.

— C'est délicieux, répéta Sophie.

Elle s'efforçait d'enrouler correctement les spaghettis autour de sa fourchette, en s'aidant d'une cuillère pour maintenir le tout, ainsi que Luciano le lui avait montré.

— Quelle différence quand c'est fait maison ! Les pâtes fraîches ont un goût incomparable.

— Alors vous aimez ? demanda Luciano.

— Beaucoup.

— *Buono.*

— Mon ex-compagnon n'a jamais cuisiné pour moi. Il m'a invitée au restaurant, ou il m'a offert des plats à emporter ! confia Sophie. À la fin de notre relation, on ne mangeait plus du tout ensemble. Il travaillait toujours tard... Du moins est-ce ce qu'il prétendait. Je pense qu'il devait être en train de courtiser sa future femme ! Cette vilaine expérience a sapé ma confiance en moi, avoua-t-elle après une courte hésitation.

— Je ne suis pas surpris. Sincèrement, c'est lui qui devait avoir un problème s'il n'appréciait pas le bonheur de son couple avec vous... Quant à vous, vous serez plus heureuse sans lui, ajouta Luciano.

— C'est sûr. Sauf que j'aurai du mal à croire de nouveau à l'amour.

Luciano la contempla quelques secondes en silence, l'air songeur.

— Je vous comprends. Je n'ai pas connu ce genre de déceptions, Renata et moi, nous nous aimions très fort. Le deuil est douloureux. Encore aujourd'hui, elle est à mon esprit... Bien que différemment.

— C'est-à-dire ?

— Peu à peu, je me prépare à refaire ma vie.

— Une bonne résolution...

— Oui. Encore faut-il que la chance me sourie. Enfin, nous verrons bien...

Luciano remplit de nouveau leurs verres, et ils trinquèrent une fois de plus. Il ébaucha un sourire un peu triste.

— Après avoir perdu notre bébé, en avoir un autre est devenu une obsession pour ma femme et moi. Nous voulions tous les deux une famille et c'était notre principale préoccupation. En tant que couple, nous n'étions plus insouciants, non, plus du tout… Nous nous acharnions à fonder une famille. Si j'avais su que Renata ne resterait pas de ce monde, j'aurais agi autrement… Nous aurions dû profiter au maximum de chaque seconde que nous vivions ensemble.

— À quel stade de la grossesse était-elle ? demanda Sophie, espérant ne pas paraître indiscrète.

— Quelques semaines seulement la première fois. Trois mois la deuxième fois. Nous avions déjà passé l'échographie, entendu les battements du cœur et osé croire au bonheur. Dix jours plus tard, Renata et notre enfant décédaient. Il a fallu beaucoup de temps pour que je réussisse à affronter la réalité.

— Je comprends. C'est si dur…

— Terriblement dur. Et injuste.

Luciano s'interrompit, pensif.

— Bon, j'admets que maintenant, les nuages commencent à se dissiper. Je suis passé du choc initial à la révolte et la colère intérieure. Je pense qu'en m'engageant à bord de ce bateau de croisière, je me suis engouffré dans le déni et, lentement, l'acceptation.

— Les phases du deuil sont toujours longues et éprouvantes.

— Exact. Vous aussi, vous faites le deuil de votre relation avec cet homme qui vous a trahie, fit-il remarquer.

— Oui.

Un silence s'installa quelques instants. Sophie percevait qu'entre eux, l'ambiance se modifiait petit à petit. Ils se comprenaient. Tous deux avaient souffert, et tous deux espéraient un meilleur avenir.

— C'est émouvant qu'on discute ainsi, dans ce salon privé, reprit-elle. Comme si nous étions déjà réellement amis.

Luciano sourit.

— Oui, émouvant en effet. Je suis touché par votre gentillesse, Sophie... Vous me plaisez beaucoup, ajouta-t-il un peu précipitamment, comme sous le coup de l'émotion.

Elle sentit son pouls s'accélérer.

— Vous aussi.

Luciano arqua un sourcil.

— Ah oui ?

— Oui !

Elle se mit à rire.

— Vous vous en rendez bien compte ! J'apprécie votre compagnie... Sinon, je ne serais pas ici, avec vous, ce soir.

— Que feriez-vous ?

— Je serais seule dans ma cabine, sans doute, en train de lire ou d'écouter de la musique... Je suis heureuse de passer ce moment avec vous. On a bien travaillé, tout à l'heure. Après l'effort, le réconfort !

— Exactement. Vous le méritez. À propos de réconfort, un dessert vous tenterait ? J'ai prévu des tartelettes aux fruits, préparées par le chef cuisinier du *Liberty*, cette fois.

Tandis que Luciano allait chercher des coupelles et d'autres couverts, Sophie débarrassa la table. *Comme c'est étrange de me retrouver ici, avec lui*, songea-t-elle une fois de plus. Mais c'était aussi tellement agréable. Surprenant mais très plaisant, oui... Et au fond d'elle-même, elle aurait aimé que la soirée se poursuive encore longtemps. Comment le lui proposer sans que cela prête à confusion ? Elle avait juste envie de prolonger ces instants de détente en compagnie de Luciano. Edith serait contente pour elle !

Sophie eut alors l'impression d'entendre la voix de la vieille dame qui l'encourageait à formuler ses pensées le plus simplement possible. Juste dire les choses comme elles venaient, sans se poser trop de questions... Oui, c'était la meilleure solution.

Elle s'avança vers Luciano, qui était en train de disposer une magnifique tarte au citron meringuée sur la table.

— En guise de tartelettes, ce sera un gâteau, dit-il. J'espère que ça vous plaira.

— J'adore. Merci ! Après le dessert, j'aimerais respirer le bon air de la mer, et si vous avez le temps, ou l'envie, nous pourrions, ensemble…

— Je voulais justement vous le demander, l'interrompit Luciano en souriant. Et on pourrait aussi se tutoyer, ce serait plus naturel entre nous, je crois.

— Oui, c'est sûr. Surtout après ce qu'on a partagé aujourd'hui.

Elle le regarda, le cœur battant. Si seulement elle n'avait pas ressenti cette attirance presque viscérale pour lui, ce serait quand même plus facile, réalisa-t-elle une fois de plus. Mais elle veillerait à ne rien trahir et tout irait bien…

Tout.

— Vous connaissez… Pardon, tu connais un endroit calme ?

# 9

Il y avait une projection de film en plein air près de la proue du bateau, aussi Luciano emmena-t-il Sophie vers la partie plus calme à l'arrière. Durant la journée, des échoppes et stands proposaient différents articles à la vente, essentiellement des vêtements et des jouets.

Il était heureux que Sophie lui ait exprimé son envie de passer plus de temps avec lui, dans un lieu tranquille de surcroît. À défaut, il l'aurait invitée dans l'un des bars chics réservés à l'équipage. Mais ça ne leur aurait pas plu. Ils se seraient retrouvés environnés de monde, ils auraient été obligés de lever la voix à cause de la musique...

Luciano aimait ce tête-à-tête. Il voulait être avec Sophie ; rien qu'avec elle. C'est pourquoi il avait choisi de dîner dans un salon privé, et même de préparer le repas. Elle avait donné l'impression d'apprécier ce moment, elle aussi.

— Comme c'est beau et paisible par ici, murmura-t-elle en posant les mains sur la rambarde.

Elle regardait par-dessus bord, laissant ses yeux errer sur les flots puis à l'horizon. Le ciel d'encre, constellé d'étoiles, se reflétait sur la mer. Une légère brise soufflait.

— Parfois, si j'ai une insomnie ou si j'ai besoin de me ressourcer, je viens ici, confia-t-il spontanément. Je ne rencontre jamais personne à cette heure.

Sophie tourna la tête vers lui et il sentit des effluves de son parfum légèrement vanillé.

— Tu aimes la solitude ?

— En général, oui, admit-il, surpris par cette question. Et toi ?

— Ça dépend. En ce moment, je préfère éviter la foule. Je crois que c'est parce que je me sens encore trop triste, poursuivit-elle en regardant de nouveau la mer. Edith me taquinait gentiment à ce sujet, elle avait tellement envie que je tourne la page, que j'oublie Ryan, mon erreur, ou plutôt, mes erreurs !

Elle lâcha un petit rire.

— Mais ça ne se fait pas facilement, même si je n'aimais plus Ryan. C'est la trahison qui est difficile à pardonner et à gommer de mon esprit… Au fil du temps, j'y parviendrai.

— Il faut être patients… Moi, je suis devenu une sorte d'ermite, ajouta Luciano. Pour être franc, je fuis les lieux où il y a beaucoup de monde.

— Mais tu travailles à bord d'un bateau avec des centaines de passagers et un équipage conséquent ! C'est plutôt contradictoire… en apparence, ajouta Sophie. On peut se sentir tellement seuls alors qu'il y a foule autour de nous.

— Exactement.

Sophie avait dû comprendre ce qu'il ressentait parce qu'elle vivait la même situation.

— En tout cas, reprit-elle, ce soir, j'ai passé un excellent moment en ta compagnie.

— Moi aussi.

Elle lui souriait. Derrière la jeune femme, la mer reflétait la lune à l'infini. Une légère bouffée de parfum vanillé parvint de nouveau aux narines de Luciano.

— On pourrait recommencer ? proposa-t-il, conscient du trouble qui l'envahissait.

Un frissonnement léger, délicieux… Du désir… Oui, c'était du désir qu'il éprouvait à cet instant. Il avait envie de prendre Sophie dans ses bras et de la serrer contre lui, de goûter le grain de sa peau, de découvrir la texture de ses lèvres.

Cela ne lui était pas arrivé une seule fois depuis Renata. Jamais. Les femmes le laissaient indifférent, comme si une partie de lui-même s'était refermée et détourné du sel de la vie.

Mais là, tout à coup, face à Sophie, Luciano sentait un nouvel élan l'animer, une pulsion irrésistible.

— Pourquoi pas ? Mais tu es très occupé, tu travailles à bord, alors que moi, je suis en vacances, répondit-elle simplement.

— On trouvera bien l'occasion... Si on le veut...

— Oui, si on le veut, bien sûr...

Luciano se rendit compte qu'à chaque mot qu'ils prononçaient, ils se rapprochaient progressivement l'un de l'autre. Il tendit une main vers Sophie, lui caressa doucement le visage.

— Ce n'est peut-être pas une très bonne idée, murmura-t-elle.

— Peut-être pas... Mais ça m'est égal, au fond.

— Je suis bien d'accord.

Elle sourit, l'invitant silencieusement à poursuivre. Alors il s'avança encore vers elle, l'enlaça et s'empara de ses lèvres.

D'une seconde à l'autre, elle se réveillerait.

Oui, ce devait être un rêve... Un rêve merveilleux et insensé. Sinon, comment expliquer qu'elle se retrouvait à cet endroit, au clair de lune, dans les bras d'un bel Italien qui l'embrassait passionnément...

La chaleur des mains de Luciano sur ses épaules faisait écho à l'excitation qui se coulait en elle comme de la lave en fusion. Il avait la langue douce mais insistante, et leurs baisers devinrent vite profonds, voluptueux, à couper le souffle. Luciano lui enserra la taille tandis qu'elle s'appuyait au bastingage, et ils s'embrassèrent encore, éperdument, oubliant tout autour d'eux.

— Allez, les amoureux ! Profitez-en ! lança soudain une voix d'homme ivre.

— Vive l'amour ! renchérit un autre.

Sophie s'écarta de Luciano et détourna vivement le visage, espérant que dans l'obscurité, on ne les reconnaîtrait pas.

— Partons d'ici, marmonna Luciano en lui prenant la main. Viens.

Il la conduisit rapidement vers un escalier menant vers le pont inférieur, puis ils empruntèrent un couloir qui longeait différents espaces ludiques, encore pleins de monde à cette heure. Salles de jeux, salon de dégustation de vins et spiritueux, restaurants ouverts toute la nuit... On ne risquait pas de s'ennuyer à bord. Mais Sophie voulait juste retrouver le calme de sa cabine...

Où peut-être elle inviterait Luciano.

Ils y parvinrent peu de temps après, heureux l'un et l'autre d'échapper aux regards curieux.

— Je suis désolé, dit-il. Je pensais qu'on serait tranquilles, mais sur un bateau, on finit toujours par rencontrer quelqu'un... Surtout quand on ne veut pas être vus, comme un fait exprès !

— Exactement. Ne t'inquiète pas, je ne t'en veux pas... J'étais consentante, ajouta Sophie en le regardant dans les yeux.

Elle y perçut autant d'hésitation que de désir. Pas plus qu'elle, il n'avait envie d'arrêter la soirée maintenant.

— Tu veux entrer ? proposa-t-elle en ouvrant la porte.

— Si tu es d'accord, oui, sans hésitation, murmura-t-il, une main posée sur l'épaule de Sophie.

Elle avait l'impression que les doigts de Luciano lui brûlaient délicieusement la peau.

— Alors viens...

Dès qu'ils furent à l'intérieur, elle se tourna vers lui et il s'empara de sa bouche.

— *Amore...*, murmura-t-il. Tu es si belle...

Il l'étreignit passionnément ; la guida jusqu'au lit. Enlacés, fébriles, ils se dévêtirent sans cesser de s'embrasser. La robe de Sophie atterrit sur le sol, à côté du polo de Luciano. Bientôt nue, Sophie fut de nouveau gagnée par une incroyable sensation d'irréalité. Mais elle cessa vite de s'interroger, inondée de plaisir tandis que Luciano la caressait partout, sur les seins, le ventre, le creux des reins, et plus bas encore, plus audacieux et gourmand, traçant une ligne invisible du bout des doigts.

Les yeux mi-clos, Sophie s'abandonna au désir qui l'enveloppait, vaguement consciente des légers roulis du bateau. C'était si bon de se laisser aller... Les baisers de Luciano devenaient de plus en plus ardents, et elle y répondait avec la même ardeur, lovée, serrée, enivrée. Quand leurs corps s'unirent tout naturellement, elle laissa échapper un premier cri et ferma les paupières, les mains sur les épaules robustes de Luciano. Puis elle fut transportée par une vague de jouissance… et oublia tout.

# 10

*Je veux rester dans ce cocon… Cette bulle amoureuse d'une romance de vacances où tout est possible*, songea Sophie, blottie contre Luciano.

À travers le hublot, les rayons de la lune éclairaient la cabine de reflets argentés, et une douce musique s'élevait des enceintes. L'atmosphère était si sereine, l'ambiance tellement romantique ! Elle voulait profiter de chaque minute, chaque seconde de cette parenthèse enchantée, ô combien inattendue.

— On est si bien, soupira-t-elle.

— Oui, *cara mia*. Ça faisait longtemps que ça ne m'était pas arrivé…

— Je croyais même ne plus jamais vivre ce genre de moments.

Sophie garda de nouveau le silence, savourant le calme et la parfaite sensualité de cet instant. Elle se sentait comblée, peu à peu gagnée par une délicieuse plénitude. De façon étonnante, alors qu'ils se connaissaient si peu, leurs souffles, leurs corps, leurs rythmes naturels s'étaient spontanément mis au diapason.

— La vie nous réserve toujours des surprises heureuses, et très souvent quand on ne s'y attend plus, dit-elle finalement en se serrant contre Luciano.

Il l'enlaça et la fit rouler sur le dos, puis il se glissa au-dessus d'elle, et lui saisit les mains au-dessus de la tête.

— Un sacré imprévu, oui. En fait, *Sophia*, j'ai l'impression que tu m'as envoûté. Depuis que je t'ai rencontrée sur ce bateau, je pense tout le temps à toi. Ce n'est pas juste du désir…

Il la regardait dans les yeux, une expression intense sur le visage, comme s'il ne comprenait pas ce qui se jouait en lui.

— Ne nous posons pas trop de questions. Vivons l'instant présent, dit-elle, le cœur battant, consciente de l'envie qui les envahissait de nouveau.

— Tu as raison. Grâce à toi, je me sens de nouveau pleinement en vie. Merci, *mi amore*...

Il déposa un doux et tendre baiser sur les lèvres de Sophie, puis il l'embrassa plus passionnément. Lorsque leurs corps s'unirent encore, Sophie eut la sensation qu'ils se fondaient l'un dans l'autre, si naturellement, si délicieusement... Comment faire pour que cela ne cesse jamais ?

Mais entre eux, il s'agissait d'une aventure sans lendemain, elle le savait. Il ne fallait pas qu'elle espère autre chose. Mieux valait qu'elle en profite pleinement, ainsi qu'elle l'avait suggéré elle-même à Luciano, comme si c'était la dernière fois.

Les yeux clos, elle s'arqua contre Luciano pour mieux l'accueillir en elle, et se laissa porter par des vagues de plaisir de plus en plus puissantes qui balayaient pensées et doutes.

Luciano avait oublié ce que c'était que de se réveiller à côté de quelqu'un. Désorienté, il se demanda d'abord pourquoi il avait si chaud et pourquoi il ne pouvait pas bouger comme il le voulait...

Puis il ouvrit les yeux et vit le corps nu de Sophie lovée contre le sien.

Une vive émotion l'envahit. La jeune femme était si surprenante... et attachante ! Une fraction de seconde, il réalisa qu'il pourrait s'habituer à percevoir son souffle léger contre sa peau, et à sa main fine posée sur son ventre. Il se sentait à l'aise avec Sophie... Rassuré ; tranquillisé. Elle le comprenait. Grâce à elle, à sa gentillesse, à sa simplicité, il avait réussi à ouvrir de nouveau son cœur...

Seulement quelques jours auparavant, il n'aurait jamais cru être capable de vivre cela. Il n'oublierait jamais Renata, bien sûr que non, mais sa rencontre avec Sophie lui prouvait qu'il pouvait peut-être continuer à avancer sur le chemin de la vie et essayer d'être de nouveau heureux.

Luciano se tourna doucement de manière à regarder la jeune femme. Elle somnolait, la tête posée sur son torse, ignorant tout des révélations qui se déroulaient en lui et le désorientaient. En une nuit, elle lui avait ouvert un éventail de possibles, l'éloignant du chagrin qui vivait en lui depuis si longtemps. Il aurait presque pu en oublier pourquoi il s'était engagé sur le *Liberty*.

C'était un instant de bonheur pur...

Un bonheur éphémère.

Bientôt, ils se sépareraient.

Attristé à cette pensée, Luciano lui caressa ses cheveux soyeux. Elle remua un peu puis entrouvrit les yeux.

— Tout va bien ? murmura-t-elle en laissant courir ses doigts le long des épaules de Luciano.

Il frissonna, luttant contre l'envie de plonger encore une fois dans le plaisir et un sommeil bienheureux.

— Oui, mais je vais devoir retourner dans ma propre cabine, *mia cara,* rappela-t-il à regret.

— Maintenant ? Il fait encore nuit...

— Justement, c'est parfait. Je ne veux pas risquer d'être vu sortant d'ici au petit matin.

— Question de réputation ? Je ne suis qu'une passagère !

— Non, c'est une question d'éthique. Je suis médecin à bord et je dois respecter un règlement intérieur : les membres de l'équipage s'engagent à avoir une attitude irréprochable, qu'on soit célibataire ou marié. La discrétion est de rigueur.

Sophie laissa échapper un petit rire et se redressa pour s'étirer. Luciano admira la ligne de ses épaules, son dos mince, sa taille étroite et fine. Ses longs cheveux retombaient en cascades. La douce morsure du désir l'envahit de nouveau. Cette femme lui plaisait tellement... Et il savait que bientôt, il ne la reverrait malheureusement plus. Dès que la croisière serait terminée, ils se diraient au revoir et leurs chemins se sépareraient.

— Mais puisque je suis encore ici, *mia cara*, je veux savourer chaque seconde en ta compagnie. Viens contre moi...

Il l'attira dans ses bras et l'embrassa sur la nuque, se délectant de la douceur de la peau de Sophie. Elle exhalait un parfum de vanille, merveilleusement sucré et envoûtant.

— Je croyais que tu devais retourner dans ta cabine, dit-elle en pivotant vers lui.

— Oui, je vais y aller, mais avant…

Il s'interrompit pour s'emparer de ses lèvres avec gourmandise.

Ils avaient encore fait l'amour, insatiables.

À chaque étreinte, Sophie avait éprouvé un plaisir intense. Entre Luciano et elle, l'accord était… parfait. Leurs sensualités se répondaient de manière fluide, sans gêne aucune, comme s'ils étaient amants depuis longtemps. C'était surprenant…

Et addictif.

Elle aurait vraiment aimé poursuivre cette relation.

Elle aurait voulu qu'ils se revoient une fois la croisière terminée, mais Luciano embarquerait vraisemblablement à bord d'un autre bateau de la même compagnie italienne, et il repartirait pour un long voyage…

Et peut-être rencontrerait-il une autre femme célibataire. Il était tellement séduisant ! Maintenant qu'il s'était rendu compte qu'en vérité, il avait envie de passer du bon temps, il en profiterait probablement !

Sophie ferma brièvement les yeux. Elle était seule à présent, Luciano avait regagné sa cabine. Elle avait peu dormi mais elle éprouvait un tel bien-être… Tout le plaisir qu'elle avait partagé avec lui continuait à se diffuser lentement en elle. Nul doute qu'à cet instant, son corps sécrétait l'hormone du bonheur en abondance !

Heureusement, elle aurait encore l'occasion d'être en compagnie de Luciano durant les jours suivants. Ils avaient prévu de se revoir dès que possible, peut-être même lors de l'escale suivante, en France. Elle avait hâte d'y être, mais elle se préparait également à être déçue au cas où Luciano ne pourrait pas se joindre à elle. Rien n'était simple à organiser dans la vie personnelle de Luciano à cause de son poste de médecin. Malgré tout, il lui avait promis de tout tenter pour se libérer.

— Je veux profiter de nous, *mia cara,* Dieu seul sait ce que l'avenir nous réserve, et j'ai l'impression de recevoir un cadeau de la vie en ta compagnie, avait-il affirmé avec son si bel accent italien.

Il l'avait enlacée, charmée…

Conquise.

Sophie sourit en songeant soudain à Edith. Celle-ci se réjouirait en apprenant la nouvelle ! Elle avait tant souhaité que Sophie puisse se changer les idées et vivre de nouveau en s'amusant pleinement « comme une jeune femme de ton âge » avait-elle insisté. *Eh bien, c'est chose faite,* pensa Sophie. Et une chose était sûre : elle ne pensait plus du tout à Ryan.

# 11

Aujourd'hui, ils faisaient escale à Cannes. Sophie n'était jamais allée en France, et elle se réjouissait de visiter le pays le plus romantique au monde en compagnie de Luciano. Sauf qu'il travaillait, évidemment. À quai, il dut superviser les transferts de quelques patients vers l'hôpital le plus proche, principalement des victimes de la déferlante qui avait tout balayé sur le pont supérieur.

Certes, Sophie aurait pu partir en excursion seule, mais spontanément, elle avait préféré attendre qu'il la rejoigne. C'était étrange de constater qu'en si peu de temps, elle agissait comme s'ils formaient un couple...

Ce n'était pas forcément une bonne chose.

D'ici la fin de semaine, elle repartirait dans le Kent, en Angleterre. Cette croisière était censée l'aider à se retrouver, elle, à se vivifier mentalement, pas à se sentir attirée dans les bras d'un homme qu'elle ne reverrait plus ! Edith serait ravie d'apprendre qu'elle avait eu une liaison à bord, mais pour sa part, elle devait garder les pieds sur terre.

Sophie jeta un coup d'œil autour d'elle. Sous un ciel bleu azur, des vendeurs se tenaient çà et là sur la célèbre Croisette, proposant de ravissants chapeaux, d'élégants sacs à main ou des foulards multicolores. Elle venait de se choisir une capeline ivoire qui la protégerait du soleil matinal ; une coiffe qui, sans nul doute, ajouterait une note très « côte d'Azur » à sa tenue.

Luciano insista pour lui en faire cadeau, et elle accepta de bon cœur.

Quelques instants plus tard, ils se dirigèrent vers le front de mer. Avec sa robe trapèze bleu turquoise, ses lunettes de soleil aux montures noire et blanche et son joli chapeau, Sophie s'imagina un bref instant dans la peau de la star américaine Audrey Hepburn… Quant à Luciano, il avait si belle allure qu'il ressemblait à un play-boy de Hollywood des années 1950, un Cary Grant ou un Gregory Peck…

Luciano resterait un magnifique souvenir…

Leur nuit passionnée serait gravée dans l'esprit de Sophie pendant longtemps ! De même, les autres étreintes qu'ils partageraient, s'ils s'accordaient d'autres parenthèses.

Cependant, quoi qu'il advienne, la prudence serait de mise. Hors de question de répéter l'erreur qui l'avait poussée à s'engager trop rapidement avec Ryan. Elle savait ce que Luciano avait vécu, elle avait compris qu'il était encore endeuillé et qu'il avait surtout besoin de se changer les idées… *Comme moi,* s'avoua-t-elle.

Aux yeux de Luciano, elle représentait une simple distraction excitante, momentanée. Par la suite, lorsqu'il aurait surmonté le chagrin et la tristesse qu'il continuait d'éprouver, il chercherait certainement à remplacer la femme qu'il avait perdue et à fonder la famille qu'il n'avait pas pu avoir avec sa défunte épouse. Ce ne serait pas avec elle !

Malgré tout, Sophie pressentait déjà que dire au revoir à Luciano ne lui serait pas aisé. Retourner en Angleterre la démoralisait d'avance. Elle aurait tant voulu que ces instants de flânerie insouciante en compagnie de Luciano s'éternisent…

— C'est un tout autre monde ici, n'est-ce pas ? Il y a beaucoup de gens riches, commenta Luciano.

Sophie contempla les voitures de sport et les luxueuses limousines garées non loin. Les passants qu'ils croisaient étaient tous habillés de manière originale et chic.

— Oh oui, ça se voit… Cette ville qui accueille le célébrissime festival de Cannes est aussi un lieu éminemment touristique. Heureuse de la découvrir avec toi !

Luciano lui lança un coup d'œil amusé.

— Pour tout te dire, je préfère les lieux moins peuplés de la côte méditerranéenne. Les baies tranquilles bordées de sable chaud, où il est possible de s'allonger et rêver.

— Rêver ? On peut rêver partout, même en marchant comme maintenant, ou en découvrant d'autres lieux, d'autres pays...

— Je te comprends, adorable nomade.

Luciano s'arrêta pour la serrer dans ses bras.

— Car tu es nomade dans l'âme... Et en vrai, n'est-ce pas ?

— Je l'ai été, oui, à une époque...

Sophie se mit à rire, touchée qu'il se rappelle les confidences qu'elle lui avait faites.

— Dorénavant, je voyage de nouveau, et j'espère bien continuer.

Sur ces mots, elle se dressa sur la pointe des pieds et lui effleura les lèvres. Il sourit, lui ôta ses lunettes de soleil pour la regarder dans les yeux, et déposa un baiser sur son front.

Il avait l'air heureux, libéré de ses obligations à bord du *Liberty*. Personne ne les remarquait, et c'était très bien ainsi.

— Allons visiter les rues des alentours, proposa-t-il. Peut-être que nous tomberons sur un tournage de cinéma quelque part !

— Qui sait... Il y a un parc de l'autre côté de la route. On pourrait couper par-là, indiqua Sophie.

Quittant la Croisette, ils se dirigèrent vers cette petite oasis de palmiers du centre-ville. Ils franchirent un portail noir de fer forgé, et Sophie eut alors l'impression de pénétrer dans un autre monde. Sous les hauts palmiers, l'atmosphère ombragée était si paisible, loin des tumultes de la station balnéaire. Même Luciano semblait impressionné.

— Et si on s'asseyait ? suggéra-t-il. Un peu de *farniente* ?

— Bonne idée !

Ils s'installèrent sur un banc et, tout naturellement, Sophie se blottit contre Luciano. Il sentait bon, sa carrure était si rassurante... Elle aurait pu facilement imaginer qu'ils étaient un vrai couple... Mais non, ce serait une grave illusion, à vite chasser de son esprit.

Sur la pelouse en face d'eux, un petit groupe pratiquait le

yoga sur l'herbe. En les regardant, elle songea qu'elle devrait peut-être s'inscrire à un cours similaire quand elle serait de retour en Angleterre. Elle travaillait debout la journée entière, et avait souvent besoin de se détendre, de respirer profondément... Seulement voilà, elle manquait de temps, ou de courage pour s'occuper d'elle...

Mais ça changerait.

Elle voulait que les choses évoluent dans sa vie.

Fermant brièvement les yeux, Sophie savoura la caresse du soleil sur sa peau. Près d'elle, Luciano gardait le silence. Il avait juste posé une main tendre sur le genou de Sophie.

Brusquement, un vacarme assourdissant provenant de l'autre côté du square les fit sursauter. Il y eut des coups de frein, un bruit de klaxon et des cris de détresse.

Luciano se leva d'un bond, et Sophie en fit autant. Ils échangèrent un regard et, dans un même mouvement, coururent hors du parc pour voir ce qui s'était passé.

Un homme gisait sur la chaussée, sur le passage piéton. Une voiture était arrêtée devant lui ; des curieux commençaient déjà à se rassembler.

— Laissez-moi passer, je suis médecin ! s'écria Luciano.

— Il a été renversé par un chauffard, dit quelqu'un en désignant la victime. Mais on a pu photographier la plaque d'immatriculation !

Luciano se précipita près du blessé. Ce dernier, sans connaissance, avait un certain âge. Il était pâle, du sang maculait son front et son pantalon était déchiré au niveau du mollet droit. S'agenouillant auprès du vieil homme, Sophie remarqua que la partie inférieure de la jambe était contusionnée et enflée. La cheville semblait tordue de manière inquiétante.

Pendant que Luciano prenait le pouls de la victime, elle se chargea de soulager la douleur que leur patient devait éprouver, même évanoui.

— J'ai besoin de tissus épais et de ceintures ou de sangles ! demanda-t-elle à la cantonade. Et appelez vite une ambulance !

Luciano lui lança un coup d'œil reconnaissant, puis il reporta son attention sur la victime.

On ne tarda pas à leur apporter des serviettes de plage, que Sophie utilisa pour créer une protection rembourrée sous la jambe du blessé. L'os n'avait pas percé la peau, il y avait donc moins de risque d'infection ; seules des radiographies confirmeraient l'emplacement et la gravité de la fracture.

De son côté, Luciano traitait la blessure que l'homme présentait à la tête.

En tenant la main de la victime, Sophie se dit que tous deux formaient de nouveau une bonne équipe. Sans parler, ils agissaient de façon efficace. Cela faisait vraiment chaud au cœur. En d'autres circonstances, auraient-ils poursuivi leur collaboration ? Elle ne le saurait sans doute jamais…

Luciano était soulagé que Sophie soit là pour l'aider. Ignorant les curieux qui formaient un cercle autour d'eux, il pouvait se concentrer sur l'état du blessé et noter les détails indispensables qu'il communiquerait aux secours. Ceux-ci ne devraient plus tarder.

La victime venait justement d'entrouvrir les paupières.

— Où suis-je ?

L'homme essaya de bouger.

— Restez tranquille, s'il vous plaît. Vous venez d'avoir un accident, expliqua Luciano.

Sophie se pencha, un sourire rassurant aux lèvres.

— Je m'appelle Sophie, je suis infirmière, et Luciano est médecin. On était dans le coin… Et on s'occupe de vous en attendant l'ambulance.

— L'ambulance ? Je ne veux pas d'ambulance ! protesta le vieux monsieur en essayant de se lever.

Il esquissa aussitôt une grimace de douleur.

— Vous avez été blessé à la jambe et à la tête, dit Luciano. Il va falloir que vous passiez des examens rapidement, un scanner très probablement, à l'hôpital le plus proche.

En parlant, il remarqua que du sang perlait au bout du nez du vieil homme, et dans les oreilles. C'était le signe d'un traumatisme sérieux. Il fallait absolument l'empêcher de s'agiter.

— Comment vous appelez-vous ? demanda-t-il.

— Charles. Et je veux me lever ! s'exclama le vieux monsieur avec une vigueur étonnante.

Il repoussa Sophie qui, agenouillée auprès de lui, fut déséquilibrée. Laissant échapper un petit cri de surprise, la jeune femme se releva.

— Faites attention, gronda gentiment Luciano en regardant Charles.

— Ce n'est pas grave, assura Sophie. Charles ne l'a pas fait exprès.

La bienveillance dont elle faisait preuve intensifia encore l'admiration que Luciano ressentait pour elle.

— Non, bien sûr, mais je préfère que Charles soit attentif.

Sophie acquiesça en silence, l'air préoccupée. Sans doute se demandait-elle quand les secours arriveraient...

Autour d'eux, les badauds commençaient à s'éloigner. Quelques instants plus tard, une sirène se fit enfin entendre au loin. Luciano échangea un bref coup d'œil avec la jeune femme. La victime serait prise en charge, et de leur côté, Sophie et lui pourraient poursuivre leur journée. Ils n'auraient plus qu'à flâner et à profiter enfin l'un de l'autre, autant que possible.

— Ça va ? demanda-t-elle.

Luciano sourit.

— Oui, très bien. On va se promener ?

# 12

— Qu'est-ce que tu aimerais faire avant qu'on retourne à bord ? demanda Luciano. Nous avons deux heures devant nous. On embarque au plus tard à 14 heures.

Sophie inspira l'air marin, savourant la liberté qui s'offrait enfin à eux. L'ambulance venait de s'éloigner, les curieux étaient partis, et tout redevenait calme près du parc arboré où ils s'étaient promenés. À leur droite s'étendait la Croisette et, au-delà, la Méditerranée scintillait sous le soleil. À gauche se dressait une succession d'hôtels de luxe réservés aux personnes fortunées et aux stars de toutes sortes. Il était bientôt midi mais elle avait l'impression qu'il était bien plus tard tant elle se sentait éprouvée par l'opération de secours qu'ils venaient de réaliser.

— Je rêverais d'aller sur une île déserte, dit-elle sur le ton de la plaisanterie. Pour être franche, je suis un peu fatiguée.

— Je te comprends. On devait se détendre, faire du tourisme, au lieu de quoi on a aidé un pauvre homme qui venait d'être renversé par une voiture. J'espère qu'on retrouvera le chauffard, ajouta Luciano.

— Moi aussi. Quelqu'un nous a assuré qu'il avait pris la plaque d'immatriculation en photo. Ce sera utile pour l'enquête…

— Oui. Mais pour l'instant, oublions tout ça.

Luciano glissa une main sous le bras de Sophie, et d'un accord tacite, ils se dirigèrent vers la plage. Sophie apprécia l'ombre bienfaisante créée autour de son visage par les rebords de sa capeline.

— J'ai soif... et faim, avoua-t-elle alors qu'ils passaient devant un stand qui vendait boissons et sandwichs.

— Achetons de quoi pique-niquer, et trouvons-nous un coin tranquille, suggéra Luciano. Sauf que dans cette ville, c'est difficile. Il y a du monde partout.

— C'est une véritable fourmilière, renchérit Sophie en jetant un coup d'œil circulaire.

Ils choisirent des salades à emporter, des sodas frais, et retournèrent en direction du même square planté de palmiers où ils s'étaient rendus auparavant.

— C'est peut-être le meilleur endroit pour le moment, admit Sophie en s'asseyant sur un banc. Je n'ai plus envie de marcher, ni de faire du tourisme. Je préfère me poser ici... Ah, les adeptes de yoga ne sont plus là, poursuivit-elle en désignant la pelouse où un groupe pratiquait des postures un peu plus tôt.

— Ils ont dû finir leur séance, ou ils ont été perturbés par ce qui s'est produit. Le lieu n'était plus très zen.

Sophie regarda Luciano et sourit. Il observait les alentours, l'air songeur et détendu. Comme il lui semblait différent de l'homme qu'elle avait rencontré sur le *Liberty* ! Au premier abord, elle l'avait trouvé arrogant, presque antipathique. Et pourtant...

Sentant son regard, il se tourna vers elle et, lentement, se rapprocha, l'air malicieux tout à coup.

— Pardonne mon audace, *Sophia*, j'aimerais juste être plus près de toi.

Elle se mit à rire et appuya la tête sur l'épaule de Luciano. Il lui prit la main et la caressa délicatement ; un frôlement répété, comme s'il lui passait un pinceau sur la peau. Sophie frissonna, soudain envahie d'images érotiques. Le souvenir de leur nuit torride emplissait sa mémoire...

— Qui aurait cru qu'on se retrouverait ici, toi et moi, tels deux amis... et même plus, murmura-t-elle.

— Oui, bien plus que des amis.

Luciano lui caressa la joue.

— C'est la magie de la vie, *mia cara*. Grâce à toi, je sais que je suis pleinement vivant.

— Tu en doutais vraiment ?

— Hélas, oui. J'avais la sensation d'être... anesthésié. J'avais aussi la conviction qu'aucune femme ne me plairait plus jamais. Mais je me trompais.

Il déposa un tendre baiser sur sa bouche.

— Je ne te connais pas depuis longtemps, et pourtant, c'est comme si nous avions toujours été ensemble, pas vrai ?

Elle hésita. Elle partageait ce sentiment, mais était-ce raisonnable de l'avouer ? Bientôt, ils se quitteraient pour toujours.

— C'est sûrement parce que nos désirs se répondent. Je me sens bien dans tes bras...

— Et j'aime te tenir contre moi, ajouta Luciano en glissant une main autour des épaules de Sophie.

Elle se blottit, tourna la tête vers lui et lui offrit ses lèvres. Luciano l'embrassa longuement, profondément, puis il la regarda dans les yeux. Ses prunelles de jais, envoûtantes, évoquaient du velours soyeux.

— Oh ! oui, tout en moi se réveille, avoua-t-il tout bas. Si seulement j'avais pu imaginer un tel changement ! C'est ce qui est magnifique dans la vie... On ne peut jamais prévoir ce qui va arriver !

Il l'enlaça encore, longuement, avec une telle tendresse qu'elle ferma les yeux.

— Je te rends visite dans ta cabine ce soir ? lui chuchota-t-il à l'oreille.

— Tu vas enfreindre le règlement ? dit Sophie, consciente que son pouls s'accélérait

Il se mit à rire.

— Je me débrouillerai pour être très discret. Si tu es d'accord, bien sûr.

— Tu en doutes ?

Luciano sourit.

— Si tu me donnes la permission, *Sophia bellissima*, je viendrai frapper à ta porte après minuit, quand je ne serai plus de garde.

— Je t'attendrai.

— *Fantastico*. Je suis gourmand de toi... Et je meurs de faim !

— Eh bien, mangeons, dit Sophie, amusée, en déballant les sandwichs.

Cette nuit-là, Sophie découvrit qu'elle était capable d'aller au bout de ses désirs. Dans les bras de Luciano, elle se donna encore et encore, sans réserve ni retenue, à en crier de plaisir. Mais au petit matin, quand il s'en alla aussi discrètement qu'il était venu, elle ressentit de la déception, et même une certaine tristesse.

Ce n'était pas ce qu'elle voulait...

Non, pas du tout.

Devenir la maîtresse d'un séduisant médecin à bord d'un bateau de croisière, juste pour quelques heures, ce n'était ni gratifiant, ni épanouissant. Même si elle se sentait libérée comme jamais avec Luciano. Même si leurs corps étaient au diapason. Même s'il était romantique à souhait. En faisant l'amour, il lui avait donné toutes sortes de petits noms en italien, charmants, délicieux... Sophie s'était abandonnée, conquise.

Toutefois, le réveil était brutal.

Jetant un coup d'œil dans le miroir de la petite salle de bains, Sophie vit le visage d'une femme décoiffée, aux joues rosies par des étreintes passionnées, mais dont le regard était dénué de joie.

Elle savait très bien pourquoi...

Elle s'était fait une promesse en embarquant sur le *Liberty* avec Edith. Son but était de retrouver sa dignité, sa fierté, en faisant tout pour oublier la trahison de Ryan, et en restant libre, sans attache, sans regrets. Elle s'était fixé, comme objectif premier, de veiller sur Edith. En s'occupant de la vieille dame, elle avait un rôle, une mission... Et durant son temps libre, elle se serait livrée à des passe-temps ludiques comme bon nombre des passagers. Nager, lire, bronzer... Dormir... Bavarder avec les uns et les autres...

Et la croisière se serait déroulée ainsi, sans réelle surprise, mais très agréablement. *Sauf que je me serais ennuyée à mourir*, songea-t-elle.

Comment nier l'évidence ? Au fond d'elle-même, elle avait

envie d'autre chose. Elle adorait les aventures... Elle aimait les voyages, l'inconnu...

Et les lèvres chaudes de Luciano sur les siennes.

Quand se reverraient-ils ? Il ne lui avait rien dit avant de partir... Sans doute parce que cette nuit avait été la dernière. N'était-ce pas ce qu'elle voulait ? Elle désirait plus que tout rester libre et voyager, n'est-ce pas ?

Sophie pivota sur elle-même pour regarder la mer à travers le hublot.

*Savoure ta liberté...*, lui souffla une petite voix intérieure. Ce qu'elle venait de vivre avec Luciano appartiendrait bientôt au lot de beaux souvenirs qu'elle rapporterait en Angleterre, et ce serait parfait ainsi. Au moins serait-elle en accord avec elle-même.

# 13

Palma, sur l'île de Majorque, était leur dernière escale avant Barcelone, d'où Sophie s'envolerait pour l'Angleterre.

Cette sortie ne la rendit pas aussi joyeuse que les précédentes car elle l'effectua seule.

Elle aurait préféré ne pas penser à Luciano... Ne pas regretter qu'il ne fût pas avec elle...

Mais il travaillait.

Tout en marchant le long du port, Sophie admira les villas aux façades blanches, les bateaux amarrés dont les mâts cliquetaient sous la brise, les palmiers verdoyants. C'était beau, et bien plus paisible que Cannes...

Moins excitant aussi... Parce qu'elle n'était pas en compagnie de Luciano.

Elle réalisa subitement qu'il lui manquait. Ils s'étaient aimés durant cette nuit, embrassés, enlacés, puis ils s'étaient quittés, et elle croyait que cela la soulagerait puisqu'elle ne voulait aucune attache, aussi brève fût-elle.

Ce n'était pas le cas.

*Et si j'allais le rejoindre sur le bateau ?* se dit-elle. À cette idée, son cœur se mit à battre plus vite. Bon, elle serait en totale contradiction avec la résolution qu'elle avait prise... Et alors ? La croisière n'était pas terminée, elle avait donc le droit de continuer à s'amuser !

Ce ne serait pas un engagement, mais simplement une

prolongation de leur liaison. Au nom du plaisir, et de l'étonnante complicité sensuelle qu'elle partageait avec Luciano.

Un tel projet serait impétueux et risqué…

Ce serait tout à fait digne de Sophie, l'ancienne Sophie, avant qu'elle ne se compromette, par amour, avec Ryan.

Sophie regarda autour d'elle. À deux pas se dressait une cathédrale à l'architecture splendide. Elle aurait vraiment préféré découvrir ce haut lieu de culte avec Luciano…

Mieux valait qu'elle cesse de penser à lui, et qu'elle chasse ses fantasmes. *Rien de tel qu'un peu de shopping*, décida-t-elle en faisant demi-tour.

Elle se dirigea vers le centre-ville. Les rues étroites abritaient des dizaines de boutiques espagnoles traditionnelles, parfaites pour découvrir l'artisanat local. Poursuivant son exploration, elle tomba sur d'imposants magasins de créateurs, bijoutiers et ébénistes de luxe. Elle en admira les vitrines sans pour autant franchir le seuil de ces commerces. Elle préférait les endroits plus simples.

Lorsqu'elle eut fini d'arpenter la ville, elle marcha en direction de la marina. Elle avait besoin de faire le plein d'énergie avant de poursuivre la journée… Elle s'installa à la terrasse d'un café qui surplombait la promenade le long de la plage. De ce lieu, elle jouissait aussi d'un panorama complet sur la ville. Ravie, elle commanda rapidement à une serveuse souriante.

— *Café con leche, por favor.*

Par ces quelques mots, qu'elle prononçait avec un fort accent anglais, Sophie espérait montrer qu'elle appréciait son séjour et la langue du pays. Son effort fut récompensé car son café fut servi agrémenté gratuitement d'une pâtisserie saupoudrée de sucre glace.

— *Muchas gracias !*

— Excusez-moi, cette chaise est libre ? demanda soudain une voix d'homme derrière elle.

Sophie sentit son cœur faire un bond dans sa poitrine.

Elle avait tout de suite reconnu le timbre chaleureux et les intonations chantantes.

— *Buongiorno* !

— *Buenos dias, señorita*, répondit Luciano en espagnol, une étincelle taquine au fond des yeux. Mais tu m'as joliment dit bonjour en italien. *Grazie.*

— *De nada*, répliqua-t-elle, amusée. Que fais-tu ici ? Je croyais que tu travaillais.

— J'ai eu droit à une pause.

Luciano l'embrassa au coin des lèvres avant de s'asseoir. Jetant un coup d'œil au gâteau qu'elle avait commencé à goûter, il sourit.

— Je vois que tu te gâtes. Tu as bien raison. J'aurais voulu être avec toi pour que ce moment soit encore plus gourmand...

— La gourmandise te perdra, rétorqua-t-elle en abaissant ses lunettes de soleil pour lui décocher une œillade qu'elle voulait coquine.

À la seule évocation de leurs étreintes passionnées et secrètes, l'excitation affleurait de nouveau sur les parties de son corps que Luciano l'avait aidée à redécouvrir.

Il se mit à rire.

— Je crois que je peux te retourner ce compliment... Si c'est un compliment.

— C'en est un.

— Alors on se comprend, toi et moi, dit-il en soutenant le regard de Sophie.

Elle sentit son pouls s'accélérer.

— Donc tu es en pause ?

— Pour le déjeuner. Je te cherchais, ajouta Luciano. Je voulais te retrouver et te parler. Franchement, *bella*, je pense beaucoup à toi.

Sophie s'efforça de maîtriser l'émotion que ces simples mots provoquaient en elle. Si elle restait dans les pensées de Luciano, c'était réconfortant malgré tout. Même si, entre eux, ce n'était qu'une passade.

— Moi aussi, je pense beaucoup à toi, confia-t-elle. Après la nuit d'hier, difficile de faire autrement...

— Je suis d'accord.

Luciano gardait les yeux rivés sur elle, pensif, un léger sourire aux lèvres. Il l'examinait ouvertement ; tranquillement.

Tout se laissant ainsi observer, Sophie songea alors qu'elle serait capable de tordre le cou à ses projets personnels pour suivre Luciano de bateau en bateau dans des eaux inconnues... Et bizarrement, elle avait l'impression qu'elle serait la bienvenue auprès de lui. Il l'avait acceptée... Il l'accueillait dans ses bras et dans sa vie, elle le sentait.

— C'était si bon, murmura-t-il. Tellement bon.

Elle eut conscience que ses joues rosissaient.

— C'est vrai.

— Si nous étions libres, nous recommencerions...

— Parce qu'il y a une sorte d'attirance irrésistible entre nous, compléta Sophie, consciente du martèlement de son cœur dans sa poitrine.

— Irrésistible... *Magnetico.* Une situation tellement imprévue, n'est-ce pas, *dolcezza*... Je voulais te le dire et savoir si tu partages ce sentiment.

Sophie ébaucha un sourire. Luciano était direct ! Et il se montrait si charmeur... Mais il n'était pas question qu'elle se montre trop séduite. Elle s'était fixé une ligne de conduite. Quoi qu'il advienne entre eux, il n'était pas question qu'elle abandonne de nouveau tout pour un homme.

— D'une certaine manière, oui, avoua-t-elle. Je n'aurais pas passé la nuit avec toi si ce n'était pas le cas. Que dis-je, deux nuits...

— Et peut-être plus ? La croisière n'est pas tout à fait terminée.

Sophie fit signe que oui en espérant dissimuler son trouble. La proposition de Luciano venait faire écho à ce qu'elle pensait et espérait...

— Mais ensuite, quoi qu'il advienne, on se dira au revoir, dit-elle.

Luciano la dévisagea un long moment, l'air étonnamment sérieux tout à coup.

— Justement, c'était ce dont je voulais parler. Voilà pourquoi je tenais à te voir.

Il hésita, commanda un café, puis reprit la parole :

— Peut-être qu'entre nous, *Sophia*, ça continuera après ce voyage, même quand tu seras repartie en Angleterre.

Sophie resta muette, sceptique.

— Nous avons fait l'amour sans protection, *cara mia*. Je n'y ai pensé que tout à l'heure, ce qui est un peu bête de ma part, reprit-il. Je sais qu'il est trop tard pour te poser la question maintenant, mais... prends-tu un contraceptif ?

La gorge soudain nouée, Sophie secoua la tête.

Luciano garda le silence, le regard rivé sur elle.

Elle baissa les yeux, atterrée.

*Pourquoi n'ai-je pas été plus prudente ?*

L'interrogation tourbillonnait à son esprit, cinglante.

Oui, ils avaient été stupides tous les deux... Inconséquents comme des adolescents. Emportée par la romance et la passion, elle avait occulté la réalité et les éventuelles répercussions d'une telle négligence. Aucun des deux n'était ignorant en la matière. Ils auraient dû réfléchir et prendre des précautions. Sauf que l'un et l'autre avaient seulement écouté leurs désirs, et ils avaient agi précipitamment. Le recul ou les excuses n'y changeraient rien. Ils s'étaient amusés tels des invincibles, ils avaient joué avec le feu...

Et ils risquaient fort de s'être brûlés.

— Tu n'es pas plus irresponsable que moi, reprit Luciano sans la quitter du regard. Nous sommes deux adultes, Sophie... Deux adultes avertis. On a le droit à l'erreur... Et il existe la pilule du lendemain.

— Je suis au courant, merci.

Sophie éprouvait un profond malaise, tout à coup. Cette discussion venait mettre un terme définitif au rêve romantique dans lequel elle s'était laissée glisser un peu plus tôt.

— Mais écoute-moi, *carissima*, si jamais, par hasard, tu décidais de ne pas recourir à cette médication radicale, je serais heureux de croire en l'avenir et d'être là auprès de toi. Présent.

Perplexe, elle le contempla.

Elle ne s'était pas attendue à ce genre de paroles... Certainement pas. Elle ne comprenait que trop bien ce que Luciano impliquait.

Jusque-là, elle avait été d'accord pour poursuivre leur liaison, flirter, s'amuser. Mais leurs relations n'étaient pas censées être sérieuses.

*Comment ai-je pu être aussi inconsciente ?* se fustigea-t-elle.

Une grossesse non désirée gâcherait ses projets de voyage en toute liberté. Elle serait obligée de rester dans sa maison du Kent, une région qu'elle voulait fuir…

Elle serait coincée.

Sans se douter de ce qu'elle pensait à cet instant, Luciano poursuivit en souriant d'un air rêveur :

— J'aimerais tant être père un jour, alors si d'aventure, tu étais enceinte, je veux que tu saches que je te soutiendrai. Ce n'est peut-être pas un début idéal pour une relation de couple, ça accélérerait tout, je sais, mais ça nous donnerait une bonne raison de rester ensemble… Et pour moi, ce serait une deuxième chance de fonder une famille.

Sophie resta muette de stupeur. Avait-elle bien entendu ? Luciano avait énoncé son intention de manière totalement sincère. Une lueur joyeuse brillait même dans ses yeux, comme s'il célébrait déjà la naissance future d'un enfant.

Elle sentit une barre d'angoisse lui contracter l'estomac. Ce n'était pas du tout ce qu'elle voulait… Pas du tout. La maternité, elle ne l'envisageait que plus tard, lorsqu'elle aurait assouvi son besoin de découvertes du monde…

— Luciano, même si, dans l'absolu, je te comprends, pour moi, c'est une autre histoire. Je n'ai pas envie de devenir maman maintenant ! Je veux voyager… D'ailleurs, je te l'ai dit, pas vrai ?

— Oui.

Il la regarda, l'air hésitant.

— Mais il fallait que je te parle.

— Eh bien, merci de ta franchise.

Lui, il espérait qu'elle attendrait un bébé parce qu'il souhaitait ardemment être père, sans se soucier de ce qu'elle désirait, elle ! Il n'avait pas précisé qu'il éprouvait des sentiments pour elle. Non, sa seule motivation était la paternité…

C'était parfaitement égoïste.

— Sophie, ne te méprends pas sur moi, dit alors Luciano. Ce matin, quand je t'ai quittée, j'avais le goût de tes baisers sur mes lèvres… Et j'ai beaucoup pensé à toi. Beaucoup.

Il s'interrompit pour boire son café d'un trait.

— J'ai même imaginé que nous aurions pu aller chez moi, en Italie, dans ma famille, et je t'aurais présentée à tout le monde. Puisque j'ai vendu ma maison, et en attendant d'en trouver une autre, on aurait vécu chez mes parents, tu aurais été à l'abri, ma mère t'aurait préparé de bons repas, et tu aurais pu t'occuper de notre bébé…

— Quel programme ! s'exclama Sophie, sidérée. Et ma vie à moi, dans tout ça ? Tu y as réfléchi ?

C'était juste incroyable… Deux nuits ensemble et il envisageait déjà de l'installer dans un cocon loin de tout pour que rien n'arrive à leur bébé imaginaire ? Où était passé le médecin naviguant en quête d'horizons inconnus et épris de liberté ?

Soudain, la sonnette d'alarme retentit si fort à ses oreilles qu'elle en eut mal à la tête.

L'idylle paradisiaque, la romance de rêve menaçait de tourner au cauchemar.

Comment Luciano, qui était un homme avisé, expérimenté, pouvait-il supposer qu'elle adhérerait à un tel projet les yeux fermés ? Manquait-il de psychologie à ce point ?

Glacée en elle-même, Sophie s'appuya au dossier de sa chaise, se plaçant ainsi à distance de lui.

— Luciano, je suis sûr que de nombreuses femmes adoreraient te suivre sur ce chemin de vie… Mais pas moi. Je croyais t'avoir expliqué que j'ai besoin de respirer… J'ai besoin de profiter de l'instant présent. Je ne peux pas me projeter dans ce que tu décris. Et je serais heureuse de connaître ta famille, oui, mais dans un autre but ! Comme une amie, tiens… Une de tes bonnes amies. D'ailleurs, au départ, nous devions rester amis !

— *Sì*. C'est vrai. Mais tu es plus qu'une amie maintenant. Je sais que nous venons juste de nous rencontrer, et c'est exactement pour cette raison que je vois tout si différemment. Est-ce que tu te sens bien avec moi ?

Prise de court, Sophie fut franche.

— Oui, très bien. Sauf quand tu me mets la pression pour…

— Chut !

Luciano lui posa un doigt sur la bouche.

— Je t'ai bien entendue, *carissima*. Tu veux être libre et voyager. Tu pourras toujours le faire ! Avoir un enfant n'empêche pas de vivre ce qu'on veut… Au contraire ! On se sent encore plus épanouis, plus curieux… Sophie, épouse-moi.

— Quoi ?

Elle se leva d'un bond. Le sang bourdonnait à ses tempes. Soit Luciano avait perdu la tête, soit il n'avait strictement compris à ce qu'elle lui avait dit. Une demande en mariage après quelques jours – et deux nuits – passés ensemble était à l'opposé de ce qu'elle voulait. Manifestement, il ne savait ni qui elle était ni ce qu'elle aimait, encore moins ce à quoi elle aspirait…

Ce qui, somme toute, était normal : entre eux, ce ne devait être qu'une aventure, point final.

Luciano se redressa à son tour.

— Sophie, ne te fâche pas. Tu es une femme merveilleuse, et je regrette de ne pas t'avoir rencontrée plus tôt…

— Tu étais en deuil. Tu me l'as dit. Tu n'avais pas la tête à ça.

— C'est vrai. Mais tout a changé depuis que je t'ai vue. Tu m'as ouvert la voie…

— Tant mieux, mais je ne vais pas pour autant abandonner ma vie et tous mes projets d'avenir !

Malgré elle, Sophie se sentait oppressée. Cette conversation lui semblait tellement ahurissante. De plus, la crainte d'être enceinte persistait maintenant à son esprit, car c'était possible. Mais même en recourant à un test de grossesse précoce, elle ne connaîtrait pas la vérité avant trois semaines.

— Je comprends bien, *Sophia*… Je suis un homme pressé de vivre, de revivre, et tu me plais tellement ! Pourquoi hésiter ? insista Luciano. On n'a qu'une vie, non ? Tu m'as fait comprendre que tu te sentais bien avec moi…

— Oui, mais ce que je voulais dire, c'est que…

*En fait, il veut remplacer sa femme ! C'est tout !*

Cette évidence la frappa de plein fouet.

C'était ce qui motivait Luciano en priorité.

— Je me sens bien avec toi, oui, avec ce qu'on a partagé pendant ce voyage, en tant que collègue de travail, amis... et amants ! Mais je ne veux pas de mari, ajouta Sophie d'un ton plus sec qu'elle ne l'aurait souhaité. Je ne veux pas me lier jusqu'à la fin de ma vie !

Luciano la contemplait, l'air malheureux. Elle essaya de se radoucir :

— Je suis désolée, vraiment désolée... Entre nous, c'était une romance de vacances. Voilà. Mais demain, je retourne chez moi, en Angleterre, et nous ne nous verrons donc plus. On s'écrira peut-être, qui sait...

Elle haussa les épaules.

— Mais je crois qu'il est plus simple qu'on se dise carrément au revoir.

Sur ces mots, elle pivota sur elle-même et s'éloigna d'un pas vif.

Elle tremblait presque, envahie d'un irrépressible mélange de chagrin et d'indignation.

Pas une seule seconde, elle n'avait prévu de mettre un terme aussi brutal à leur aventure. Au contraire, elle avait même aspiré à rejoindre Luciano sur le bateau, espérant qu'ils passeraient encore une nuit ensemble...

Mais vu ce qu'ils venaient de se dire, et compte tenu des désirs de Luciano, elle ne voyait aucune alternative. Strictement aucune.

Mieux valait rompre totalement.

Comment avait-il pu imaginer qu'elle accepterait de s'engager pour le reste de sa vie avec lui, qu'elle connaissait à peine ? Elle se sentirait encore plus gravement piégée que lorsqu'elle avait acheté une maison avec Ryan...

*C'est fou,* se répéta-t-elle en accélérant l'allure. Luciano croyait-il sincèrement qu'elle aurait déménagé en Italie, un pays dont elle ne parlait pas la langue et où elle aurait toutes les peines du monde à trouver un travail ? Peut-être aurait-il d'ailleurs préféré qu'elle ne travaille plus et qu'elle reste au domicile bien sagement, comme les femmes d'autrefois ? Afin qu'elle dépende de lui ?

Le cœur serré, Sophie secoua la tête, consciente qu'on la regardait sans doute avec curiosité. Peu lui importait. Elle éprouvait un tel tumulte intérieur...

Quand elle débarquerait en Angleterre le lendemain, au lieu de garder de beaux souvenirs enthousiasmants, elle aurait le cœur plus lourd que jamais. Exactement tout l'inverse de ce qu'elle avait espéré en entamant cette croisière. Elle n'aurait jamais dû céder à son désir pour Luciano. Elle s'était trompée, oui... Elle avait vraiment commis une erreur de jugement, une fois de plus. Cet homme n'était pas du tout fait pour elle.

Au moins avait-elle réussi à couper court.

Malgré tout, elle avait le cœur gros. Elle s'en voulait d'avoir été la victime très consentante de ses propres fantasmes, et des tactiques de séduction efficaces de Luciano. Car si elle n'avait pas accepté de boire un verre avec lui après l'intervention chirurgicale qu'ils avaient réalisée ensemble, il n'aurait pas eu l'idée de créer une ambiance des plus originales, et si cosy, dans ce petit salon où tout avait commencé entre eux...

Ensuite, ils ne seraient pas allés se promener sur le pont, au clair de lune... Ils ne se seraient pas réfugiés dans sa cabine... Comment aurait-elle pu se refuser à Luciano ? Elle avait tellement envie de lui, elle aussi ! Elle l'avait trouvé si beau, si charmeur... Irrésistible ! Elle s'était laissée aller et avait pleinement savouré leur liaison.

Mais à présent, c'était fini.

Elle devait continuer sa route. Plus tard, elle serait fière d'avoir tenu bon, de ne pas avoir dévié de son axe, et de ne pas avoir oublié qu'elle était Sophie Blythe, une femme libre et indépendante.

Désarmé, Luciano regarda la jeune femme s'éloigner d'un pas rapide et déterminé

Il aurait voulu lui courir après...

Étouffant un soupir, il régla l'addition et reprit la direction du port avec beaucoup moins d'enthousiasme que lorsqu'il en était parti.

Il avait mal décidément très mal interprété la situation. Pensant que Sophie apprécierait la spontanéité de sa proposition, il s'était lancé sans réfléchir, vraiment sur un coup de tête, emporté par son désir de fonder une famille. Avec elle. En Italie, dans le terroir familial, le berceau de son enfance...

En compagnie de Sophie, il s'était surpris à imaginer une nouvelle vie idyllique, où tout serait de nouveau possible... Il s'était senti tellement vivant, et vibrant, qu'un optimisme démesuré l'avait envahi. Résultat, il s'était montré d'une maladresse désolante, presque risible. Comment avait-il osé lui parler bébé et mariage ? C'était absurde ! Lui-même était-il sincèrement prêt à franchir le pas ?

Curieusement, il avait la sensation que c'était le cas...

Parce que Sophie lui inspirait confiance.

Certes, il ne la connaissait pas depuis longtemps, mais il avait eu l'impression que rien ne pourrait les séparer...

C'était incompréhensible.

Et maintenant, il avait tout gâché. Son empressement avait fait fuir Sophie.

Luciano s'aperçut que la jeune femme s'apprêtait à monter à bord du navire.

De nouveau, il céda à une impulsion.

— Sophie ! Attends !

Elle ralentit et se retourna vers lui à contrecœur.

— On ne peut pas en rester là. Oublie ce que je t'ai dit. C'était complètement idiot. J'ai parlé sans réfléchir ! avoua-t-il en se hâtant de la rejoindre.

Elle le dévisagea d'un air perplexe. Ses yeux brillaient comme si elle retenait des larmes.

— Qu'est-ce qu'il faut que j'oublie ? Que je risque d'avoir un bébé avec quelqu'un que je connais à peine ? Qu'il faudrait peut-être que je t'épouse ? Que j'abandonne tous mes projets personnels pour venir vivre dans ton domaine et mettre au monde le prochain descendant de la famille Montavano ?

Elle haussa les épaules.

— Impossible. Sache que je ne veux rien de tout ça, et je ne t'épouserai pas, ni maintenant ni jamais.

Luciano accusa le coup. Elle ne laissait vraiment aucune place à une possible réconciliation.

— D'accord. Je suis désolé. Le mariage est hors de question, message reçu. Mais nous pourrions toujours être ensemble, d'une manière ou d'une autre ! Tu m'as expliqué que tu voulais voyager... Je sais que c'est très important pour toi, comme ta liberté. Eh bien, tu es la bienvenue en Italie... Et on apprendrait à mieux se connaître.

Sophie leva les yeux au ciel.

— Tu ne comprends donc rien. Pour le moment, j'aspire à autre chose. On n'est pas du tout sur la même longueur d'onde. On est à l'opposé l'un de l'autre.

— Les contraires s'attirent, répliqua-t-il, dans une ultime tentative de la convaincre.

— Oui, paraît-il...

Sophie ébaucha un sourire un peu triste.

— Entre nous, l'alchimie a été très forte. Pourtant, on est incompatibles par rapport à l'essentiel... J'ai déjà vécu ce genre de relation où chacun fait des compromis au nom d'un idéal... Et ça ne fonctionne pas. Trop de frustrations s'accumulent, et tôt ou tard, ça casse. Je n'ai aucune envie de recommencer l'expérience.

— Tu as raison, admit Luciano. Mais quand même... Dis-moi ce que tu veux, et je te suivrai. Dis-moi tout ce que tu veux.

Visiblement surprise, Sophie le regarda dans les yeux, puis elle secoua la tête.

— Et voilà ! Tu pourrais oublier ce qui est important pour toi pour me rendre heureuse, moi ! Ce n'est pas une bonne idée si on veut qu'un couple dure longtemps. Ce n'est pas être honnête envers soi-même. J'ai été attirée par toi parce que tu représentes une forme de liberté..., poursuivit-elle. Tu es médecin sur un bateau, donc j'ai cru que tu aimais voyager. Mais en réalité, tu as fui la vie que tu menais avant, une vie que tu veux retrouver dès que possible, avec une autre femme. Il n'y a rien de mal à cela évidemment, je comprends tes motivations, mais ça ne colle pas avec mes projets... Si un jour, j'abandonnais mon travail et ma maison, ce serait pour entreprendre quelque chose d'extraordinaire et de très enthousiasmant.

Une fois de plus, Luciano accusa le coup. Sophie faisait preuve d'une telle froideur, presque hostile, que c'en était déstabilisant. Pourtant, écoutant son propre cœur, il ne parvenait pas à s'éloigner, à tourner définitivement les talons. Il aurait peut-être dû...

Il n'y arrivait pas.

— Si je comprends bien, pour toi, ce qu'on a partagé n'est ni extraordinaire ni enthousiasmant.

— Si...

Elle s'efforça de sourire.

— J'ai passé d'excellents moments que je n'oublierai jamais. Mais j'ai envie de continuer à voyager... Bon, j'avoue que tout aurait peut-être été différent si tu m'avais invitée à poursuivre notre belle aventure à bord de ce magnifique navire !

D'un geste ample, elle désigna le *Liberty* amarré dans le port et, contre toute attente, se mit à rire.

— J'aurais été l'amante du médecin... On aurait découvert des horizons exotiques au gré des croisières, et on aurait vécu une passion torride dans une cabine pour deux ! Mais revivre dès maintenant une vie de couple classique, ordinaire, non merci. Pour l'instant, je ne veux pas. En fait, ça me fait fuir.

Elle soutint le regard de Luciano.

— Tu resteras dans ma mémoire... Et maintenant, on doit se dire au revoir. Il vaut mieux qu'on ne se rencontre plus d'ici à la fin du voyage.

Luciano demeura immobile, consterné. Quand Sophie esquissa un sourire résigné, il devina que cette fois, elle lui avait vraiment tout dit.

Il n'arrivait pas à croire que tout se terminait si brutalement alors que, la veille au soir, leur avenir semblait plein de promesses...

Ce matin, quand il avait pris conscience qu'ils n'avaient pas utilisé de contraceptifs, il avait d'abord éprouvé de l'inquiétude, puis de la colère envers lui-même, puis... de l'espoir...

Un espoir insensé.

Il avait alors laissé libre cours à son imagination. S'il existait la moindre chance qu'il puisse devenir père, ne fallait-il pas la saisir ?

Cette perspective avait miraculeusement adouci la douleur et la tristesse larvées en lui depuis la mort de Renata. Soudain, il avait cru qu'il pourrait de nouveau être heureux.

Il avait confondu illusions et réalité.

Le visage fermé, la jeune femme s'avança vers lui et le regarda longuement dans les yeux.

— Je suis désolée, Luciano...

Elle se dressa sur la pointe des pieds et l'embrassa rapidement sur la joue. Puis elle tourna sur ses talons et se dirigea vers la passerelle du *Liberty*.

Elle ne se retourna pas.

Le cœur serré, Luciano eut la sensation qu'une fois de plus, le bonheur lui échappait. Il éprouva un chagrin brutal, profond, comme si on venait de lui arracher une partie de lui-même.

Il ne connaissait pas Sophie depuis longtemps, et pourtant, il savait que la vie ne serait plus jamais la même sans elle. Par sa simple présence, sa générosité et sa gentillesse, elle lui avait prouvé qu'il ne pourrait pas fuir pour toujours. Il avait une famille à retrouver. Ses parents, ses sœurs, son frère... Le cercle familial l'attendait.

Il aurait juste tellement aimé que Sophie l'accompagne...

C'était un rêve qu'il avait intérêt à vite oublier s'il ne voulait pas souffrir davantage.

# 14

Cela faisait cinq semaines que Sophie était rentrée chez elle.

Parfois, elle avait la sensation que cinq ans s'étaient écoulés depuis son dernier jour à bord du *Liberty*…

À d'autres moments, elle avait l'impression que cinq heures à peine venaient de se dérouler.

Et pour cause…

Ce qu'elle avait découvert avait tout bouleversé.

Tout.

Son corps commençait déjà à changer, de façon discrète, mais elle remarquait chaque modification, même la plus infime. Ses seins qui se gonflaient chaque jour davantage ; sa peau qui semblait plus ferme, comme gorgée de sève ; les légers tiraillements dans le bas de son ventre…

Dès qu'elle avait constaté du retard dans son cycle, elle avait acheté un test.

Face au résultat positif, elle avait d'abord voulu nier la réalité. Deux nuits avec un homme, seulement deux nuits, et elle se retrouvait enceinte ?

Elle avait vérifié en se rendant dans un laboratoire d'analyses médicales. Le compte rendu biologique ne laissait aucune place au doute.

De sa croisière en Méditerranée, elle ramenait des souvenirs, des photos…

Et un enfant en devenir.

C'était une nouvelle tellement fracassante qu'elle n'en avait parlé à personne, pas même à Edith, curieuse de tous les détails de ce voyage qu'elle avait raté.

Sophie retourna au travail le surlendemain de son arrivée, retrouvant la maison de retraite aux façades grises dans laquelle elle exerçait. Elle fut heureuse de revoir ses collègues, ainsi que ses patients. Elle raconta sa croisière à plusieurs reprises, l'abordant sous un aspect différent selon la personne à qui elle s'adressait. À l'une, elle décrivait la mer imprévisible avec la vague qui avait déferlé sur le pont... À l'autre, elle racontait l'opération qu'elle avait menée avec Luciano.

À chaque fois, elle revivait des moments différents du voyage.

Ainsi, elle colorait son quotidien de nuances plus gaies, et réussissait ainsi, vaille que vaille, à être moins atteinte par les difficultés de son travail. Les personnes âgées et handicapées étaient, pour la plupart, adorables, et la connaissaient bien. C'était comme une famille...

Mais ce n'était ni palpitant ni exaltant, et Sophie avait du mal à accepter le fait qu'elle serait à ce poste pour longtemps encore.

Un samedi après-midi, Edith vint sonner chez elle à l'improviste.

En voyant la vieille dame, Sophie faillit fondre en larmes.

— Je suis si heureuse de te voir !

— Ma foi, on ne dirait pas ! lança Edith en l'observant d'un air sceptique.

Puis elle sourit gentiment.

— Allons, allons, que se passe-t-il ? M'invites-tu ou vas-tu me laisser me geler sur le pas de ta porte ?

— Oh ! pardon, entre vite.

Sophie s'écarta pour laisser sa voisine à entrer. Elle essayait encore de s'habituer au changement de température conséquent – presque 15 ° en moins puisqu'on était en octobre, une époque automnale quasi hivernale en Angleterre, alors qu'en Italie ou en Espagne, la saison demeurait estivale. Elle avait l'impression d'avoir froid tout le temps. S'adapter aux autres changements n'était pas plus facile ! Le matin, quand elle se levait pour aller travailler, il faisait encore nuit. Elle préparait ses repas seule, mangeait seule... La nuit, blottie sous la couette, elle s'efforçait de ne plus penser à Luciano. Ses rêves l'emmenaient alors vers la Méditerranée sous un ciel bleu azur…

Edith s'affala sur le canapé en laissant échapper un petit soupir.

— Oh ! là, là, l'humidité réveille mes rhumatismes !

Sophie l'aida à ôter son manteau qu'elle posa sur une chaise à côté.

— Mais tu as quand même l'air en forme, remarqua-t-elle.

Elle s'assit près de son amie et la contempla, toujours ravie de la revoir. Edith avait de belles couleurs aux joues, et une étincelle joyeuse pétillait dans son regard. Elle était heureuse, cela se voyait. Forcément. Suite à son malaise à bord du *Liberty*, elle avait retrouvé les siens et s'était épanouie en leur compagnie.

*Moi aussi j'étais épanouie avec Luciano*, songea Sophie, la gorge nouée.

Même si leur idylle n'avait pas duré longtemps, elle s'était sentie légère, bien dans sa peau et gourmande de la vie… Depuis son retour en Angleterre, elle avait la sensation de se recroqueviller telle une fleur à l'ombre, et pas seulement à cause du mauvais temps. Une part d'elle-même se trouvait loin, quelque part en Méditerranée, auprès de Luciano…

Elle avait bien conscience de se contredire, mais la vérité s'imposait à elle. Impossible de maîtriser le flux de ses pensées. Le contraste s'avérait trop brutal entre son quotidien ici, dans sa petite maison du Kent environnée d'un brouillard tenace à cette époque de l'année, et l'insouciance qu'elle avait connue durant la croisière. Malgré les événements dramatiques qui avaient jalonné les vacances, elle s'était sentie dynamique et emplie d'optimisme…

Si seulement Luciano lui avait donné le temps de s'habituer à partager à nouveau sa vie avec un homme, elle aurait réagi différemment. Elle ne l'aurait certainement pas épousé, non, mais elle aurait pu envisager de déménager en Italie, de vivre sur une terre ensoleillée et de goûter aux saveurs d'une nouvelle relation amoureuse.

Alors que maintenant, elle avait le moral à zéro.

Edith l'observait attentivement.

— Hum, hum. Si moi, j'ai en l'air forme, toi, tu dépéris.

Sophie ne put s'empêcher de sourire. Le caractère direct de la vieille dame ne cesserait donc jamais de la surprendre.

— Je m'en doute.

— Tu étais pourtant bien partie pour retrouver la forme, lorsque je t'ai laissée à bord du *Liberty*...

Sophie garda le silence.

— Que s'est-il donc passé ?

— Rien.

— Ta, ta, ta, ta.

Edith posa une main affectueuse sur le bras de Sophie.

— Je te connais assez pour savoir quand tu broies du noir. Il s'est produit quelque chose qui ne t'a pas fait du bien... Tes parents t'ont contactée, peut-être ?

— Non... J'aimerais bien ! J'ignore toujours où ils sont.

Edith connaissait l'histoire familiale de Sophie, et les liens distendus entre Sophie et les siens.

— Alors, c'est peut-être parce que tu as fréquenté ce beau médecin ? Quel était son nom, déjà ? Le Dr Mantavo ?

— Le Dr Montavano.

— Ah oui. Très gentil, ce Dr Montavano... Et surtout, extrêmement séduisant ! Et son accent italien, oh, quel charme ! ajouta Edith avec enthousiasme.

Puis elle lança un clin d'œil à Sophie.

— Il ne t'a pas invitée à boire un verre ?

Sophie acquiesça. Edith avait toujours lu en elle. Lorsqu'elle venait lui rendre visite à l'époque où elle vivait avec Ryan, elle voyait tout de suite si Sophie faisant semblant d'être heureuse.

— Justement, ça m'a surprise, avoua-t-elle.

Une légère nausée la gagna soudain et, d'instinct, elle posa une main sur son estomac.

— Un problème ? s'inquiéta Edith.

— Pas du tout.

Mais Sophie sentit que son démenti était trop rapide pour être plausible.

— J'ai un peu mal au ventre. Un virus, sans doute...

Les yeux d'Edith la scrutèrent pour tenter de percevoir ce qu'elle cachait.

Et si elle lui racontait la vérité, qu'est-ce que cela changerait ? Edith s'inquiéterait, poserait des questions, essaierait peut-être d'aider Sophie, de la conseiller... Et au final, Sophie n'accepterait pas que la vieille dame se mêle de sa vie à ce point. Même si elles étaient amies.

— Tu as sûrement besoin de te reposer, affirma Edith en esquissant un sourire malicieux. Ou de vacances.

— Ah, ah. Très drôle. Pour être franche, je ne pense pas que je voyagerai de nouveau avant un bon moment.

— Vraiment ? Quel dommage... Voyager pimente la vie !

— Je le sais bien, Edith. Mais je viens de reprendre le travail !

— Évidemment.

Edith garda le silence un court instant, les yeux toujours pétillants.

— À mon tour d'être franche. Je pensais que tu repartirais le plus vite possible pour rejoindre le beau Dr M.

Stupéfaite, Sophie contempla la vieille dame. Avec ses cheveux blancs coupés court, ses boucles d'oreilles bleu pervenche et son sourire, elle était absolument radieuse.

— Pourquoi imaginerais-tu une chose pareille ?

— Parce que j'ai bien vu que vous vous regardiez de manière, comment dire, insistante !

— Insistante ?

— Oui, ma très chère, comme deux adultes encore jeunes et emplis d'énergie, seuls et finalement très libres... Libres et séduisants.

Sophie ne put s'empêcher de rire.

— Il est séduisant.

— Et tu es très jolie. Même si tu manques de confiance en toi, sache-le. Tu es très jolie, répéta Edith. Ne l'oublie jamais. En plus, tu es intelligente et généreuse. Bref, tu as tout pour plaire au Dr M.

— Edith ! protesta Sophie. On dirait que tu me pousses dans ses bras !

— Oh ! oh...

La vieille dame gloussa d'un air ravi.

— Je parie que je n'aurais pas du tout besoin de faire ça ! Je parie également qu'il y a eu une sorte d'étincelle entre vous, quelque chose de magnétique, on pourrait même penser à un coup de foudre et... Enfin, toujours est-il que ce sympathique Dr M. s'est débrouillé pour que je puisse te téléphoner à bord, alors que ce n'était pas du tout évident ce jour-là. Mais il tenait à ce que je puisse te donner de mes nouvelles parce qu'il savait que tu t'inquiétais pour moi.

Sophie baissa les yeux quelques instants. À quoi bon cacher la vérité quand, de toute façon, Edith avait tout compris ?

— C'est vrai, il a été très gentil. Et prévenant. En fait, Luciano et moi avons vécu une petite aventure.

Sophie essayait de feindre la nonchalance, mais le simple fait d'en parler la fit rougir, et son cœur se mit à battre plus fort.

— Je le savais !

Edith tapa dans les mains, visiblement ravie de la nouvelle.

— Je suis si contente pour toi ! Vous étiez faits l'un pour l'autre !

— Une minute, Edith, ce n'était qu'une romance de vacances ! Nous ne sommes pas restés en contact, et je ne le reverrai donc jamais.

— Jamais ?

Edith la contempla d'un air navré.

— Pourtant, vous étiez faits l'un pour l'autre..., répéta-t-elle obstinément.

— Pourquoi en es-tu si persuadée ? s'étonna Sophie, un peu irritée par une telle insistance.

— Je ne sais pas... C'est mon petit doigt qui me souffle cette intuition ! Je vous ai vus sur le bateau, j'ai écouté vos voix quand vous vous parliez, et j'ai eu l'impression que vous étiez au diapason.

— Alors que tu étais mal en point à l'infirmerie, tu as senti tout ça ?

Sophie lâcha un rire moqueur.

— Edith, malheureusement, la réalité est très différente. Luciano est un homme séduisant, et compétent, mais il a aussi beaucoup souffert puisqu'il a perdu sa femme... Il est encore en deuil, et il n'est pas prêt à refaire sa vie.

— Ah... Je comprends.

Edith ne put cacher sa déception.

— Tant pis. Je me suis fait des illusions.

— C'est gentil de ta part... Tu voudrais tellement que ma vie change pour le mieux, je le sais bien. D'ailleurs, j'ai une bonne nouvelle, poursuivit Sophie. Comme j'ai pris conscience, grâce à cette belle croisière, que je dois bousculer mes habitudes, je vais quitter mon travail, et vendre la maison.

Ses paroles la surprirent tellement qu'elle resta silencieuse ensuite pendant quelques secondes.

Qui l'eût cru ? Elle venait de prendre cette décision à l'instant même, grâce à sa discussion avec la vieille dame.

Edith écarquilla les yeux.

— Vraiment ? Tu démissionneras de la maison de retraite ? Et où iras-tu ?

— Je l'ignore encore. Pour l'instant, j'amorce le changement. Mais si je n'avais pas fait ce voyage, Edith, je n'aurais pas eu le courage de mettre un terme à tout ce qui me sape le moral depuis un moment. Pour oublier définitivement ce que j'ai vécu ici, avec Ryan, il faut que je déménage... Et le plus vite possible, ajouta-t-elle le cœur battant.

*Et le bébé ? Comment ferai-je ?* s'interrogea-t-elle simultanément.

Elle verrait bien... Elle s'organiserait. Elle ne serait pas la première femme, ni la dernière, à être enceinte tout en étant célibataire ! En tant qu'infirmière, elle trouverait facilement un nouveau poste. Dans son domaine, il y avait souvent beaucoup d'offres.

Il ne lui resterait plus qu'à déterminer où elle voudrait vivre. En Angleterre... ou au soleil, en Italie, par exemple ? À cette idée, elle réprima un sourire. La réponse s'imposait, évidente.

— J'aurais voulu t'en parler avant, mais tout s'est enchaîné très vite, reprit-elle, remarquant à quel point Edith était stupéfaite.

— Tant mieux ! Ma chérie, ne t'en fais pas pour moi... Je suis heureuse que tu aies pris cette décision. C'est la meilleure chose que tu puisses faire, affirma la vieille dame.

— Merci, Edith. Sans toi, rien ne serait peut-être arrivé, avoua Sophie. La croisière m'a en quelque sorte aéré l'esprit ! Et j'y vois plus clair, maintenant. Je vais partir d'ici... Sauf que ça me chagrine de te laisser et...

— Pas de souci ! l'interrompit gaiement Edith. Je me réjouis sincèrement que tu aies enfin le courage de tout quitter ! Parce qu'il faut du courage, oui... Ce n'est pas simple. Tu as tes habitudes, ton travail, tes amies...

— Mes amies sont surtout à l'étranger, puisque j'ai beaucoup voyagé. Quand j'étais petite, mes parents déménageaient souvent, si bien que je n'avais pas la possibilité de lier amitié avec qui que ce soit. Adulte, j'ai toujours beaucoup travaillé, donc je n'avais pas franchement le temps de sortir.

Sophie haussa les épaules.

— Mais j'ai décidé de changer de vie !

— Et c'est fantastique, renchérit Edith. D'autant que je viens aussi te confier une grande nouvelle. En fait, mon fils John veut que j'aille vivre avec lui et sa famille en Espagne. Il a contacté un agent immobilier pour mettre ma maison en vente... J'ai accepté, évidemment. J'ai des soucis de santé, et comme je vais mieux pour l'instant, je veux profiter au maximum du temps qui me reste pour être avec les miens.

— Quelle magnifique nouvelle ! Je suis très heureuse pour toi...

Sophie la serra affectueusement dans les bras.

— Je suis heureuse, répéta-t-elle, mais ça me fait de la peine de savoir que je ne te reverrai peut-être plus.

Edith fronça les sourcils.

— Mais il n'est pas question qu'on se perde de vue ! Tu viendras me rendre visite ! John me charge de te dire qu'il y aura toujours une chambre pour toi quand tu en auras envie ou besoin. J'ai raconté à mon fils et à ma belle-fille comme tu t'es occupée de moi et je sais qu'ils sont impatients de te rencontrer. Tu passeras me voir à l'occasion de tes voyages, n'est-ce pas ?

Sophie sentit soudain que la vieille dame s'inquiétait, elle aussi.

— Bien sûr !

Elle lui prit les deux mains et les serra doucement.

— Tu es une vraie amie. Je t'écrirai, je t'appellerai, et nous nous retrouverons chez John. Et quand je serai installée dans ma nouvelle maison, j'espère que tu pourras venir me rendre visite.

— Ce sera ma destination prioritaire, assura joyeusement Edith.

Sophie sourit. Depuis qu'elle avait tissé de nouveaux liens avec sa famille, la vieille dame avait une vie enthousiasmante, c'était évident. Et pour cause ! Avant, elle passait ses journées seule, assise dans son salon au coin du feu, à regarder la télévision.

*Et moi, peut-être qu'un jour, dans pas trop longtemps, je dînerai dehors, sous le ciel étoilé d'Italie*, songea-t-elle.

Cette pensée lui semblait si naturelle...

D'autant plus qu'elle était enceinte de Luciano. Qui n'en savait toujours rien. Mais il serait sûrement très heureux d'apprendre la nouvelle...

Un bébé viendrait combler les espérances qu'il nourrissait, elle le savait.

Le fantastique rétablissement d'Edith prouvait que l'amour et l'amitié permettaient d'accomplir des miracles et de soulever des montagnes.

Quelques semaines plus tôt, lorsqu'elle était encore en voyage, Sophie n'avait pas pu croire que Luciano ait pu tomber amoureux d'elle si rapidement. Elle avait pensé qu'il était juste euphorique parce qu'ils venaient de se rencontrer...

Paradoxalement, au fond d'elle-même, elle savait pertinemment qu'il ne lui aurait pas demandé sa main s'il n'avait pas été sincère. Le mariage et la famille étaient très importants pour lui.

Si seulement elle n'avait pas aussi peur de tomber amoureuse... Elle se sentait si vulnérable ! Guidée par la crainte et les appréhensions, elle avait fui Luciano, et maintenant, elle avait le cœur gros.

— Allô, allô, la Terre à Sophie !

Edith interrompit brutalement le vagabondage mental de Sophie.

— Pardon, j'étais effectivement sur la Lune, avoua Sophie en s'efforçant de rire.

— Sur la Lune… Ou en compagnie secrète d'un bel Italien ? la taquina Edith.

Elle contempla Sophie d'un air indulgent.

— N'y a-t-il donc aucun espoir que vous vous remettiez ensemble ?

Sophie secoua la tête, consciente que, pour Edith, une femme et un homme ne pouvaient simplement pas vivre une aventure éphémère. La vieille dame avait épousé son premier amour cinquante ans plus tôt, et ne s'était jamais vraiment remise du décès de son mari.

Elle pensa alors à Luciano et au deuil douloureux qu'il s'efforçait de faire. Il avait été persuadé, lui aussi, que personne ne remplacerait celle qu'il avait tant aimée et qui voulait lui donner des enfants.

*Mais il m'a demandée en mariage… Moi !*

Ce n'était peut-être pas seulement pour remplacer sa défunte épouse…

Il éprouvait peut-être des sentiments sincères pour elle.

— C'est impossible. Je lui ai dit des choses trop dures… Et de toute façon, je ne saurais même pas où le trouver.

— Donc tu as envisagé de le rechercher ?

*Oh oui…*

Sophie avait même réfléchi, encore et encore, aux différents moyens de rester en couple avec Luciano, afin d'essayer de bâtir une vie de famille. Puisqu'ils auraient un enfant…

— Bien sûr. Ça m'a traversé l'esprit, admit-elle avec un sourire qui ne tromperait pas Edith.

— Je suis certaine que la compagnie de croisière pourrait le retrouver pour toi.

— Il faudrait que je le leur demande…

Edith arqua un sourcil légèrement moqueur.

— Mais justement, Sophie, oui ! Sollicite-les ! Crois-moi, les seules choses qu'on regrette sont celles pour lesquelles on n'a pris aucun risque. L'amour nécessite du courage… Et de l'audace.

Il ne faut pas trop hésiter quand le destin est au rendez-vous, et qu'on rencontre, sur notre chemin, un être qui nous plaît corps et âme. Quel que soit l'âge, qu'on soit jeune ou non, il est essentiel de croire en nos sentiments, et de ne pas trop écouter la voix parfois très démoralisante de la raison !

Sur ces paroles vibrantes, Edith se leva et reprit son manteau. Sophie l'aida à l'enfiler, puis elle la raccompagna jusqu'à la porte.

Ce que son amie venait de lui déclarer avec véhémence résonnait à son esprit, renforçant ce que son instinct et son cœur lui dictaient déjà.

*Cours le risque…*

— Je vais réfléchir à tout ça, ma chère Edith. Merci de tes conseils. Tant que tu es dans le quartier, poursuivit Sophie, n'hésite pas à me dire si tu as besoin de quoi que ce soit.

— Je n'y manquerai pas. John s'occupe de tout pour moi, mais je tiens à te revoir avant de repartir. J'espère que ce jour-là, tu auras réservé un billet d'avion et que tu sauras où est Luciano, insista Edith, décidément tenace.

Bien qu'admirant la force de son amie – son caractère ainsi que sa manière de croquer la vie l'avait certainement aidée à se rétablir –, Sophie resta franche.

— Je ne te promets rien.

Edith lui tapota gentiment la joue comme seule une grand-mère peut le faire.

— J'ai compris. Pas de promesse. Mais ne vis pas avec des regrets, surtout pas. Allez, à bientôt…

Elle commença à descendre les marches du perron, puis se retourna et sourit d'un air malicieux.

— Au fait, dis-lui vite à propos du bébé. Ce serait juste… Et cet homme fera certainement un très bon père.

Sophie resta bouche bée. Comment Edith avait-elle pu déceler le secret qu'elle-même commençait à peine à accepter ?

— Je le vois, c'est tout, dit la vieille dame. Je le sais… Tu as une main sur le ventre, tu souffres de nausées, et tu as cet éclat très particulier dans les yeux… Ma chérie, je te conseille vraiment d'oublier ta fierté et de penser à l'avenir en compagnie d'un homme qui t'aime sûrement déjà.

— Merci, Edith... Je te tiendrai au courant...

Après le départ de son amie, Sophie se dirigea vers la cuisine et se servit un grand verre d'eau. En vérité, elle avait déjà envisagé de contacter Luciano en passant par la compagnie maritime. Mais comment lui annoncerait-elle la nouvelle ? Même s'il rêvait de fonder une famille, il n'avait aucune obligation envers elle. Et comment réussirait-il à jouer son rôle de père s'il continuait à être un médecin navigant ?

D'un autre côté, peut-être avait-il déjà tourné la page définitivement. Peut-être l'avait-il déjà oubliée. Après le tourbillon exaltant d'un fantasme romantique, la réalité reprenait ses droits. Peut-être avait-il rencontré la femme qui l'accompagnerait dans ses désirs. *Alors que moi, j'ai peur de ce qu'il me propose. Le mariage, la vie de couple, la vie de famille... Je refuse ce qu'il veut*, songea Sophie.

Sauf que maintenant, avec la perspective de devenir maman, il faudrait qu'elle chasse ses craintes et qu'elle soit à la hauteur du défi qui l'attendait. Élever un enfant... Seule ou secondée par Luciano, ce serait le plus extraordinaire des voyages, elle le savait déjà. Voilà ce qu'elle commencerait par lui dire...

# 15

— Laisse-moi au moins mettre la table, *mamma*, insista Luciano, espérant pouvoir se rendre utile.

— Non... Assieds-toi. Tu es notre invité, aujourd'hui.

Sa mère lui tint les épaules et le força à s'installer à l'avant de la grande table dressée sous la tonnelle.

— C'est la place de *papà* ! Qu'est-ce que j'ai fait pour mériter cet honneur ? s'étonna Luciano.

Il était gêné par cet empressement autour de lui. Ses parents, ses sœurs et son frère le traitaient comme s'il était une célébrité !

— Tu nous es revenu, mon fils, déclara alors son père avec fierté. C'est très important pour nous.

Luciano s'obligea donc à rester assis, et à regarder sa famille s'activer autour de lui. Ils garnissaient la tablée avec tant de nourriture qu'il y aurait eu de quoi sustenter une armée.

Sa gorge se noua. Pourquoi avait-il l'impression d'être un imposteur ? Un escroc qui bénéficiait de la générosité de personnes vulnérables ? Il ne méritait pas qu'on le complimente ou qu'on le flatte... Il ne tenait pas à célébrer ses échecs passés ou présents. En vérité, livré à lui-même, il se serait glissé discrètement dans son ancienne vie comme s'il ne l'avait jamais fuie.

— Je suis rentré à la maison il y a déjà un mois. Vous m'avez déjà accueilli, rappela-t-il.

Lorsqu'il était arrivé à l'improviste, les larmes de joie, les étreintes et les embrassades l'avaient convaincu qu'il avait pris la bonne décision, même s'il n'avait pas imaginé recevoir une telle profusion de signes d'affection.

Au fond de lui, Luciano voulait juste revenir à une existence normale. Du moins aussi normale que possible, sans Renata ni Sophie.

Il n'avait pas cessé de penser à Sophie. Quoi qu'elle ait pu penser, elle avait compté pour lui. Ça n'avait pas été qu'une simple aventure... Une *romance de vacances*, ainsi qu'elle l'avait formulé. Quand elle avait débarqué du bateau, il avait eu la sensation que son cœur se refermait, et la vie à bord du *Liberty* avait perdu tout son sel.

Pendant environ trois semaines, il avait espéré recevoir des nouvelles d'Angleterre, un courrier ou un appel de Sophie qui lui apprendrait que leurs nuits d'amour avaient permis la conception d'un bébé... Il avait continué à rêver.

Puis, au fil du temps, il s'était résigné. Il avait remis les pieds sur terre. Dans un sens, c'était grâce à Sophie, car elle l'avait incité à sortir de sa coquille et à revivre...

Et, oui, il aurait sincèrement adoré poursuivre avec elle, main dans la main.

Mais ce n'était pas le cas.

Il fallait qu'il l'accepte, tout comme il avait dû s'habituer à l'absence définitive de Renata.

Ce samedi, sous un soleil resplendissant pour un mois de novembre, il savourait sa chance d'être entouré et soutenu par sa famille, même si celle-ci ne savait rien de son dernier chagrin. Depuis son retour, c'était aussi la première fois que tout le monde se réunissait.

— Luciano, tu crois que nos parents oublieraient de célébrer le retour du fils prodigue ?

Carlotta, sa plus jeune sœur, lui tapota affectueusement l'épaule tout en portant, calé sur une hanche, son jeune fils. Elle posa un bol d'olives vertes sur la table et ajouta :

— En même temps, chez nous, toutes les occasions sont bonnes pour faire la fête !

— Oui, mais je suis le fils préféré, la taquina Luciano.

En prononçant ces mots, il se rendit compte à quel point cette simple complicité familiale lui avait manqué durant l'année qui venait de s'écouler. Revenir lui faisait vraiment chaud au cœur.

— Tu l'étais. Il y a d'autres jeunes garçons qui se battent pour ta couronne maintenant !

Et elle posa son chérubin potelé sur les genoux de Luciano.

— Il a tellement changé, observa Luciano en souriant. Ils ont tous beaucoup changé. Je regrette d'être resté loin si longtemps...

Il câlina son neveu, qu'il connaissait à peine, et regarda les enfants de son frère et de son autre sœur, l'aînée, qui jouaient dans le jardin. Ses regrets étaient sincères, tant parce qu'il n'avait pas vu grandir les petits que parce qu'il restait, lui, toujours sans descendant à ce jour.

Dans son malheur, il avait parfois envié les naissances successives dans sa famille. Puis son chagrin l'avait tenu à l'écart, isolé tel un solitaire qui ne voulait s'engager avec personne. En désespoir de cause, il avait fini par s'enfuir en s'engageant sur un bateau pendant près de un an.

Pendant tout ce temps, accablé par le deuil, préoccupé par son travail, persuadé qu'il serait incapable d'être lui-même père un jour, il avait délaissé les siens.

Dorénavant, il ne les ignorerait plus jamais. Certes, le mauvais sort l'avait jusque-là empêché d'être un mari ou un papa, mais il pouvait malgré tout être un bon fils, un frère et un oncle ! Dans ce cercle familial généreux, une nouvelle existence l'attendait.

— Nous sommes heureux que tu sois de retour, lança alors Sylvestro, son frère, en lui assénant une claque dans le dos. Au moins, maintenant, on peut te demander de faire du baby-sitting sans craindre que tu ne fasses une grosse bêtise.

— Sylvestro ! s'écria leur mère, indignée, en laissant tomber des couverts sur la table.

Tous les yeux se tournèrent vers Sylvestro. En silence, chacun exprimait la même désapprobation.

— Quoi ? fit Sylvestro, mains levées, la mine surprise.

Il était plus petit que Luciano, l'allure trapue, un peu en surpoids.

— On le pense tous, non ?

— Tu aurais pu le dire avec plus de tact, répliqua Emilia, l'aînée de la fratrie.

Et elle lui lança une olive sur la tête.

— Sylvestro n'est pas connu pour sa subtilité, intervint Carlotta.

— Ne vous inquiétez pas, je suis disponible pour faire du baby-sitting, et je me sens bien, affirma Luciano. Je vais nettement mieux.

Il ne voulait pas qu'il y ait le moindre malaise à cause de lui. Après tout, son frère s'était simplement montré franc.

Subitement, il se rendit compte de ce qu'il avait fait subir à sa famille. Ils s'inquiétaient de son état d'esprit, de son équilibre personnel... Qu'avaient-ils ressenti quand il était parti en mer sans rien expliquer réellement de ses motivations ? De plus, il avait réduit au minimum les contacts, ne téléphonant que rarement...

— Bon, tout est bien qui finit bien, et nous sommes tous heureux que tu sois là, Luciano. Santé !

Leur père leva un verre de vin et le reste de la famille l'imita, portant un toast.

Bouleversé, Luciano trinqua avec tout le monde sans lâcher Galen, le fils de Carlotta. Il le serrait tendrement contre lui, conscient du réconfort que celui lui procurait.

— Qui vient nous voir ? lança soudain son père d'un ton surpris. On attend encore quelqu'un ?

Il désignait un taxi qui venait de franchir le portail et roulait vers la villa.

Luciano balaya l'assemblée du regard. Tous les membres de la famille étaient bien présents à table.

Le véhicule s'immobilisa devant le perron, la portière s'ouvrit, et une jeune femme aux longs cheveux bruns en sortit. Elle portait une robe blanche ornée d'une ceinture jaune, et tenait une valise.

— *Ciao, possiamo aiutarti ?* demanda leur mère en se précipitant pour l'accueillir.

Luciano sentit son pouls s'accélérer.

Rêvait-il ?

Le cri joyeux que poussa au même instant le petit Galen lui prouva, si besoin était, qu'il était bien réveillé.

Il se leva de table et tendit l'enfant à sa sœur tout en captant les paroles prononcées par leur visiteuse.

— Pardon de vous déranger, je cherche Luciano...

— Oh... Tu la connais ? souffla Carlotta.

Luciano se contenta de sourire, le cœur battant.

— Oui. Tu vas vite tout savoir, promit-il.

Si Sophie venait le rejoindre sans avoir prévenu, c'était sûrement parce qu'elle avait une bonne nouvelle...

Il se hâta de la rejoindre en bas des marches. Ignorant les regards curieux qu'on braquait sur eux, il prit Sophie dans ses bras et l'étreignit doucement. Elle laissa échapper un doux gémissement, comme si elle s'abandonnait. La fatigue se lisait dans ses yeux bleus, mais elle était toujours aussi ravissante.

— J'aurais dû appeler avant, dit-elle. Désolée d'arriver à l'improviste.

Il se contenta de lui saisir la main.

— Viens.

Luciano craignait qu'elle ne se volatilise aussi vite qu'elle était apparue. Près d'eux, sa mère les observait d'un air incrédule et émerveillé.

Il paya le chauffeur de taxi.

— Comment m'as-tu trouvé ? demanda-t-il.

— Ça n'a pas été facile, avoua Sophie. J'ai d'abord réussi à joindre Patricia, puisqu'elle travaille toujours pour la compagnie de croisière qui t'avait embauché. Elle m'a indiqué que tu étais reparti dans ton village, dont elle m'a donné le nom. Ensuite, j'ai contacté la mairie et j'ai pu obtenir l'adresse de votre domaine familial.

— Et te voici... J'en suis si heureux, *Sophia*...

Il glissa un bras sous celui de la jeune femme et l'invita à le suivre vers la tablée familiale. Avisant soudain le groupe qui les contemplait, elle s'immobilisa net.

— Oh ! vous êtes entre vous… Il vaut mieux que je prenne une chambre dans un hôtel.

— Il n'en est pas question, ma mère ne le permettrait jamais.

— Absolument, renchérit celle-ci en s'emparant d'autorité de la valise de la jeune femme. Soyez la bienvenue, mademoiselle…

— Sophie. Sophie Blythe. Je suis une amie de Luciano.

— Je m'en doutais ! Une bonne amie, sûrement ! Venez donc déjeuner avec nous, ou boire un café si, par hasard, vous avez déjà mangé !

Et souriant d'un air ravi, Mme Montavano retourna s'asseoir à table après leur avoir fait signe de la suivre.

— J'aurais dû appeler avant, répéta Sophie, gênée.

— Ne t'inquiète donc pas. C'est merveilleux que tu sois là, affirma Luciano en lui prenant de nouveau la main. J'habite ici en attendant de trouver une nouvelle maison… Et tu es la bienvenue, tu l'as bien compris.

— Merci…

Elle lui jeta un coup d'œil et sourit.

— *Buongiorno…*, lança-t-elle à la cantonade.

Tous se levèrent pour la saluer et se présenter. Sophie serra la main à tout le monde tandis que Luciano sentait les regards emplis de curiosité braqués sur lui et la jeune femme. Comment expliquerait-il l'arrivée de Sophie alors qu'il ne savait pas, avec certitude, ce qui l'avait guidée jusque chez eux ? Il opta pour la simplicité :

— Sophie, voici toute ma famille. Vous tous, membres de ma chère famille, je vous présente Sophie !

Elle s'assit à côté de lui, et remercia poliment quand on lui servit des minipizzas dans une assiette.

— Comment vous êtes-vous rencontrés ? demanda Carlotta.

— Sur le bateau. Sophie était en vacances, mais comme elle est infirmière, elle m'a beaucoup aidé suite à différents incidents qui se sont produits à bord. Je vous ai parlé de cette vague, vous savez, la déferlante… Eh bien, Sophie s'est portée volontaire pour me donner un coup de main lorsqu'on a dû soigner les blessés.

Sa mère se signa rapidement.

— Je suis si heureuse que mon fils soit sur la terre ferme, à présent. Dis-moi, Sophie, qu'est-ce qui t'amène ici, à part mon fils ?

Sylvestro lui versa un verre de vin rouge, mais Sophie secoua la tête.

— Je vous remercie, je préfère un peu d'eau fraîche...

Surpris, Luciano l'observa. Elle gardait une main sur son ventre. Elle refusait de boire de l'alcool. Et...

Soudain, il sut pourquoi elle était là. C'était forcément pour lui annoncer une nouvelle merveilleuse, celle qu'il avait appelée de ses vœux sans plus y croire. Hélas, entourée de toute la famille de Luciano, obligée de répondre aux questions des uns et des autres, elle ne pourrait pas lui parler...

Il fallait qu'ils se retrouvent tous les deux. Vite.

Quand il croisa le regard de la jeune femme, il devina qu'elle pensait la même chose.

Il se leva de table et l'invita à l'imiter. Elle se redressa aussitôt, visiblement soulagée.

— *Mi scusi !* lança-t-il. Sophie et moi allons faire une petite promenade...

— Vous nous abandonnez ? protesta Carlotta.

— Juste un moment. On revient vite. Sophie va dormir ici et...

— Dans ta chambre, c'est mieux, intervint sa mère. Ah, je comprends mieux pourquoi je te trouvais changé à ton retour...

Elle sourit.

— *Amor e amor !*

Sophie rougit. Espérant dissimuler son émotion, Luciano lui prit la main. Elle le laissa faire. Ses doigts étaient doux, tièdes, si fins. S'il s'était écouté, il l'aurait enlacée devant tout le monde.

Il l'emmena vers un patio ombragé et fleuri, au bout du jardin, où il avait toujours aimé se réfugier.

— Je suis désolé que tous t'aient ainsi questionnée... Et ma mère qui ordonne presque que tu dormes dans ma chambre ! ajouta-t-il en s'asseyant sur un banc. La famille, que veux-tu... La famille italienne !

Sophie prit place près de lui.

— Ils sont très gentils et sympathiques. Tu as de la chance.

— Je le sais. Depuis mon retour, je m'en suis rendu compte plus que jamais.

Luciano regarda la jeune femme, résistant de nouveau à l'envie de l'embrasser, plongeant dans ses yeux bleus comme la Méditerranée.

— Pourquoi es-tu venue, *cara mia* ?

Elle ébaucha un sourire mystérieux.

— J'ai quitté mon travail et j'ai vendu ma maison. Edith, qui est en pleine forme maintenant, est partie vivre à Séville avec son fils… Et moi, j'ai décidé de changer de vie. Ici, c'est la première étape de mon nouveau voyage. Peut-être.

Perplexe, il la dévisagea.

— Tu ne resteras pas ?

— Je ne sais pas encore. Tout dépendra de ce qui va se passer quand…

— Quand quoi ?

Sophie leva les yeux vers le ciel, songeuse. Elle semblait chercher ses mots.

— Il faut que tu saches…

*Enfin !* se dit Luciano, rongeant son frein.

— On a beaucoup parlé, toi et moi, de ton désir d'être papa, tu te souviens ?

— Évidemment. Comment pourrais-je l'oublier ?

— Eh bien, ça va arriver. Je suis enceinte.

— De moi ? Tu en es sûre ?

En prononçant ces mots, Luciano prenait lentement conscience de ce que cela impliquait. Une chaleur inconnue l'envahissait peu à peu, se diffusait dans tout son corps, de la tête aux pieds. Son cœur battait vite, très vite, bousculé par les émotions.

— Oui, je suis sûre, répliqua-t-elle sur un ton de reproche. Comment pourrais-je en douter ? Je n'ai pas rencontré d'autre homme depuis toi.

— Pardonne-moi. C'est que j'ai du mal à y croire. Un bébé ? Tu vas avoir un bébé…

Sophie fit signe que oui.

— Deux nuits… Et une vie entière pour en assumer les conséquences ! ajouta-t-elle, s'efforçant peut-être de plaisanter.

Mais Luciano n'éprouvait aucune envie de rire.

— Deux nuits d'amour, oui, et nous voilà ici, Sophie, à réaliser que nous avons conçu un enfant. C'est extraordinaire… J'en suis si heureux ! Je serai là, tout le temps, si tu le veux bien…

Sophie le contempla, une lueur incertaine au fond des prunelles. Puis elle sourit.

— Je le veux, oui, mais tout est allé si vite… Tout est si imprévu ! Quand je te mentionnais mon voyage il y a quelques minutes, c'est évidemment du voyage de la vie dont je parle. Parce que maintenant, je ne vais plus aller bien loin… Je vais d'abord penser au bébé…

*Je vais d'abord penser au bébé…*

Ces mots lui donnaient l'impression de rêver.

Mais elle était là, à côté de Luciano, à aborder cette nouvelle existence qui s'annonçait pour elle…

Et pour lui.

Il venait de réagir avec l'élégance qu'elle avait imaginée. Cet homme était décidément un gentleman. Elle n'en avait pas douté une seule seconde. Il y avait toutefois bien des doutes à dissiper encore.

— Luciano, merci, mais je ne voudrais pas que tu te sentes obligé de te sentir responsable de quoi que ce soit. Je vais chercher du travail, un logement, et nous nous entendrons sur les modalités de garde de notre enfant quand ce sera le moment…

En prononçant ces mots, Sophie s'efforçait de ne pas paniquer. En réalité, elle n'avait pas réfléchi sérieusement à la situation. Elle avait eu envie de quitter l'Angleterre, oui, et ensuite…

Elle verrait bien.

Sauf qu'avec un bébé, plus rien ne serait comme avant. Il fallait qu'elle soit lucide et responsable. Bien sûr, en venant annoncer la vérité à Luciano, elle espérait bien qu'il se montrerait toujours aussi bienveillant et ouvert… Ce qui se passait était tellement incroyable !

Luciano lui lança un regard sombre.

— Qu'est-ce que tu racontes ? Pourquoi compliquer les choses ? Pourquoi ne resterais-tu pas ici avec moi ? Je t'ai dit que je serai là pour toi… Pour vous deux. Je sais que je t'ai fait peur en te demandant en mariage, en imaginant que nous pourrions vivre ensemble, mais je voulais vraiment que ça marche entre nous…

Sophie le dévisagea en silence, le cœur battant.

— Et maintenant ? Tu le veux toujours ?

— Toujours, évidemment ! Je crois que je suis tombé amoureux de toi dès notre première rencontre sur le bateau, avoua-t-il. Je n'ai pas réussi à t'oublier… Au contraire, j'ai pensé à toi chaque jour depuis qu'on s'est quittés. J'espérais tellement que tu viendrais, mais je n'osais pas te contacter.

— Comment aurais-tu fait pour me retrouver ?

— Je me serais adressé à Edith. Elle était ma patiente, j'ai ses coordonnées.

Sophie sourit, touchée.

— Alors tu étais déterminé.

— Oui… Très. Sauf qu'il n'était pas question que je ne respecte pas ta volonté de conserver ta liberté. Donc je ne me suis pas manifesté.

— Tu aurais dû…, murmura Sophie. Moi aussi j'ai pensé à toi. Moi aussi je voulais qu'on se retrouve… Parce que j'éprouve des sentiments pour toi.

— Des sentiments…

Luciano lui prit la main et la caressa doucement.

— Les mêmes que les miens ? *Amore, amore*… Je t'aime, Sophie… Je t'aime de toutes mes forces depuis le premier jour ! *Ti amo*…

Elle le regarda encore, envahie d'une émotion étourdissante. Cet instant, elle l'avait rêvé.

— Moi aussi, je t'aime.

— *Cara mia*, tu m'as tellement manqué…

Luciano se pencha vers elle et appuya son front contre le sien.

— Toi aussi…

Toutes les incertitudes et inquiétudes que Sophie avait ressenties se dissipèrent miraculeusement lorsque les lèvres de Luciano rencontrèrent les siennes dans un tendre baiser. Il la regarda, une lueur émue au fond de ses prunelles veloutées.

— Je sais bien que tout va très vite, mais donnons-nous une chance, dit-il en posant doucement la main sur le ventre légèrement arrondi de Sophie.

— Je suis d'accord. On se connaît très peu et pourtant... J'y crois. Je crois en nous. Donc, je suis venue te retrouver, tout simplement.

Contre attente, Sophie réalisait à quel point ses priorités avaient changé. Elle était prête à bouleverser tous ses projets de vie pour être auprès de l'homme qu'elle aimait... Le père de son enfant.

— Merci, ma chérie, dit Luciano en l'enlaçant amoureusement. Je ne t'obligerai jamais à vivre ce que tu ne veux pas vivre. Si tu le souhaites, on pourrait commencer par louer une maison ensemble, et de cette manière, on verra comment ça se passe entre nous ? Pour le travail, je suis médecin au service des urgences de l'hôpital local, poursuivit-il. Peut-être que tu y trouveras un poste... Ou on pourrait aussi créer notre propre cabinet médical. Si on s'entend bien, qui sait où cela nous mènera ?

— À une nouvelle demande en mariage, peut-être ? suggéra Sophie, taquine.

Il se mit à rire.

— Il y a de fortes chances, oui...

— D'accord.

Il plongea son regard dans celui de Sophie.

— D'accord ?

— Oui... Et financièrement, nous n'aurons pas de problèmes parce que j'ai l'argent de la vente de ma maison en Angleterre, ajouta Sophie. Donc ça nous permettra de nous organiser sans précipitation.

— C'est parfait. Pas de précipitation, répéta Luciano.

Elle sourit.

— Pour le coup, on n'est pas très romantiques.

— La dernière fois que je l'ai été, tu m'as tourné le dos, rappela-t-il.

— C'est vrai. Mais tout a changé en si peu de temps… Je suis heureuse d'être ici avec toi… Et je crois en nous.

— Moi aussi, *amore mio…*

Luciano l'embrassa à nouveau, ravivant la passion qu'elle avait connue dans ses bras. Une passion qui semblait encore plus vive depuis qu'ils avaient partagé leurs sentiments.

Voyager jusqu'en Italie, enceinte, pour rejoindre un homme qu'elle ne connaissait que depuis peu de temps, aurait paru insensé à bon nombre de personnes, mais c'était exactement le genre de décisions que l'ancienne Sophie aurait pris. Elle ne pouvait que s'en réjouir…

# Épilogue

*Un an plus tard*

— *Sei propria bella, cara !*

— Je pensais que ça portait malheur de voir la mariée avant le mariage ?

Sophie se détourna vite en voyant Luciano entrer dans la pièce.

— Depuis quand on s'en tient aux règles ?

Il se rapprocha vite, lui prit la main et la fit pivoter sur elle-même pour admirer sa robe de mariée.

— Tu es très belle...

— Tu n'es pas mal, toi aussi.

Sophie ne s'habituait toujours pas à sentir son cœur battre la chamade à chaque fois que Luciano paraissait devant elle. Ce jour-là, c'était encore plus percutant... En smoking, qu'il était beau ! Séduisant à en couper le souffle.

Même s'ils avaient opté pour une cérémonie discrète dans l'enceinte de la villa de ses parents, ils avaient chacun choisi une tenue de mariage traditionnelle. Sophie s'était amusée à découvrir des boutiques de mode italienne chic, en compagnie des sœurs de Luciano, et avait jeté son dévolu sur une longue robe de soie ivoire ornée de dentelle fine ; la coupe était simple, élégante et joliment près du corps.

La serrant tendrement contre lui, Luciano admira les fleurs qu'elle arborait dans ses cheveux. Ses yeux brillèrent.

— Tu sais, on pourrait sauter la cérémonie et commencer directement notre lune de miel...

Sophie éprouva une bouffée de désir lorsqu'il l'embrassa dans la nuque.

— C'est tentant... Sauf qu'on ne va quand même pas abandonner nos invités !

Elle songea à sa mère, qui venait d'arriver d'Angleterre, très émue à l'idée d'assister au mariage de Sophie et Luciano.

— Mais... Je pensais qu'on passait notre lune de miel à la maison ?

Elle attendait avec impatience ces quelques jours avec Luciano qui avait prévu d'être enfin en congé.

Les mois qu'ils avaient partagés sous le même toit pendant sa grossesse n'avaient fait que renforcer leur lien. Ils avaient appris à se connaître, et leurs sentiments n'en étaient que plus profonds. Après avoir d'abord loué un appartement, ils avaient fini par acheter une maison peu de temps avant la naissance de leur fils Alessandro.

Sophie ne s'était jamais sentie aussi heureuse... Elle ne travaillait plus pour l'instant, s'occupant à plein temps de leur bébé – et contrairement à ce qu'elle aurait pu imaginer, elle appréciait d'être totalement disponible pour sa famille. Elle savait toutefois que par la suite, le moment venu, elle reprendrait son activité professionnelle. Luciano et elle avaient le projet de créer leur propre cabinet médical dans le quartier où ils vivaient.

Luciano lui sourit d'un air espiègle.

— Tu n'as pas voyagé depuis un an... J'imagine que ça te manque ! ajouta-t-il en sortant deux billets de la poche de sa veste.

— Oh... Tu nous emmènes en croisière ?

En vérité, Sophie se moquait de l'endroit où ils se rendraient car elle prévoyait des câlins à profusion, de longues heures dans les bras de Luciano... De grandes pauses d'amour entre les moments de douceur consacrés à leur nouveau-né.

— Pas du tout. Le bateau, pour l'instant, c'est fini ! J'ai pris deux billets d'avion en première classe pour les Seychelles.

— Les Seychelles ? Tu es sérieux ?

— *Sì*. Juste toi, moi et des cocktails sur la plage.

— Le paradis, en somme ! Sauf que tu oublies notre petit Alessandro, on dirait…

Luciano se mit à rire.

— Tu sais, mes parents meurent d'envie de faire du baby-sitting, et en ce qui me concerne, je meurs d'envie que tu sois seule avec moi.

Sophie sourit, exaltée à la perspective de ces vacances au soleil, en compagnie de l'homme de sa vie. Un frisson de plaisir mêlé d'impatience l'envahit.

— Qu'est-ce qu'on attend, alors ? Allons vite nous marier !

Elle glissa un bras sous celui de Luciano. Elle avait hâte de prononcer ses vœux…

Des vœux de bonheur et d'amour pour toujours. Cette fois, elle ne se trompait pas, elle le savait…